Sarah Bosse

Find me in Paris

Tanz durch die Zeit

Band 2

cbj

MIX
Papier | Fördert gute Waldnutzung
FSC® C014496

Penguin Random House Verlagsgruppe FSC® N001967

2. Auflage

Geschrieben von Sarah Bosse
basierend auf dem Drehbuch von Jill Girling und Lori Mather
Direction: Matt Bloom, Rob Burke, Ronan Burke
Umschlaggestaltung: Init GmbH unter Verwendung eines Filmfotos
© 2019 – Cottonwood – Opéra national de Paris – ZDF – ZDFE.
Picture Creation Rysk
Fotos im Innenteil: © 2019 – Cottonwood – Opéra national de Paris –
ZDF – ZDFE. Nicolas Velter/Florian Astrodau
hf · Herstellung: MJ
Satz: KompetenzCenter, Mönchengladbach
Druck: GGP Media GmbH, Pößneck
ISBN 978-3-570-17731-0
Printed in Germany

www.cbj-verlag.de

Prolog

Hand in Hand hasteten Lena Grisky und ihr Freund Henri durch die Flure der Pariser Oper, dem Palais Garnier. Laut hallten ihre Schritte von den Wänden des altehrwürdigen Gebäudes wider. Sie hatten es eilig, denn sie mussten das Zeitreise-Portal erreichen, das hier hinter einer Eisentür verborgen war. Gemeinsam wollten sie zurück in das Jahr 1905! In wenigen Augenblicken würde sich das Portal wieder schließen. Ihr Atem ging keuchend, die Lungen stachen.

Lena hatte gerade in der Gala getanzt und trug noch ihr Kostüm. In der Hand hielt sie eine Reisetasche, in die sie rasch ein paar Sachen gestopft hatte, die sie in die Vergangenheit mitnehmen wollte.

Endlich hatten sie die schwere Tür erreicht. Auch Lenas Freunde aus der Ballettschule der Pariser Oper, Jeff, Max und Ines, waren ihnen gefolgt. Im Bewusstsein, dass sie ihre Freunde womöglich nie wiedersehen würde, umarmte Lena jeden noch einmal fest. Henri mahnte zur Eile, griff mit beiden Händen nach der Tür und zog sie auf. Ungläubig starrten Lena und ihr Freund auf eine Mauer aus roten Ziegelsteinen.

»Oh nein, das Portal hat sich bereits wieder geschlossen!«, rief Henri entsetzt.

Lena schlug die Hände vors Gesicht. »Was sollen wir jetzt machen?«, fragte sie ratlos. Sie hatte fest damit gerechnet, in ihr altes Leben im Jahr 1905 zurückzukehren, zusammen mit ihrem Freund Henri.

Bis auf Ines, die wusste, dass Lena eine Zeitreisende war und aus dem Jahr 1905 kam, starrten die anderen verwirrt auf die Wand. Warum wollten Lena und Henri wohl durch eine Ziegelsteinmauer gehen?

Lena seufzte verlegen und lächelte die anderen an. »Ihr Lieben, ich glaube, ich bleibe doch noch eine Weile hier …«

Lena musste zugeben, dass sich der Gedanke für sie gut anfühlte. Aber was würde Henri sagen?

Henri hingegen beschloss, im Uhrenladen der Zeitreisenden Hilfe zu suchen, wo er den Besitzer Oscar, seinen Vater Victor und Lenas Mutter, Prinzessin Alexandra, unlängst mithilfe seines Zeitmessers mitten in einer Bewegung »eingefroren« hatte.

Was sie nicht wussten, war, dass Thea, Lenas Rivalin an der Ballettschule, Lenas Zeitmesser an sich genommen hatte und wenige Minuten früher vor besagte Wand getreten war. Clive, einer der Zeitsammler, deren Aufgabe es war, Lena und den Zeitmesser zu fangen, hatte ihr charmant den Arm geboten, und ehe sich Thea versah, war sie in einem Zeitstrudel gefangen und mehr als hundert Jahre zurück katapultiert worden.

Da half kein Zetern und kein hysterisches Gekreische, als Clive sie im Jahr 1905 willkommen hieß. In ihrem modernen Tanzkostüm war sie den neugierigen Blicken der altmodisch gekleideten Menschen ausgesetzt, die vor der Oper entlangflanierten. Hektisch tippte sie auf ihrem Smartphone herum und schrie: »Ich muss sofort Lena sprechen!«

Doch Clive zeigte kopfschüttelnd auf das kleine Gerät.

»Tut mir leid, aber damit kannst du im Jahr 1905 nichts anfangen.«

Wütend stampfte Thea auf, als im selben Moment eine Kutsche dicht an ihr vorbeifuhr und sie mit Schlamm bespritzte. Entsetzt blickte Thea auf ihr verdrecktes Tutu und wischte sich über das Gesicht, was die Sache allerdings nicht besser machte. »Lena Grisky, dafür wirst du bezahlen!«

1

Noch immer standen die jungen Tänzer mit Henri vor der geöffneten Eisentür und der Wand aus roten Ziegelsteinen und ihre Gefühle fuhren Achterbahn. Lenas Entscheidung, noch eine Weile zu bleiben, überwältigte sie, wobei Max und Jeff keine Ahnung hatten, was der Grund für diesen Entschluss war.

Schließlich löste sich Max aus der kleinen Gruppe und nahm Lena fest in den Arm. Ihm war es total egal, dass ihr Freund dabeistand.

»Lena, wo wolltet ihr denn hin? Kann ich dich bitte kurz unter vier Augen sprechen?«

Lena blickte unsicher von Max zu Henri, doch bevor sie etwas sagen konnte, hatte Henri sich zwischen sie und Max gedrängt. »Dieser Moment ist schon vorbei, mein Lieber.«

»Ich schätze, Lena kann für sich selbst antworten, Henri«, erwiderte Max, um einen freundlichen Ton bemüht.

Henri deutete eine kleine Verbeugung an. »Hat mich

gefreut, Sie kennenzulernen«, sagte er mit einem sarkastischen Unterton, und indem er den Platz widerwillig freigab, zischte er Lena zu: »Beeil dich, Lena, wir müssen rauskriegen, wie wir jetzt vorgehen sollen!«

»Was meint er?« Verwirrt suchte Max die Blicke der anderen.

Alle sahen auf Lena, die sich endlich gesammelt hatte und sich mit einem kleinen Seufzer an Henri wandte: »Gib mir eine Minute. Bitte.«

Damit zog sie Max beiseite.

Ein Lächeln legte sich auf Ines' Gesicht, die einfach nur glücklich darüber war, dass Lena, mit der sie in den letzten Wochen so enge Freundschaft geschlossen hatte, sie nun doch nicht verließ.

»Jetzt mal im Ernst, was ist hier eigentlich los?« Ungeduldig tippte Jeff Ines auf die Schulter. Er wollte Antworten, die ihn aus seiner Verwirrung befreiten. »Warum sollten die beiden *durch eine Mauer* gehen? Und wohin wollten sie überhaupt?«

Ines schenkte ihm ein mitleidiges Grinsen. »Glaub mir, je weniger Fragen du stellst, desto besser.«

In dem Moment kamen Kennedy und Bree schnatternd vorbei. Sie waren so etwas wie Theas »Hofdamen«, die um sie herumschwirrten und stets bestrebt waren, ihrer »Königin« jeden Wunsch von den Lippen abzulesen. Thea war Siegerin der Tanz-Casting-Show *Dance Off* im Fernsehen gewesen und deshalb für die jüngeren Mädchen eine Art Göttin. Sie suchten nach Thea, die sich nach der Gala in Luft aufgelöst zu haben schien.

Ines und Jeff waren Lena und Max ein Stück hinterhergeschlichen und spitzten die Ohren. Doch in diesem riesigen Treppenhaus, in dem die Besucher in eleganter Kleidung nach der Gala gemäßigten Schrittes dem Ausgang zustrebten, war es fast unmöglich zu verstehen, was die beiden miteinander zu besprechen hatten.

»Ich bin echt total verwirrt«, gab Jeff zu und zeigte mit dem Daumen über seine Schulter. »Und wer ist dieser Typ da? Und hast du eine Ahnung, wo Thea und Dash stecken?«

Ines, die versuchte, sich auf Lena und Max zu konzentrieren, antwortete ausweichend: »Dash war vorher seltsam drauf und musste unbedingt telefonieren. Und wen interessiert schon, wo Thea steckt?«

Endlich konnte sie ein paar Gesprächsfetzen aufschnappen.

»Es tut mir so leid«, sagte Lena zu Max. »Ich hätte dir sagen sollen, dass ich mit Henri fortgehe, aber … Es ist einfach so, dass …«

Doch Henri gab ihr keine Chance, die richtigen Worte zu finden. Schon war er wieder an ihrer Seite. Für ihn war die Minute vorbei. »Lena, wir müssen wirklich los. Vielleicht sind wir hier nicht sicher.«

Lena schenkte Max einen verzweifelten Blick. »Es tut mir leid. Ich wünschte, ich könnte es dir erklären.«

Sie schob sich an Max vorbei und folgte Henri.

»Lena!«, rief Max ihnen hinterher. »Was hat er gemeint mit *nicht sicher?*«

Doch Lena wiederholte nur: »Es tut mir leid!«

Und dann waren Lena und Henri verschwunden. Traurig und verwirrt sah Max ihnen nach.

2

Thea war außer sich. Sie fühlte sich wie ein Luftballon, den man zu fest aufgepustet hatte. Und wie sie so dastand zwischen den Kutschen und all den Leuten in ihren altmodischen Kleidern und den seltsamen Hüten, kam sie sich vor wie in einem historischen Film. Und jetzt grinste dieser Junge, der sich Clive nannte, sie auch noch dämlich an. Machte er sich etwa lustig über sie? Das tat niemand ungestraft!

»Arrgghhh!« Thea ballte die Fäuste und stampfte mit dem Fuß auf. »Wo sind wir hier? Und warum 1905? Wo sind die Autos und was machen die Pferde hier? Ich raste gleich aus! Ich will nach Hause, und zwar sofort!«

Aber Clive blickte nur amüsiert auf den Schlamm, der ihr über die Wangen und über die Kleider rann. Wütend griff Thea nach seinem Umhang und wischte sich damit das Gesicht ab. Dann drehte sie sich wortlos um und marschierte im Stechschritt auf den Eingang des Palais Garnier zu. Clive hatte Mühe, ihr zu folgen.

»Was!«, blaffte sie in die erstaunten Gesichter, die sie von allen Seiten neugierig anstarrten. »Das ist der neueste Schrei! Ihr seht alle aus, als hättet ihr Gardinen an!« Doch sie wurde umgehend von einem Türsteher gepackt und aus dem Gebäude geworfen. »Wenn ich da nicht reindarf, wie soll ich zu diesem Portal gelangen, durch das ich wieder nach Hause komme?«, kreischte sie aufgebracht und trat in einen Haufen Pferdeäpfel. »Nein! Nein! Nein! Mach das weg, sofort!«

Thea zeigte gebieterisch auf ihre Ballettschuhe. Aber

Clive winkte beleidigt ab und wollte schon pfeifend seines Weges gehen, als Thea bewusst wurde, was es bedeuten würde, wenn er sie hier allein zurückließe. »Halt, warte!«

Clive blieb stehen und hielt sich die Hand hinters Ohr, um seine Ohrmuschel zu vergrößern.

»Ja, schon gut«, gab Thea klein bei. »Es tut mir leid. Okay? Hilf mir bitte. Bitte!« Bettelnd hüpfte sie auf der Stelle wie ein kleines Mädchen. Clive fühlte sich geschmeichelt.

Lena und Henri versuchten als Erstes im Büro von Victor, Henris Vater, etwas herauszufinden, das sie weiterbrachte. Der Raum sah aus wie im Jahr 1905, nur eins war anders.

»Puh, ist das staubig hier«, sagte Lena hustend.

Henri griff zielsicher unter die Tischplatte und hob triumphierend einen Brief in die Höhe. »Mein Vater ist so vorhersehbar.« Hektisch faltete er den Bogen auseinander.

»Wenn du dies liest, muss etwas fürchterlich schiefgelaufen sein. Stelle dir diese Fragen: Wo sind die Zeitsammler? Wo ist das Zeitreisebüro? Hast du noch jemand anderen durch das Zeitportal gehen sehen?«

Erschrocken hielt Henri inne und horchte. Vor der Tür waren Stimmen zu hören, und ehe sich Lena versah, hatte Henri sie auch schon in den Wandschrank geschoben. Durch den Türspalt beobachteten sie, wie drei Uniformierte das Büro betraten.

Schnell las Henri den Brief zu Ende. *»Denn wenn jemand Unbefugtes durch das Portal getreten ist, wird das Zeitreisebüro dich sofort finden.«*

Lena und Henri warfen sich ängstliche Blicke zu. Was

hatte das alles zu bedeuten? Und was suchten die Männer in Victors Büro?

3

»Halt! Ich friere euch alle ein. Ihr steht unter Arrest!« Im Jahr 1905 war Lex, eine Agentin des Zeitreisebüros, in Oscars Uhrenladen gestürmt und tippte wild auf dem Steuerungselement an ihrem Handgelenk herum. Diesen Trick hatte sie offensichtlich nicht so gut drauf, denn im Innern des Ladens erwarteten sie der Ladeninhaber Oscar, Lenas Mutter Prinzessin Alexandra sowie Henris Vater Victor albern herumblödelnd und von der Hüfte abwärts bewegungsunfähig. Von wegen eingefroren!

Ungeduldig fuhr Lex die drei an: »Ich sagte, *ich* vertrete das Zeitreisebüro und *Sie* sind unter Arrest!«

Noch einmal drückte sie auf die Tasten. Schließlich hatte der Spuk ein Ende. Die drei sprachen und bewegten sich wieder ganz normal.

»Wo ist Lena?«, fragte Alexandra.

»Und wo ist Henri?«, fragte Victor.

»Und wer sind Sie überhaupt?«, fragte Oscar.

»Ich bin Lex.« Die Zeitinspektorin stellte sich breitbeinig hin und stemmte ihre Fäuste in die Hüften. »Außerdem bin ich diejenige, die hier Fragen stellt, damit das klar ist. Ich wurde eingestellt, um das Chaos aufzuräumen.«

Und als Oscar eine Bemerkung machen wollte, brachte sie ihn mit einem Knopfdruck zum Schweigen.

»Autorisiert durch das Zeitreisebüro, fordere ich Sie auf, mir sämtliche Zeitmesser auszuhändigen, die Sie für unerlaubte Zeitreisen benutzt haben.«

»Wir haben keine!«, schimpfte Prinzessin Alexandra. »Um das mal klarzustellen.«

»Ihre Kollegin Francine Parks hat uns hier eingefroren, nachdem … ach, das tut nichts zur Sache«, erklärte Victor ungehalten. »Weiß denn in diesem vermaledeiten Büro der eine nicht, was der andere tut?«

»Sie wurde gefeuert«, stellte Lex fest. »Sie müssen jetzt mit mir verhandeln.«

Als Oscar sich langsam aus seiner Starre löste, begann Lex, nervös auf ihrem Steuerungselement herumzutippen. »Mist, warum funktioniert das nicht?«

Victor stürmte auf sie zu, um sie aufzuhalten, aber er war den Bruchteil einer Sekunde zu spät. Die Strahlen trafen zwar nicht ihn, aber Oscar und Alexandra, die sich im selben Augenblick zu verjüngen begannen. Victor riss die Augen auf. Vor ihm standen Oscar und Alexandra als Teenager!

»Oh«, sagte Lex erstaunt. »Das hatte ich nicht erwartet.«

»Junge Dame, wissen Sie eigentlich, was Sie gemacht haben?«, stellte Victor die Agentin zur Rede, während er beobachtete, wie Oscar völlig euphorisch sämtliche Uhren einsammelte und zusammen mit einer ziemlich benommenen Alexandra den Laden verließ.

»Ich befolge lediglich Anweisungen«, antwortete Lex selbstbewusst. »Bleiben Sie also stehen, oder ich drücke noch einmal auf den Knopf.«

Doch Victor war schneller. Bevor Lex reagieren konnte, war er durch die Tür verschwunden.

Henri war ziemlich genervt vom Jahr 2019. Seine und Lenas Rückkehr in ihr Leben im Jahr 1905 war zum Greifen nah gewesen und dann … Sie hatten den Hinterhof erreicht, in dem sich Oscars Uhrenladen befand. Zumindest der war, in dem Wirrwarr von Zeitsprüngen, die er inzwischen hinter sich hatte, immer an der gleichen Stelle. Doch als sie nun erwartungsvoll und außer Atem die Eingangstür aufstießen, fanden sie den Laden verwaist vor.

»Oscar?«, rief Henri.

Gerade wollte Henri im Hinterzimmer nach dem Ladenbesitzer suchen, als Lena ihn am Arm packte. Sie sah ihn mit ernstem Blick an. »Was wäre, wenn wir hierblieben?«

»Na ja, das werden wir erst mal müssen«, erwiderte Henri. »Aber wir kriegen das schon hin.«

»Nein, ich meine für immer«, entgegnete Lena euphorisch. »Es ist so fantastisch hier. Du wirst es genau so lieben wie ich, das weiß ich!«

Henri war erschüttert. »Wie kannst du nur so etwas denken?«

Lena spürte Wut in sich aufkommen. Dachte Henri denn gar nicht nach? »Wenn wir zurückkehren, wird meine Mutter mich nach Russland schaffen und einsperren!«

Henri wurde ungeduldig. Das konnte doch nicht Lenas Ernst sein. »Aber wir gehören nicht hierher! Ist dir klar, was ich auf mich genommen habe, um dich zu finden? Und jetzt willst du einfach … hierbleiben?«

Lena sprach mit sanfter Stimme weiter und hielt Henris Hand. »Ich weiß und ich bin dir dankbar dafür. Aber wenn wir zurückgehen, wird man uns trennen und ich werde nicht mehr tanzen dürfen.«

Henri war traurig. Wie sollte er Lena nur überzeugen? »Aber wir sind hier Außenseiter. Wir haben keine Familie, keine Freunde.«

Lena lächelte Henri an. »Aber wir haben uns. Und meine Freunde sind auch deine Freunde. Mein Gefühl sagt mir, dass ich hierhergehöre.« Lena hielt sich die Hand auf die Brust.

»Wo steckt nur Oscar?«, fragte Henry. »Wenn er hier wäre, würde er mir zustimmen, dass das die allerschlechteste Idee wäre.«

»Ich bin hier«, sagte plötzlich jemand hinter ihnen. »Und was macht ihr in meinem Laden?«

Erschrocken schrie Lena auf. Vor ihr stand ein dunkelhäutiger Teenager in viel zu großen Klamotten, dem die überdimensionierte Brille von der Nase zu rutschen drohte. »Oscar, was in aller Welt ist denn mir dir passiert? Du bist doch Oscar, oder?«

Der Junge beäugte Lena und Henri misstrauisch. »Woher kennt ihr meinen Namen?«, fragte er ängstlich. »Habt ihr mich hierhergebracht?«

Es war, als würde jemand Henri und Lena den Boden unter den Füßen wegziehen. Nicht auch das noch!

4

Als Jeff nach der seltsamen Szene im Palais Garnier ziemlich verwirrt in die Schule zurückkehrte, lief ihm vor Mademoiselle Carrés Büro Dash in die Arme. Jeff wies mit dem Daumen zum Büro der Schulleiterin und machte ein fragendes Gesicht.

»Warum bist du eigentlich so komisch drauf und was hattest du denn mit Mademoiselle Carré zu besprechen?«

Dash seufzte und ließ den Kopf hängen. Eigentlich wollte er erst Ines einweihen, die er wirklich sehr gern hatte, aber jetzt konnte er genauso gut zuerst Jeff die Wahrheit sagen. »Weißt du … ich werde gehen.«

»Cool, ich komme mit!«, rief Jeff. Wie immer aufgedreht wie ein Kreisel machte er vor Dashs Gesicht mit den Armen wilde Tanzbewegungen. »Was wollen wir machen? Pizza essen? Crêpes? Oder diese leckeren kleinen Waffeln mit … Aber warum guckst du so komisch?«

Dash machte ein so ernstes Gesicht, dass es Jeff ganz mulmig wurde. »Jeff, ich werde die Schule verlassen. Und Paris. Die haben mich in London angenommen. Beim Royal Ballet.«

Jeff hielt mitten in der Bewegung inne. »Nein, du wirst unsere Schule nicht verlassen. Das werde ich nicht erlauben!«, rief er so laut, dass auch Max es hören musste, der gerade mit einem jüngeren Schüler Tischtennis spielte.

»Man hat mir eine Rolle im Ensemble angeboten«, sagte Dash. »Diese Gelegenheit kann ich mir nicht entgehen lassen!«

Jetzt kam Max dazu. Er und Jeff konnten es nicht glauben, dass Dash diese Entscheidung getroffen hatte, ohne vorher mit ihnen zu reden. Dann umarmten sich die drei.

Lena sah ein, dass sie Henri nicht davon überzeugen konnte, mit ihr im Jahr 2019 zu bleiben. Der Teenager Oscar war auch keine Hilfe. Was also sollten sie tun? Doch Lena kam ein guter Gedanke. Ihre Freundin Ines war ein Genie in Naturwissenschaften. Außerdem war sie ja in Lenas Zeitreisegeschichte eingeweiht. Vielleicht wusste sie Rat?

In aller Eile berichteten Lena und Henri ihr von Victors Brief und den Männern in seinem Büro. Und auch von Oscar. Dann forderte Lena Henri auf, Ines sein Notizbuch zu zeigen. Henri schlug die entsprechende Seite auf.

»Lena hat mir gesagt, dass du ein Genie bist. Kannst du das hier verstehen? Es ist die Zeichnung des Portals, das ich mit den Zeitsammlern zusammengebaut habe.«

Henri versuchte, Ines zu erklären, worum es dabei ging und wie das Gerät konstruiert war. Ines hörte aufmerksam zu, aber ihre Miene zeigte, dass das hier eine große Nummer war. Und außerdem ging es um Lenas Rückkehr in das Jahr 1905 … Der Blick auf die Uhr bot ihr eine Ausrede. »Oje, ich befürchte, es ist Sperrstunde.«

»Dann wünsche ich eine gute Nacht«, sagte Henri enttäuscht.

Nervös lachend mischte sich jetzt Lena ein, die den Moment, da Henri Ines die Skizze erklärte, genutzt hatte, um Max zur Seite zu nehmen. Sie wollte ihm das alles so gern erklären. Sie wollte, dass er verstand, in welchem Dilemma sie sich befand. Aber sie hatte es vermasselt. Bis auf unverständliches Gebrabbel hatte sie nichts über die Lippen gebracht.

Und dann hatte Max diesen schrecklichen Satz gesagt: »Ich wünschte, ich hätte dich nie kennengelernt.« Dann hatte er sie einfach stehen lassen.

Jetzt musste sie dringend mit Ines sprechen, und zwar allein.

»Ja, also mit der Sperrstunde nehmen die es hier verdammt genau«, erklärte sie Henri, indem sie ihn Richtung Tür schob. »Und du kannst ganz sicher bei Oscar schlafen?«

Henri nickte. »Ja, im Gegenzug helfe ich ihm dabei, seine Erinnerungen wiederzufinden.«

Lena sah Henri voller Mitleid an. Dann nahm sie ihn in den Arm. »Es hat sich so vieles verändert.«

»Hauptsache, wir beide sind zusammen«, flüsterte Henri in Lenas Ohr. Sie musste schlucken.

5

Obwohl Lena den Entschluss gefasst hatte, Henri zu überreden, mit ihr im Jahr 2019 zu bleiben, sah sie der Zukunft voller Sorgen entgegen. Während einer Trainingsstunde hatte Ines ihr erzählt, dass ihr Gehirn dringend Beschäftigung brauche und dass sie deshalb in den Ferien nicht am Sommerworkshop in der Ballettschule teilnehmen würde, sondern an einem Wissenschaftscamp.

Die Konzentration auf wissenschaftliche Themen würde Ines auch helfen, über den Abschied von Dash hinwegzukommen. Ein zartes Band der Zuneigung war zwischen Ines und Dash entstanden, doch nun musste sie ihn gehen lassen. Es war Dash sichtlich schwergefallen, ihr von seinem Vorhaben zu erzählen, aber er durfte sich diese Chance nicht wegen ihr entgehen lassen! Ines bestärkte ihn, auch wenn ihr Schmerz noch so groß war. Ein Platz im Ensemble des Royal Ballet in London! Ein Traum!

Lena sah ein, dass sie auf Ines nicht zählen konnte und die Sommerferien allein nutzen musste, um Henri in die Geheimnisse des 21. Jahrhunderts einzuweihen und ihm diese Zeit schmackhaft zu machen. Und das war eine verdammt schwierige Aufgabe. Für sie selbst war das Jahr 2018 am Anfang extrem verwirrend gewesen, aber sie hatte dieses Leben kennenlernen wollen. Um wie viel schwieriger war es, das einem jungen Mann beizubringen, der sich in seinem Innersten dagegen sträubte?

Während Lena und Ines über die beiden Jungen sprachen, die ihnen das Leben gerade ziemlich schwermachten, drang Getuschel an ihre Ohren. Bree und Kennedy machten sich offensichtlich Sorgen um Thea.

»Ich habe gesehen, wie sie hinter der Bühne mit diesem Platzanweiser durch diese Tür gegangen ist. Aber das ist schon ewig her«, flüsterte Kennedy aufgeregt.

»Da habe ich sie auch zuletzt gesehen«, erinnerte sich Bree. »Der Platzanweiser war so süß!«

»Aber normalerweise hätte sie doch ihre Social-Media-Profile upgedatet. Das würde sie nie versäumen. Aber ich finde nichts über diese Tür oder den süßen Typen.« Kennedy hielt verwundert ihr Smartphone in die Höhe.

Lena und Ines starrten sich entsetzt an. Tür hinter der

Bühne? Platzanweiser? Keine Posts? Das konnte nur eins bedeuten!

»Thea ist durch das Zeitportal gegangen!«, flüsterten sie wie aus einem Mund.

Lena erschrak. »Oh nein! Ich habe diesen Zeitmesser fortgeworfen. Sie muss ihn gefunden haben!«

Thea schien am Jahr 1905 langsam Gefallen zu finden. Ihr war es nun doch gelungen, sich zusammen mit Clive in das Palais Garnier zu schleichen. Dort sah sie heimlich ein paar Mädchen bei den Proben im Ballettsaal zu. Thea war verblüfft. »Das sind die Tänzerinnen der Companie?«

Clive nickte zögernd, ohne zu wissen, worauf Thea hinauswollte. Sie streckte sich.

»Ich bin so viel besser als die!«, flüsterte sie im Brustton der Überzeugung. »Die schaffen es ja nicht mal richtig auf die Spitzen. Oh mein Gott. Ich beherrsche Schritte, die damals noch nicht einmal erfunden waren.«

Thea fühlte sich, als hätte sie zu viel Brausepulver geschleckt, als sie mit Clive im Schlepptau aus dem Ballettsaal eilte. Der Zufall wollte es, dass sie der Primaballerina in die Arme lief, die gerade ihre Garderobe verließ. Da Thea sich Kleidung von Clive geliehen hatte, war es kein Wunder, dass die Tänzerin Thea für einen der Hausdiener hielt. Denn im Jahr 1905 war es sehr ungewöhnlich, dass ein Mädchen Jungenklamotten trug! Prompt drückte die Primaballerina Thea ihre Tasche in die Hand und befahl: »Bring die zum Wagen von Sir Carfour.«

Thea holte tief Luft. Was fiel dieser hochnäsigen Schnepfe ein! Sie wollte gerade protestieren, als sich plötzlich vor ihrem inneren Auge eine Szene abspielte ... Das war *die* Idee! Rasch verbeugte sich Thea. »Oh, Sie verlassen uns?«

»Nur für den Sommer.« Die Diva warf den Kopf in den Nacken und schwebte mit anmutigen Schritten aus dem Raum. Kaum war sie außer Sichtweite, übergab Thea Clive die Tasche. »Hier. Wegbringen. Zum Wagen.«

Dann schlüpfte sie in die Garderobe der Primaballerina. Genüsslich ließ sie sich in den Sessel vor dem großen Spiegel sinken, sog den Duft des Parfüms ein, der noch in der Luft hing, und dachte: Das ist mein Reich.

Thea ließ den Blick wandern: über den roten Diwan, den Ständer mit den Kostümen und all die vielen Fotos, auf denen die Primaballerina abgebildet war. Einige stammten noch aus ihrer Zeit in der Ballettschule, andere zeigten sie bei großen Aufführungen. Theas Blick blieb an einem Bild vom Défilé hängen. Sie nahm es in die Hand, um es genauer betrachten zu können. Dann entfuhr ihr ein leiser Schrei. »Lena!« Es gab keinen Zweifel, Lena war der Mittelpunkt des Bildes!

»Das muss aufgenommen worden sein, kurz bevor du verschwunden bist«, flüsterte Thea und ließ die Blicke wieder zu den altmodischen Kleidern auf dem Garderobenständer wandern. Dieser Plan war so genial! *Ich* bin genial, dachte Thea. Ein angenehmes Kribbeln breitete sich in ihr aus.

Das Büro der Direktorin der Ballettschule der Pariser Oper war schnell gefunden. »Oh, guten Tag, ich bin gerade angekommen«, sagte Thea, während sie zögernd eintrat.

»Und Sie sind?« Überrascht sah die Direktorin von ein paar Unterlagen auf.

Da musste Thea nicht lange nachdenken. »Ich bin Prinzessin Grisky. Die *andere* Prinzessin Grisky.«

»Oh, natürlich.« Die Direktorin erhob sich und kam katzbuckelnd auf Thea zu. »Entschuldigen Sie bitte vielmals, wir wussten nicht, dass Sie kommen. Darf ich fragen, wie Ihr Vorname ist, Prinzessin Grisky?«

»Äh …« Thea zögerte nur kurz. »Olga Svetlana Anastasia Grisky. Aber alle nennen mich der Einfachheit halber Thea.« Thea lächelte süßlich. »Und ich bin eine talentiertere Tänzerin als meine Cousine.«

Thea führte ein paar extravagante Tanzschritte vor. Beeindruckt machte die Direktorin einen Knicks. »Willkommen, Prinzessin. Wenn Sie möchten, können Sie sehr gern am Sommerkurs teilnehmen.«

Thea grinste unauffällig. Und ob sie das wollte!

Liebe Thea,
bist du im Jahr 1905? Geht es dir gut? Was auch immer du tust, gib gut auf den Zeitmesser Acht. Wir können leider nichts für dich tun, bis die Zeitportale sich wieder öffnen. Also bleibt dir nichts anderes übrig, als genau das zu tun, was ich getan habe, nämlich dich anzupassen. Ich lüge nicht: 1905 wird hart werden, besonders für dich.
Viele Grüße – Lena.

Ines und Lena waren aufs Dach des Palais Garnier gerannt, um hinter dem losen Stein im Schornstein einen

Brief für Thea zu hinterlegen. Genau hier hatten auch Lena und Henri immer ihre Briefe versteckt, die wie durch einen Zauber sowohl im Jahr 2018 als auch im Jahr 1905 zu finden gewesen waren. Thea hatte Lena einmal dabei beobachtet, wie sie einen Brief von Henri herausholte. Später hatte Thea diesen Brief gelesen und sich in einem Antwortschreiben für Lena ausgegeben. Sie kannte das Versteck also. Deswegen hatten die beiden Freundinnen die Hoffnung, dass Thea auf die Idee kommen würde, hinter dem Ziegelstein nachzusehen. Und richtig: Als Lena nach ein paar Minuten den Stein erneut herausnahm, lag zwar ihr Brief noch immer dort, aber der Umschlag war geöffnet worden. Lena nahm das Papier heraus und schaute es an.

»Keine Antwort«, stellte sie fest. »Thea hat sich bestimmt über das *besonders für dich* geärgert.« Lena musste lachen. »Thea ist also tatsächlich im Jahr 1905 gelandet. Dass sie nicht antwortet, wundert mich nicht. Ich hätte mir gleich denken können, dass sie von mir niemals Hilfe annehmen würde. Aber wie will sie ohne Smartphone, ohne Internet und ohne Status-Updates überleben?«

Ines musste laut lachen. Das tat so gut!

»Und ganz ohne Dusche?«, kicherte Lena.

»Und ohne Follower …«, ergänzte Ines.

Lena wischte sich die Lachtränen aus den Augenwinkeln. »Wir können das mit den Zeitportalen nicht beschleunigen. Das kann Monate dauern.«

Ines grinste verschmitzt. »Wir könnten uns in Theas Account hacken und uns als sie ausgeben.«

Lena nickte. »Das verschafft uns Zeit. Ihrer Mutter und

Mademoiselle Carré müssen wir eine Mail schicken, damit sie nicht misstrauisch werden.«

Für einen Moment wurden beide nachdenklich.

»Wir müssen herausfinden, wie wir ins Jahr 1905 kommen, um sie wieder zurückzubringen«, sagte Lena leiser. »Irgendwie kann ich gar nicht begreifen, dass sie weg ist.«

Ines versuchte, sich ein Grinsen abzuringen, doch plötzlich brach sie in Tränen aus. »Und ich kann nicht begreifen, dass Dash weggeht. Ich weiß, für ihn ist es das Beste, aber …«

Lena nahm ihre Freundin in den Arm. »Ich weiß, es ist nicht dasselbe, aber du hast doch mich …!«

Die Mädchen lösten sich aus der Umarmung und blickten auf die Skyline von Paris in die untergehende Sonne, die die Welt in ein unwirkliches Licht tauchte.

»Ines?«, sagte Lena. »Ich möchte gerne in deiner Gegenwart bleiben.«

Ines nickte. »Ja, das wünsche ich mir auch.«

Lena seufzte. »Ich meine, für immer. Ich weiß, dass ich hierhergehöre.«

Was Lena nicht wusste, war, dass Henri hinter einer der Statuen stand und ihre Worte gehört hatte. Er war am Boden zerstört.

6

Die Dinge entwickelten sich ein wenig komplizierter als Lena gedacht hatte. Auch nach zwei Monaten hatte Henri sich noch nicht in sein neues Leben im Jahr 2019 eingefunden. Nicht einmal die einfachsten Funktionen eines Smartphones beherrschte er. Lena versuchte immer wieder vergebens, ihm Textnachrichten zu schicken. Henri blickte sich nur verwundert nach dem Signalton um und verstand nicht, dass der aus seiner Jackentasche kam. Er war ein hoffnungsloser Fall.

Von Thea gab es auch noch keine Nachricht aus dem Jahr 1905. Ein ums andere Mal war Lena auf das Dach der Pariser Oper gegangen, um hinter dem losen Ziegelstein nachzuschauen. Nichts. Kein Wort.

Lena selbst fühlte sich zwischen ihren beiden Leben gefangen. Natürlich vermisste sie ihre Familie, aber konnte sie sich ein Leben ohne Ballett und ohne Hip-Hop vorstellen? Auf keinen Fall!

Lena war auf dem Weg zu ihrer ersten Stunde des neuen Kurses. Sie durfte sich nicht verspäten. Und nun wäre sie beinahe Armando Castillo in die Arme gelaufen. Er war auf dem Weg in den Ballettsaal! Würde er den Kurs geben?

Armando Castillo hatte die Klasse schon einmal ein paar Wochen unterrichtet. Er war sehr streng und duldete keinerlei Disziplinlosigkeit. Und er war strikt gegen ein Hip-Hop-Training neben dem klassischen Ballett! Sie sollten ihre Kräfte nicht dafür vergeuden und sich keiner Verletzungsgefahr aussetzen. Schon einmal hatten die Schüler kurz vor der großen Gala ihre Karriere in der Ballettklasse aufs Spiel gesetzt, als Armando sie dabei erwischt hatte, wie sie mit ihrem BLOK an einer Hip-Hop-Challenge teilgenommen hatten. Damals waren sie mit einem blauen Auge davongekommen.

Als Lena außer Atem ins Studio kam, um den anderen die Neuigkeit mitzuteilen, waren Theas »Hofdamen« Bree und Kennedy in Aufruhr. Das hatte es noch nie gegeben, dass Thea zur ersten Stunde zu spät kam!

Doch die Sorge der beiden Mädchen währte nicht lange, denn in diesem Moment wurde ihre Aufmerksamkeit von jemand anderem in Anspruch genommen. Ein junger Mann, selbstsicher, ernst und mit charismatischer Ausstrahlung, trat ins Studio und ließ lässig seine Tasche auf den Boden fallen. Dann positionierte er sich direkt vor Max.

»Oh mein Gott, wer ist das?« Bree starrte ihn mit offenem Mund an.

»Die Perfektion in Person«, erwiderte Kennedy träumerisch.

Schnell war das Studio erfüllt von Getuschel, und es gab ein kleines Gerangel zwischen dem Neuen und Max, der sich seinen Platz in der ersten Reihe nicht streitig machen lassen wollte.

»Leute, ihr glaubt nicht, was ...«, sagte Lena in das Getuschel hinein und erntete fragende Blicke, als im selben Moment Armando Castillo das Studio betrat.

»Das«, flüsterte Lena, »glaubt ihr nicht.«

Jeff und Ines verdrehten die Augen. Bei dem Gedanken an Armando und seine Unterrichtsmethoden taten ihnen sofort wieder die Knochen weh und ihre Muskeln krampften sich zusammen. So wie Max, Armandos Sohn, seinen Vater ansah, kam die Neuigkeit offenbar auch für ihn überraschend.

Armando war ein großer, schlanker Mann mit pechschwarzen, streng aus der Stirn gekämmten Haaren. Seine hohen Wangenknochen verliehen seinem Gesicht eine besondere Schärfe, und wenn er Schüler mit einem Blick aus seinen dunklen Augen fixierte, konnte das schon eine Gänsehaut verursachen.

»Schön, euch alle wiederzusehen. Mademoiselle Carré hat mich für das ganze Schuljahr engagiert. Es sieht also so aus, als müssten wir es eine Weile miteinander aushalten.«

Jeff griff nach Lenas Arm. Die Knie des schlaksigen Blonden begannen leicht zu zittern. »Boah, da kommen mir gerade üble Erinnerungen.«

Aber es kam noch schlimmer.

»Hört zu«, fuhr Armando fort. »Das letzte Jahr war hart, aber in der zweiten Klasse sind die Ansprüche noch viel höher. Da werden Einschnitte nötig sein. Nur die Besten von euch werden es in die Companie schaffen und nur ein Bruchteil von euch wird wirklich Ballettkarriere machen. Wir werden euch antreiben, jede Sekunde, jeden Tag. Und los geht es. An die Stange. Wir beginnen mit den Pliés. Fünf, sechs, sieben, acht ...« Armando ging vor den Schülerinnen und Schülern auf und ab und blieb vor dem Neuen stehen. »Exzellente Haltung. Wie ist dein Name?«

»Isaac Portier«, antwortete der junge Mann.

Armando wandte sich an die Gruppe. »Nehmt euch ein Beispiel an ihm. Willkommen, Isaac.«

Aus dem Augenwinkel beobachtete Lena, dass Max kaum an sich halten konnte. Er musste sich jetzt in Szene setzen, um seinen Platz zu behaupten. Und mitten in der Bewegung rempelte er Lena an und landete auf ihrem Zeh.

»Autsch! Pass doch auf!«, zischte Lena.

»Ihr tauscht die Plätze, Lena kommt in die Mitte«, kommandierte Armando.

Doch weder Max noch Isaac bewegten sich von der Stelle, bis Lena sich zwischen sie drängte.

Dies wird ein heftiges Jahr, dachte sie und seufzte.

»Alter, der Typ scheint nicht mal zu schwitzen«, flüsterte Jeff in der Trinkpause mit einem Kopfnicken in Richtung Isaac, während er sich mit dem Handtuch den Schweiß von der Stirn wischte. Sein Atem ging keuchend. »Und dass Dash nicht mehr da ist ...« Jeff machte ein theatralisches Gesicht. »Wer wird mich denn jetzt daran erinnern, meine Wäsche aus der Waschmaschine zu holen?« Er nahm noch einen großen Schluck aus der Wasserflasche. »Und, hey, was läuft denn da zwischen dir und deinem Vater falsch? Hat er dir nicht erzählt ...«

Aber Max hatte keine Lust, darüber zu reden, und ließ Jeff stehen.

Lena und Ines, die am anderen Ende des Vorraums standen, um für einen Moment auszuruhen und die Bänder ihrer Spitzenschuhe neu zu binden, gingen ganz andere Gedanken durch den Kopf.

»Was ist, wenn Thea etwas zugestoßen ist?«, brachte Lena es auf den Punkt. »Oh, Achtung, Hofstaat ist im Anmarsch«, flüsterte sie, bevor Ines antworten konnte.

Kennedy warf den Kopf in den Nacken und verschränkte die Arme vor der Brust. »Wir werden jetzt euer Zimmer durchsuchen.«

Dafür hatte Ines nur ein mitleidiges Lachen übrig. »Ganz sicher nicht. Keine Chance.«

»Aber was ist, wenn Thea nie mehr zurückkommt?«, fragte Bree mit Quengelstimme. »Was machen wir dann?«

Lena baute sich vor den beiden Mädchen auf und stemmte die Hände in die Seiten. »Aber sie hat doch in ihrem Profil berichtet, dass sie gerade diesen unglaublichen Sommerkurs besucht. Sie hat sogar verlängert. Mailand oder so.«

Ines hatte sich derweil heimlich in Theas Account gehackt und zeitgleich aus Lenas Fantasiegeschichte ein Posting geschrieben. Ein passendes Foto von Thea hatte sie in ihrem Smartphone schnell gefunden.

Fast synchron zogen die Mädchen ihre Handys aus der Tasche und starrten verdutzt auf das Display.

»Aber das Posting ist von gerade eben! Wie konntest du das wissen?«

Lena grinste breit. »Ich weiß eben alles, Mädels.«

»Was machst du denn für ein Gesicht?«, fragte Ines aufgedreht, als die Mädchen schnatternd ihres Weges gezogen waren. »Wir haben doch die Schnüffel-Schwestern gerade voll gelinkt! Oh Mann, das war so easy!«

Gleichzeitig wusste sie, dass sie dieses Fake-Posting weiter ausbauen mussten, wenn niemand misstrauisch werden sollte. Auch Theas Mutter musste mit Infos gefüttert werden.

Lena war bei dem Thema »Thea« nachdenklich geworden. Ihr kam ein Satz in den Sinn, den Victor geschrieben hatte: »Die Zeitreisebehörde wird Henri und Lena verfolgen, falls jemand Unbefugtes durch das Zeitportal gehen sollte.«

Und Thea war definitiv nicht befugt …

Lena konnte den Gedanken nicht vollenden, denn Armando kam aus dem Studio und klatschte laut in die Hände. »Meine Damen, meine Herren, die Pause ist zu Ende!«

»Wir können nicht ständig über ›Wenns und Abers‹ grübeln«, zischte Ines im Hineingehen. »Sobald das Zeitportal sich öffnet, werden wir Thea zurückholen. Wenn meine Berechnungen richtig sind, müssen wir noch einen Monat warten.«

Doch jetzt war keine Zeit, Pläne zu schmieden. Armando duldete keine Privatgespräche während des Unterrichts. Und er hatte noch eine Überraschung parat.

»Ihr werdet jetzt bitte eine Choreografie einstudieren, die ihr noch heute Abend aufführen werdet.«

Jeff riss die Augen auf. »Noch heute Abend? Im Sinne von *gleich*?«

Breitbeinig blieb Armando vor ihm stehen. »Dies ist die reale Welt. Ihr werdet nicht immer Zeit für lange Vorbereitungen haben.«

»Du stehst auf meinem Platz«, ranzte Isaac Max an.

»Falsch«, knurrte Max zurück. »Ich glaube nicht, dass du überhaupt einen Platz in unserer Klasse hast. Willkommen in der realen Welt.«

Armando überging die kleine Auseinandersetzung. »Lena, du und Isaac bildet ein Paar. Jeff und Ines. Max und Luna«, bestimmte er.

Lena warf Isaac ein Lächeln zu, doch Isaacs Miene schien aus Stein.

»Erstens: Ich weiß nicht, was dir zu Ohren gekommen ist, aber es ist gerade ziemlich kompliziert zwischen Max und mir«, flüsterte Lena Isaac zu. »Und zweitens: Wir sind uns noch gar nicht richtig vorgestellt worden.«

»Isaac. Portier. Studium am Royal Ballet London. Fokussiert. Ehrgeizig.«

Lena stieg darauf ein. »Grisky, Lena. Paris. Prinzessin«, erwiderte sie, »fokussiert wie ein Laser.«

Als sie weiterreden wollte, machte Isaac leise, aber eindringlich »Scht!« Dann fuhr er flüsternd fort: »Damit du's weißt: Ich halte mich aus jedem Drama raus. Ich konzentriere mich auf das Ballett. Alles andere ist mir egal. Und wenn du Mitglied der Companie werden willst, solltest du das auch so machen.«

»Aber ich wollte dir doch nur erklären …«, wisperte Lena weiter.

Doch da hatte Isaac sich schon weggedreht.

»Lena!« Armandos Stimme drang an ihr Ohr. »In Mademoiselle Carrés Büro. Sofort.«

7

Verbissen machte Lex sich an die Arbeit. Nachdem die Agentin des Zeitreisebüros alle Verbindungen überprüft hatte, war klar: Lena war der Schlüssel zu allem. Und sie würde Lena finden, die über 100 Jahre später versuchte, sie an der Nase herumzuführen. Ja, sie würde das Chaos beseitigen, das man ihr hinterlassen hatte. Und sie würde zur Elite-Agentin befördert werden, so viel stand fest. Lena sollte sich schon mal warm anziehen!

Etwas war jedoch auch klar: Um ihre Pläne in die Tat umzusetzen, brauchte sie Oscar, der eine Vertrauensperson für Lena und Henri war. Und zwar nicht diesen nutzlosen Mini-Oscar!

Entschlossen machte sich Lex auf den Weg zum Uhrenladen, denn sie brauchte Oscar für etwas anderes. Er musste ihr Steuerungselement reparieren, das sie am Handgelenk trug. Auch da war ein Mini-Oscar wenig hilfreich.

Doch es war nicht so einfach, Oscar davon zu überzeugen, den Vertrag zu unterschreiben, den sie vorbereitet hatte: Lex würde Oscar wieder in sein erwachsenes Ich verwandeln mit all den Kenntnissen, über die er einst verfügt hatte. Dafür sollte er das Steuerungselement reparieren.

»Hey, kannst du nicht einfach nur mein Gehirn zurückversetzen und meinen durchtrainierten jungen Körper so lassen?«, fragte Oscar.

»Unter einer Bedingung«, antwortete Lex. »Du stehst mir zur Verfügung, wann immer ich dich brauche – selbstverständlich ohne Fragen zu stellen.«

Oscar war einverstanden.

Doch so souverän, wie Lex sich gab, wollte ihr diese Aktion nicht gelingen. Fluchend startete sie mehrere Versuche, bis sie auf ihrem Display endlich die richtigen Knöpfe gedrückt hatte, und Oscar spürte, wie er sich innerlich in sein älteres Ich zurückverwandelte, während sein Körper jung blieb. Oscar war begeistert. Aber wie sollte er das Henri erklären?

»Und jetzt verlass sofort mein Geschäft!«, knurrte er mit neu gewonnenem Selbstbewusstsein.

Aber Lex tippte unnachgiebig auf den Vertrag und auf

das Steuerungselement. »Das musst du reparieren. Ich gebe dir eine Stunde.«

Die Standpauke von Armando und Mademoiselle Carré hatte gesessen.

»Du darfst dich nicht ablenken lassen«, hatte Armando Lena in Mademoiselle Carrés Büro unmissverständlich zu verstehen gegeben. »Wenn du nicht 100 Prozent geben kannst, bist du hier fehl am Platze. Dies ist die zweite Klasse. Du musst dich entscheiden. Ballett oder dieses Rumgezappel? Beides geht nicht.«

Ja, Lena hatte verstanden. Kein Hip-Hop. Volle Konzentration aufs Ballett, sonst konnte sie einen Platz in der Companie vergessen.

»Mensch, halt den Hip-Hop einfach aus der Schule raus, und alles ist cool«, sagte Ines später, als Lena der Freundin ihr Leid klagte.

»Ich weiß nicht. Er meint das wirklich ernst, dabei hat er mich nur dabei erwischt, wie ich auf dem Flur ein paar Moves gemacht habe«, erwiderte Lena nachdenklich. »Einerseits ist Hip-Hop so befreiend, andererseits aber weiß ich, dass das Ballett meine Bestimmung ist.« Die Gefühle fuhren in Lena Achterbahn. »Außerdem hat Mademoiselle Carré mir Vorhaltungen gemacht, dass Henri während der Unterrichtsstunden unerlaubterweise in der Schule ›herumgelungert‹ sei.« Lena seufzte. »Ich habe eine Abmahnung bekommen. Was soll ich denn noch alles aushalten?«

Doch es kam noch schlimmer. Am Abend bei der Vorführung ihrer Choreografie auf der Bühne versetzte

Armando ihr einen Riesenschreck, indem er sie mit vier weiteren jungen Tänzerinnen und Tänzern vortreten ließ.

Was hat das zu bedeuten?, fragte sie sich und spürte, wie ihre Knie weich wurden, während Armando, die Hände auf dem Rücken verschränkt, wie ein Feldwebel vor ihnen auf und ab ging und sie zappeln ließ.

Schließlich sagte er: »Lena, einen Schritt zurück. Und ihr in der ersten Reihe, danke, ihr könnt die Bühne verlassen. Ihr anderen, ich werde euch auf eure Zukunft vorbereiten, aber ich verspreche euch, ich werde alles von euch verlangen, was ihr geben könnt. Jede Performance zählt. Jedes Warm-Up.«

Lena wusste, dass dies die allerletzte Ermahnung gewesen war.

Eigentlich hatte sie jetzt gar keine Lust, sich auf Henri einzustellen, der neben der Bühne auf sie wartete. Sie war so erfüllt von all dem, was heute geschehen war. Doch Henri hatte aufregende Neuigkeiten. »Ich habe den Ziegelstein gecheckt. Nachrichten von Thea!«

»Das sind ja WhatsApps auf Papier!«, rief Ines, als ihnen kurz darauf auf dem Dach der Opéra beim Herausziehen des Steins ein ganzer Stapel Briefe entgegenflog. Lena griff nach der ersten Nachricht.

»*Okay. Ich brauche eure Hilfe. Ihr habt gewonnen. Ihr seid ja schon mal hier gewesen? Es gibt Pferde, Kutschen und alles ist dreckig.*«

»*Ich stecke hier im Jahr 1905 fest*«, las Ines den nächsten Brief vor. »*Und alles ist deine Schuld!*«

»Meine Schuld?«, fragte Lena empört. »Erst meldet die

sich zwei Monate nicht und jetzt braucht sie plötzlich Hilfe. Thea wie sie leibt und lebt.«

Ines musste heftig lachen, als sie einen Brief nach dem anderen vorlas. Theas Geschimpfe wurde immer schlimmer.

»Hör dir das an: *ICH FINDE KEIN SHAMPOO! WAS SOLL ICH MACHEN! ANTWORTE MIR!* Oh Mann, sie muss wirklich verzweifelt sein.«

Lena grinste. »Gott sei Dank. Sie lebt, ist wohlauf und hat gerade einen Wutanfall in bester Thea-Manier.«

Lena nahm Stift und Papier. »*Bleib ruhig. Wir sind froh, dass es dir gut geht.*«

Die Antwort folgte auf dem Fuße. »*RUHIG? Das ist alles deine Schuld! Das wirst du büßen!!!*«

Doch Lena behielt einen kühlen Kopf. Es hing so viel davon ab, wie Thea sich verhielt. »*Wenn du nicht meinen Zeitmesser gestohlen hättest, wärst du noch bei uns. Du musst ihn unbedingt verstecken, egal was passiert!*«

Was alle drei Mädchen nicht wissen konnten: Lex hatte sich auf dem Dach versteckt und konnte hören, was Thea fluchend vorlas. »*Du bist ins Jahr 1905 gegangen. Du bist selbst schuld, Thea!*«

Wütend knüllte Thea das Papier zusammen und warf es zu Boden. »Von wegen, kleine Miss Perfect!«

8

Eins war klar: Sie mussten Thea so schnell wie möglich ins Jahr 2019 zurückholen. Und sie mussten sie beruhigen, damit sie nicht außer Kontrolle geriet. Nicht auszudenken, welches Chaos sie anrichten könnte.

Ines hatte bereits einige Recherchen angestellt, denn ihr war klar, dass sie für diese Aktion, genau wie Henri gesagt hatte, ein Gerät bauen mussten.

»Ich habe da schon ein paar Ideen«, erklärte sie Lena. »Wenn es mir gelingt, die richtige Frequenz zu finden, sind wir einen Schritt weiter. Ich habe bereits einige Berechnungen angestellt. Wir können Theas Aufenthaltsort ja nicht bis in alle Ewigkeit geheim halten.«

Zunächst aber ermutigten die beiden Freundinnen Thea, sich in ihr Leben im Jahr 1905 so gut wie möglich einzufinden. Es war wichtig, dass sie nicht auffiel.

Thea versicherte in ihren Briefen nun ein ums andere Mal, sie brauche keine klugen Ratschläge und hätte schon massenhaft Freundschaften geschlossen.

»*Das ist großartig!*«, schrieb Lena ihr zurück. »*Wichtig ist, dass du dich nicht am Klatsch und Tratsch beteiligst und immer höflich bist. Zeig am besten keine Emotionen, beleidige niemanden. Sei einfach nicht so, wie du sonst immer bist.*«

»*Oh, keine Sorge*«, kam prompt Theas Antwort. »*Ich bin sicher,* Claudine Renault *kann mir behilflich sein.*«

Claudine Renault! Bei diesem Namen musste Lena heftig schlucken. Eilig kritzelte sie eine Antwort auf das Papier. »*Nein, hör bitte unter keinen Umständen auf die Ratschläge dieser Schlange! Vertraue ihr niemals! Claudine ist diejenige, die diese ganze Misere mit einem Brief an meine Mutter ins Rollen gebracht hat. Wenn du nette Leute kennenlernen möchtest, solltest du dem Leseclub beitreten.*«

Theas herablassender Tonfall klang geradezu in Lenas

Ohren mit, als sie deren Antwort las. »*Oh, ein Leseclub. So tief werde ich sicher nicht sinken!*«

Eigentlich hätte Lena wissen müssen, dass Thea alle Ratschläge in den Wind schießen würde, allein weil sie von Lena kamen.

Immer höflich sein. Keine Emotionen zeigen, niemanden beleidigen.

»*Sei einfach nicht so, wie du immer bist*«, äffte Thea Lena nach.

Die erstbeste Gelegenheit, Lenas Rat nicht zu befolgen, ergab sich beim Etikette-Unterricht, welcher von niemand anderem geleitet wurde als von Claudine Renault persönlich.

Die erste Aufgabe bestand darin, aufrecht mit einem Taschentuch in der Hand und einem Buch auf dem Kopf – das natürlich nicht hinunterfallen durfte – durch den Raum zu gehen, stehen zu bleiben und das Taschentuch auf den Boden fallen zu lassen.

So ein Schwachsinn, dachte Thea und lief unbeeindruckt weiter.

»Stehen bleiben und das Tuch fallen lassen, Mademoiselle Grisky«, erinnerte Claudine Renault.

»Sicher nicht«, erwiderte Thea mit süßlicher Stimme.

Die anderen Mädchen hielten die Luft an, als Thea selbstbewusst in bester Catwalk-Manier durch den Raum stolzierte und schließlich ein paar extravagante Model-Posen zum Besten gab. Als sie vor Claudine Renault zum Stehen kam, hauchte sie ihr mit einem Schmollmund ein »Pouh!« entgegen.

Empört presste sich Claudine die Hand vor die Brust. »Das werde ich der Direktorin melden!«

»Oh, entspricht meine Art, mit diesem Buch auf dem Kopf herumzulaufen, etwa nicht den Anforderungen?«, fragte Thea provokant.

Claudine Renault schnappte nach Luft. »Ihre Manieren lassen zu wünschen übrig! Ich möchte Sie höflich bitten, uns zu verlassen. Ladys, bitte noch einmal von vorn.«

»Unfassbar«, zischte Thea und nahm sich das Buch vom Kopf. Dann machte sie eine Reihe von Hip-Hop-Moves, bei denen sie das Buch in die Luft warf und wieder auffing.

»Hey, Ladys, überlegt doch mal!«, rief sie. »Was sollen diese Benimmregeln denn? Sie sind nur dazu da, euch zu unterdrücken! Wollt ihr nicht selber denken?« Thea tippte sich an die Stirn.

Entsetzt huschten die jungen Damen aufeinander zu und hielten sich gegenseitig fest, als wollten sie beieinander Schutz suchen. Mit offenen Mündern starrten sie sie an. Nur eines der Mädchen warf Thea ein vorsichtiges Lächeln zu.

»Ihr verschwendet eure Zeit!«, rief Thea lässig. »Das ist ein gratis Tipp von mir! Ich bin raus!«

Thea ließ Buch und Taschentuch auf den Boden fallen und verließ hocherhobenen Hauptes den Raum. Die Mädchen redeten aufgeregt durcheinander, bis Claudine Renault sie zur Ordnung rief.

9

Theas Wille, aus dieser vertrackten Situation ihren Nutzen zu ziehen, hätte Henri auch gutgetan. Er bemühte sich, das Leben in 2019 zu bewältigen, aber seine Versuche, die Anforderungen zu meistern, endeten ein ums andere Mal im Chaos. Da er schon mit seinem Smartphone nicht klarkam, wollte er Lena diesmal beeindrucken, indem er mit einem Segway zur Verabredung kam.

»Oh, was geht denn da ab?«, rief Jeff, der mit Lena, Ines und Max im Speisesaal der Ballettschule saß und durch die große Glasfront Henri in voller Schutzkleidung auf dem abenteuerlichen Gefährt heranfahren sah.

Max grinste breit, doch Ines bremste ihn aus. »Hör auf damit. Sei nett zu ihm. Der ist neu hier.«

»Jo, der Typ ist total retro«, sagte Jeff. »Ich mag ihn trotzdem irgendwie.«

Jetzt sah Lena ihn auch. »Nein, Henri!« Sofort sprang sie auf und rannte zum Eingang, wo Henri sich mit dem Gerät festgefahren hatte und mit unbeholfenen Manövern versuchte, den rechten Weg zu finden. Aber das machte alles nur noch schlimmer. Beinahe wäre er durch die Glasfront gekracht, und Lena konnte ihn gerade noch auffangen, bevor er das Gleichgewicht verlor. Lena konnte kaum an sich halten. Wie konnte Henri nur solch einen Unfug treiben?

»Ich wollte dich mit meinem lockeren Umgang mit der modernen Welt beeindrucken«, entschuldigte sich Henri mit einem schiefen Grinsen. »Ist wohl danebengegangen.«

Jetzt hatte Lena sich wieder gefangen. »Du hättest mich mal sehen sollen, als ich hier neu war. Ich bin gegen die Glastür gelaufen!«, versuchte sie, ihn zu trösten.

Aber Henri ließ den Kopf hängen. »Lena, ich weiß einfach nicht, wie ich mich hier benehmen muss. Auch nicht neben dir und deinen Freunden.«

»Du wirst dich daran gewöhnen«, erwiderte Lena. »Das verspreche ich.«

Jetzt sah Henri auf und fing ihren Blick ein. »Lena, wir müssen nach Hause.«

Lena spürte einen Stich in der Magengegend. »Kannst du dem Leben hier nicht eine Chance geben?«

Henri zeigte verzweifelt auf das Segway. »Was denkst du, was ich mit diesem lächerlichen Gerät hier versucht habe? Ich habe die Nase voll! Lass uns in unsere Zeit zurückkehren!«

Lena unterbrach ihn mit einem mahnenden Blick. Die Leute um sie herum starrten sie schon an. Lena war die Situation peinlich und Henri war mit den Nerven am Ende. »Es war ein Fehler«, sagte er. »Ich muss gehen.«

Lena hatte ein schlechtes Gewissen. Schenkte sie Henri genug Aufmerksamkeit? Bestimmt war er jetzt mega enttäuscht von ihr und fühlte sich nicht ernst genommen. So gerne hätte sie mit Ines darüber gesprochen.

Aber als sie später in ihrem Zimmer waren, hatte die nur ein lapidares »Er wird sich schon daran gewöhnen« für Lenas Problem übrig. Sie konzentrierte sich lieber auf ihre Suche nach den richtigen Frequenzen für ihre Zeitmaschine und klebte am Bildschirm ihres Laptops.

Plötzlich klopfte es an der Zimmertür. Lena öffnete und

sah sich einem Mitschüler gegenüber, den sie nur flüchtig kannte. Er überreichte ihr einen handbeschriebenen Zettel. Lena überflog den Brief und drückte ihn sich spontan an die Brust. »Eine Einladung zu einem Picknick auf dem Dach! Henri ist so romantisch. Bestimmt wird alles wieder gut.«

»Hey, und was ist das?« Ines zeigte auf einen zweiten Zettel, der unter der Tür hindurchgeschoben worden war. Lena bückte sich.

»BLOK. Dach. Neun Uhr. Heute Abend«, las sie vor.

Lena spürte, wie Adrenalin sie durchströmte. Endlich wieder BLOK-Proben! Sie wunderte sich ein wenig, dass Max sie trotz der Missstimmungen einlud, dabei zu sein. Armandos Worte – *Kein Hip-Hop!* – schob sie geflissentlich beiseite.

»Hey, und wenn ich das richtig einschätze, kann ich meine Verabredung auf dem Dach wahrnehmen und anschließend direkt zur BLOK-Probe gehen. Perfekt! Also, was ziehen wir an?«

Henri war enttäuscht. Er hatte sich mit dem Picknick unendlich viel Mühe gegeben, und nun kam Lena in einem Outfit, das sich einfach nicht geziemte. Sofort sprang er auf und legte ihr ein Tischtuch über die nackten Schultern. Doch Lena hatte nur ein mitleidiges Lachen für ihn übrig und erinnerte ihn daran, dass sie sich nicht im Jahr 1905 befanden. Dann leuchtete es hinter dem losen Stein im Kamin. Lena musste unbedingt sofort nach dem Brief schauen, der offenbar von Thea kam. Sie war mit ihren Gedanken nicht bei seinem wunderschönen Picknick, das wirklich keinen Wunsch offenließ. Sie war nicht bei ihm. Henri versuchte, ihr von der Gitarre zu erzählen, die er bei Oscar im Laden gefunden hatte.

»Eine Gitarre? Das ist ja toll«, sagte sie halbherzig.

»Ja«, erwiderte Henri. »Und es scheint, dass ich tatsächlich Talent habe.«

Doch Lenas Augen huschten nur über Theas Zeilen.

»Alles in Ordnung mit ihr?«, fragte Henri Interesse heuchelnd.

»Ja, alles unter Kontrolle«, sagte Lena. »Wo waren wir stehengeblieben?«

Aber Henri antwortete ausweichend. Das war wohl nicht der richtige Augenblick für seine Geschichte.

Schließlich löste Lena den Blick von Theas Brief und ließ ihn über die Skyline von Paris schweifen. »Dies ist mein liebster Ort und wir sind hier. Zusammen.«

Henri seufzte. »Und ich sehne mich danach, im Jahr 1905 auf diesem Dach zu sein.«

Auf einmal kam Ines angeschlichen. »Sorry, ich wollte nicht stören«, flüsterte sie. »Tut einfach so, als wäre ich gar nicht da. Ich muss nur noch ein paar Messungen durchführen. Gerade hatte ich eine Idee, die uns in Sachen Thea weiterbringen könnte.«

Henri gab auf. »Mach nur weiter. Kommt noch jemand? Vielleicht sollten wir unten auf der Straße ein Schild aufstellen, dass wir einen romantischen Augenblick zu zweit verbringen wollen.«

Lena begann zu zittern.

»Du bist ein völlig anderer Mensch geworden«, fauchte Henri wütend. »Wo ist die Lena, die ich kenne und liebe?«

»Ich bin doch hier«, jammerte Lena mit den Tränen kämpfend. »Aber ich habe ein eigenes Leben, und da passiert gerade so viel!«

Eilig packte Henri seine Sachen zusammen. Ihm reichte es.

»Ich lass dir die Tischdecke hier, damit du deine Schultern bedecken kannst«, raunte er.

»Na super, dann hau doch ab«, zischte Lena und sah durch einen Schleier aus Tränen Henri nach.

Mit großer Sorge hatte Ines die Szene beobachtet. Der Streit zwischen Lena und Henri hatte gezeigt, dass es höchste Zeit war, zu handeln.

Im Treppenhaus traf Ines den Zeitsammler Pinky. Sie wusste, dass Pinky in sie verliebt war. Das musste sie ausnutzen!

»Pinky, kannst du mir einen Gefallen tun?«, fragte sie frei heraus. »Ich würde gern dieses Portal sehen, das ihr letztes Jahr gebaut habt.«

Pinky konnte Ines keine Bitte abschlagen. »Aber natürlich. Bis zur nächsten Portalöffnung in einem Monat sitze ich eh hier fest. Die anderen beiden Zeitsammler sind im Jahr 1905. Ich tue alles, nur um dich wiederzusehen, Schönheit.«

Ines seufzte. Sie hatte ein schlechtes Gewissen, weil sie Pinkys Zuneigung ausnutzte und ihm etwas vorspielte, aber sie musste das für die Sache tun.

10

Nicht nur Ines nutzte eine vorgetäuschte Freundschaft für ihre Zwecke. Zufällig lief Thea das Mädchen über den Weg, das sie in der Etikette-Stunde angelächelt hatte.

»Ich möchte dir einen Vorschlag machen …«, sagte Thea in schmeichlerischem Ton. »Ich bringe dir ein paar von meinen krassen Moves bei, und du hilfst mir mit meinen Haaren und meiner Kleidung. Und du verrätst mir, welche Leichen Claudine im Keller hat.«

Das Mädchen blickte sie verwirrt an. »Krasse Moves? Ich verstehe nicht …«

Thea verdrehte die Augen. »Ach, ich meine Tanzschritte. Wie diese.« Thea zeigte ein paar Freestyle-Schritte und wandte sich wieder dem Mädchen zu. »Also, hilfst du mir? Bist du dabei?«

Das Mädchen nickte schüchtern. »Ja, gut! Deine Haare sehen furchtbar aus!«

»Und Claudine? Was muss ich über sie wissen?«, fragte Thea.

»Wir tanzen heute ein Stück unserer Wahl«, erklärte die Kleine. »Claudine wählt immer *La Fee* aus.«

Das passte Thea nur zu gut. Das Stück *La Fee* kannte sie in und auswendig. »Sehr gut. Also komm, dann kümmern wir uns um meine Haare und ein paar Klamotten.«

Froh, eine Freundin gefunden zu haben, folgte das Mädchen Thea.

Als Thea am Abend eine sehr moderne Version von *La Fee* tanzte, erhielt sie sehr viel Beifall und Anerkennung.

»Und … so stürzt eine Königin vom Thron!«, flüsterte sie Claudine danach zu.

Diese verengte die Augen zu Schlitzen. »Letztes Jahr bin ich schon eine Grisky losgeworden. Dich werde ich auch noch los.«

Doch Claudine Renault musste anerkennen, dass sich Thea mit ihrem Auftritt große Sympathien und Bewunderung erworben hatte. Die anderen Schülerinnen umschwirrten sie wie Motten das Licht.

»Es gibt zwei Möglichkeiten«, sagte Thea schließlich. »Freunde oder Feinde?«

»Vergiss nicht, dass ich dafür gesorgt habe, dass deine Cousine nach Russland zurückgeschickt wurde«, konterte Claudine.

Thea wurde hellhörig. *Das* war also die offizielle Version?

»Hm, davon habe ich gehört.« Thea verschränkte die Arme vor der Brust. »Wie dem auch sei. Jeder hier mag mich. Du wirst mich nicht unterkriegen. Ich bin nicht so gutgläubig wie meine Cousine.« Dann setzte Thea ein verschwörerisches Lächeln auf. Sie wusste, sie hatte Claudine geknackt. »Und nun erzähl mir mehr über das Pariser Leben meiner Cousine Lena. Ich will jedes verdammte Detail wissen.«

Claudine Renault zögerte nicht lange. Sie hatte angebissen. »Lena? Sie war der absolute Albtraum«, begann sie ihren Bericht.

Lena, Jeff, Ines und Max wussten nicht so recht, was sie von Isaac halten sollten. Mit seinen Sprüchen kam er ihnen manchmal vor wie der Leiter einer Selbsthilfegruppe.

»Wenn du nicht daran glaubst, dass du gut sein wirst, dann wirst du es auch nie werden«, predigte er, als sie schwer beeindruckt den Tänzern aus der ersten Companie zusahen.

Und als Jeff zugab, *er* glaube nicht wirklich daran, dass er je dieses Level erreichen könnte, entbrannte eine Diskussion darüber, ob man einen Plan B in der Tasche haben müsse. Aber für Isaac kam das nicht infrage. Für ihn bedeutete ein Plan B, dass man nicht an sich glaubte.

Dieses eine Mal musste Max ihm sogar zustimmen. »Echte Tänzer brauchen keine alternativen Karrierepläne«, war er überzeugt.

Die erste Herausforderung für die Ballettschüler ließ nicht lange auf sich warten. Gabrielle Carré persönlich kam in ihren Unterricht, um die Neuigkeit zu verkünden. In diesem Jahr waren von der Ballettschule der Pariser Oper nicht nur die allerbesten Tänzer zum Europäischen Grand Prix eingeladen, der in wenigen Wochen stattfinden würde, sondern auch die zweite Klasse.

»Doch nur die besten der zweiten Klasse dürfen beim Stück mittanzen.«

Armando erklärte, um welche Geschichte es ging, die sie mit ihrer Performance auf der Bühne zu erzählen hatten. »Ihr habt nur einen Versuch, euch für die jeweiligen Rollen zu qualifizieren«, mahnte er.

Ines und Lena mussten zugeben, dass sie sich diebisch freuten, dass Thea dieses Vortanzen nun verpasste.

Henri hatte tatsächlich seine Liebe zur Musik entdeckt. Im Büro der Zeitsammler war er auf Pinky gestoßen. Und im

Gegensatz zu Lena hörte der Henri tatsächlich zu, als der sich ans Klavier setzte, um ein kleines Stück zu spielen.

»Ein Freund meines Vaters hat mir das Klavierspielen beigebracht«, erklärte er.

Pinky zuckte mit den Schultern. »Heutzutage kannst du das lernen, indem du dir Videos anguckst.«

»Daran werde ich mich wohl nie gewöhnen«, antwortete Henri resigniert.

Pinky kam auf ihn zu und lächelte ihn zuversichtlich an. »Keine Sorge, ich werde dir alles beibringen, was du wissen musst.«

Henri hörte auf zu spielen und ließ die Hände in den Schoß sinken. »Warum hilfst du mir eigentlich?«

»Weil Ines mich darum gebeten hat«, antwortete Pinky.

»Weiß Lena davon?«, wollte Henri wissen.

»Natürlich nicht, Alter. Das ist ein Ding zwischen Ines und mir!«, versicherte Pinky. »Was du für Lena empfindest, empfinde ich für Ines. Verstehst du das?«

Henri nickte. Aber konnte er Pinky wirklich trauen? Er ließ seinen Blick zu dem Gemälde wandern, das an der Wand hing. Es zeigte alle drei Zeitsammler: Frank, Clive und Pinky.

Henri wusste nicht, dass Frank sich im Jahr 1905 im selben Raum befand und das Zeitreiseportal rekonstruierte. Henri wusste nur, dass Frank und Clive vor allem hinter den Zeitmessern her waren.

Das Klingeln seines Smartphones holte Henri aus seinen Gedanken. Es war Lena, die per Video-Chat mit ihm sprechen wollte. Während Henri das Gespräch annahm, machte ihm bereits Lenas Gesichtsausdruck schlechte Laune.

Dass die Proben für Armandos Choreografie kein Kinderspiel waren, hatte Henri natürlich mitbekommen. Die Gedanken der jungen Tänzerinnen und Tänzer kreisten um die Rollen, die zu vergeben waren. Selbst Ines und Lena waren plötzlich Konkurrentinnen. Wer sollte das brave reiche Mädchen Adelaide verkörpern und wer ihre Schwester, den Wildfang Libertalia? Auch die Jungen mussten für ihre Rollen vortanzen. Natürlich wollten alle lieber den Gesetzlosen Damien darstellen als seinen einfältigen Kumpel Morley.

Henri ließ Lena erst mal reden …

»Ich war so nervös, dass ich mitten in der Choreografie mit Isaac zusammengekracht bin!«, jammerte Lena. »Und da hat er tatsächlich gefragt, wo denn *diese Thea* bliebe. Er habe gehört, sie sei die Beste! Stell dir das mal vor!« Lena redete sich so sehr in Rage, dass Henri kaum einen Satz dazwischenschieben konnte. »Natürlich wollte ich mit Max tanzen«, fuhr Lena fort. »Stell dir vor, er hat so innig mit Ines getanzt, dass … dass … Ich verstehe nicht, wie meine beste Freundin Max, meinen Ex … also meinen Ex-Tanzpartner fragen konnte …«

»Vielleicht sollte ich mal mit Ines reden …«, startete Henri einen Versuch.

Doch Lena fiel ihm ins Wort. »Wie konnte sie das tun? Das grenzt an Verrat.«

»Das mit Max scheint dich ja ziemlich aufzuwühlen«, sagte Henri verdrossen.

»Es geht nicht um Max, es geht um Ines!«, schimpfte Lena, die sich missverstanden fühlte.

Plötzlich bemerkte Henri, wie Lena sich abwandte und zur Tür blickte. Ines war ins Zimmer gekommen.

»Was soll das, Lena?«, rief Ines.

»Das Gleiche könnte ich dich fragen«, motzte Lena. »Geh doch zu deinem Max.«

»Du benimmst dich total daneben!«, fauchte Ines. »Mit Isaac hast du es vergeigt«, fuhr sie fort. »Er tanzt jetzt mit Clara.«

Lena traute ihren Ohren nicht. »Clara? Aus der Companie? Darf er denn überhaupt mit einer aus der Companie tanzen?«

»Das ist dem doch egal!«, spottete Ines.

»Und wie konntest du Max fragen?« Lenas Stimme klang total hysterisch. Sie sah offenbar ihre Felle davonschwimmen. Dann rief sie ins Smartphone: »Ich ruf später wieder an, Henri.«

Henri starrte kopfschüttelnd auf das schwarze Display.

Pinky zog den Mund schief. »Zickenkrieg nennt man so was wohl.«

11

Henri setzte sich neben Jeff auf eine Bank im Hof der Ballettschule der Pariser Oper. Nachdem er einen weiteren unangenehmen Chat mit Lena hinter sich gebracht hatte, war er nur noch sauer auf Max. In Lenas Leben schien sich alles um diesen Tänzer zu drehen! Klar, der Typ sah verdammt gut aus, das musste Henri zugeben, aber Lena war *seine* Freundin!

»Du musst dafür sorgen, dass sie diesen Ballettknaben

vergisst«, hatte Pinky ihm geraten. »Du bist ihm gegenüber im Vorteil: Du kennst sie schon so lange und weißt, wie sie 1905 war. Sorg dafür, dass sie euer Leben von damals vermisst. Sorg dafür, dass sie *dich* vermisst.«

Henri schielte auf den Bildschirm von Jeffs Laptop, den er auf den Knien hielt. »Lehrer? Polizist?«, fragte er erstaunt. »Du informierst dich über andere Berufe? Du bist doch Tänzer!«

»Jepp«, bestätigte Jeff. »Aber man sollte immer einen Plan B haben. Auch wenn Isaac, unser Neuzugang, etwas anderes behauptet.«

»Mann, ich habe nicht mal einen Plan A!«, rief Henri.

Jeff sah Henri ernst an. »Alter, *einen* Plan solltest du schon haben. Sonst schwebst du ziellos im Weltall rum, verstehst du?«

Henri ging plötzlich ein Licht auf. »Du hast absolut recht! Ich brauche ein Ziel! Ich brauche einen Plan!«

Henri sprang auf und wollte in die Schule rennen, um Lena zu suchen. Doch als er Gabrielle Carré kommen sah, drehte er sich wieder um und verbeugte sich vor Jeff. »Ich werde später wiederkommen. Vielen Dank, Sir.«

Jeff machte ein dramatisches Gesicht. »Sehr wohl, verehrter Herr.«

Frank traute seinen Augen kaum, als Clive ihm erklärte, das sei Thea, die er da inmitten ihres neuen Gefolges auf den Stufen des Palais Garnier sah. Thea rief ihre Kommandos in die Gruppe und die jungen Damen in ihren langen Kleidern tanzten tatsächlich Hip-Hop. Im Jahr 1905! Auf den Stufen der Pariser Oper!

»Atemberaubend«, stöhnte Frank.

Clive zog grinsend etwas aus der Tasche und lief zu Thea hinüber. Die nahm das kleine Kästchen entgegen und betrachtete es misstrauisch. »Ein CD-Player? Aus den 90ern?«, fragte sie flüsternd.

Clive zuckte mit den Schultern. »Das war alles, was meine Sammlung hergegeben hat.«

Thea drückte die Play-Taste. Heiße Hip-Hop-Rhythmen dröhnten aus dem kleinen Lautsprecher. »Keine Sorge, Ladys. Stellt euch einfach vor, das sei ein Grammofon.« Dann nickte sie Clive zu. »Mein Freund hier ist Erfinder.«

Clive spürte, wie er rot anlief. Sie hatte ihn als *Freund* bezeichnet!

Schließlich beendete Thea die Probe und Claudine und die Mädchen riefen gemeinsam: »We are girl power!«

Schwer beeindruckt war nun auch Frank näher gekommen und verbeugte sich. »Es war mir ein großes Vergnügen, dieser Vorführung auf der Treppe beizuwohnen.«

Doch Claudine wies ihn zurecht. »Haben Sie keine Manieren, junger Mann? Sie dürfen uns nicht beobachten! Sehen Sie nicht, dass keine Anstandsdame anwesend ist?«

Thea zwinkerte Frank zu. Als er sich von der Gruppe entfernte, kam es ihm vor, als schwebe er. So entzückt war er. Doch seine Euphorie währte nicht lange, denn Lex trat ihm in den Weg, breitbeinig und mit in die Seiten gestützten Fäusten. »Im Namen der Zeitreise-Behörde: Stehen bleiben.«

»Lass mich vorbei«, sagte Frank. »Darf ich den Einsatzauftrag sehen?«

»Der ist geheim«, mahnte Lex. »Ihr wollt die Zeitmesser in eure Hände bekommen, damit ihr das System hintergehen könnt. Ich werde dieses Chaos beseitigen. Ihr werdet mich nicht länger an der Nase herumführen.«

Schon hatte sie den Arm angehoben und drückte auf die Tasten des Steuerungselementes am Handgelenk. Im selben Moment wurde aus Frank ein Hologramm und baute sich zwischen ihnen auf.

»Nein, nicht auf den Knopf drücken!«, brüllte Frank gerade noch, als Clive sich vor ihn drängte und das Steuerungselement die Strahlen auf Clive richtete und aus ihm ein Hologramm machte. Lex versuchte, Clives Hologramm wieder einzufangen, aber es war zu spät. Clive hob noch verwirrt die Hände, dann hatte er sich in Luft aufgelöst.

Völlig fassungslos blickte Frank ins Leere und Lex entfuhr ein leises »Oh!«

»Löschen abgeschlossen«, sagte eine blecherne Stimme aus dem Lautsprecher des Steuerungselements.

»Das habe ich nicht gewollt«, flüsterte Lex und starrte verdattert auf ihr Handgelenk. »Ich habe gegen die Vorschriften verstoßen. Das gibt Riesenärger. Ich muss alle Beweise für meinen Fehler vernichten …«

Frank packte sie am Kragen und brüllte ihr ins Gesicht: »Dafür wirst du büßen!«

Dann verbarg er sein Gesicht hinter den Händen, sank auf die Knie und rief: »Cllllliiivvve!«

12

Lena war wütend und verwirrt. Alles schien in die falsche Richtung zu laufen, 1905 und 2019! Thea, das Biest, hatte sich mit hinterhältigen Methoden in ihr altes Leben geschlichen, gab sich als »die Grisky« aus und tanzte mit Lenas früheren Mitschülerinnen einen Tanzstil, den sie Hippitiy-Hop nannte. So war es sogar in einer Zeitung aus dem Jahr 1905 zu lesen, die Thea ihr hinter den losen Stein im Kamin geklemmt hatte. Hip-Hop im Jahr 1905! Thea wurde richtig gefeiert! Lena wusste gar nicht wohin mit all ihrer Wut.

Auch Max und Isaac nervten mit ihrem Gockel-Gehabe. Zumindest mit Ines hatte sie sich wieder versöhnt. Dennoch war Lena so durcheinander, dass sie selbst nicht mehr wusste, was sie wollte. Am meisten verunsicherte sie aber Henri.

Lena nahm ihr Smartphone zur Hand und sah sich noch einmal das kleine Video an, das sie von ihm gemacht hatte. Henri, wie er Klavier spielte. Sie hatte gar nicht gewusst, dass er das konnte.

Oscar hatte Lena auf der Suche nach Henri zu diesem Haus geschickt, wo Henri sie auf dem Flur abgefangen und ihr erklärt hatte, es handle sich hier um eine »Herberge« für Zeitreisende. Henri hatte sich höchst seltsam benommen. Es war offensichtlich gewesen, dass er sie nicht ins Wohnzimmer hineinlassen wollte, aber Lena war trotzdem hineingestürmt. Sie war wegen Thea aufgebracht gewesen und wollte ihm alles erzählen. Aber Henri hatte seine Blicke immer nur nervös zwischen den Möbeln hin und her wandern lassen, die seltsamerweise mit Tüchern bedeckt waren. Jedenfalls hatte Henri ihr gar nicht richtig zugehört und sich dann plötzlich ans Klavier gesetzt! Da war Lena erst recht verwirrt gewesen. Es hatte jedoch so schön geklungen, was er da gespielt und gesungen hatte, dass sie sofort ihr Handy gezückt hatte, um es aufzunehmen.

Verträumt blickte Lena auf das Display. Sie hatte ihn nie zuvor Musik machen hören. Dabei hatte sie sich immer eingebildet, ihn gut zu kennen.

Am Ende hatte Henri ihr noch etwas Wichtiges gesagt: »Lena, Thea kannst du nur mit ihren eigenen Waffen schlagen.«

Lena war von dem Ratschlag begeistert und wusste auch schon, was sie machen musste. Warum nicht auch Hip-Hop tanzen auf den Stufen des Palais Garnier, und zwar mit Theas Fans, allen voran Bree und Kennedy? Ja, das war ein genialer Plan!

Und dann hatte Max sie abblitzen lassen, als sie ihm vorschlug, mit dem BLOK an *Dance Off* teilzunehmen, der Casting Show, die Thea seinerzeit gewonnen hatte, was ihr eine Menge Ruhm eingebracht hatte. Max fand das unter ihrer Würde. Außerdem hatte er Muffensausen, dass sein Vater Armando sie erwischen und von der Schule verweisen könnte. Aber Bree, Kennedy und die anderen Mädchen würde sie in null Komma nichts von dieser Idee begeistern können. »Und wir nennen uns die BLOKettes!«, flüsterte Lena vor sich hin.

In Gedanken öffnete Lena bereits das Anmeldeformular von *Dance Off*, denn die Anmeldefrist endete bereits heute Abend.

»Uff, sie ist weg!«, stöhnte Ines, während sie und Pinky langsam unter den Tüchern hervorkrochen. Mit schmerzverzerrten Gesichtern reckten sie ihre Glieder. Viel zu lang hatten sie in einer Kauerhaltung zugebracht.

Während Henri Lena zur Tür begleitete und nicht im Zimmer war, flüsterte Ines: »Kannst du dich nicht mit Henri mal um moderne Klamotten kümmern, damit ich hier in Ruhe weiterarbeiten kann?« Sie verdrehte die Augen.

In diesem Moment kam Henri zurück.

»Mensch, ich hatte schon befürchtet, du spielst ein ganzes Konzert für sie«, sagte Ines vorwurfsvoll und knetete sich den Nacken.

»Wieso? Hat es dir nicht gefallen?«, fragte Henri. »Wir können froh sein, dass sie nicht gemerkt hat, dass wir hier in der Wohnung der Zeitsammler sind und an dem Zeitreise-Portal arbeiten. Und gut, dass sie dich nicht gesehen hat.« Er zeigte auf Pinky. »Du bist für sie immer noch der Feind. Sie würde das nie verstehen, dass ...«

Pinky legte ihm die Hand auf die Schulter. »Mein lieber Freund, was hältst du von einer kleinen Modenschau?« Er zeigte auf Henris Kleidung. »Wird höchste Zeit, oder?«

Henri nickte ergeben, und als Pinky vor ihm zur Tür hinausging, steckte Henri Ines mit einem Zwinkern etwas zu. Er hielt sich den Finger vor den Mund. »Shhht!«

Ines staunte nicht schlecht. »Einer der Zeitmesser?«, flüsterte sie. Sie hatte verstanden.

Sobald die Jungen den Raum verlassen hatten, machte sie sich an die Arbeit. Überall lagen Franks Skizzen ausgebreitet, die Ines jetzt noch einmal eingehend studierte. Die Sache bereitete ihr jedoch Kopfzerbrechen.

»Ich kapiere einfach nicht, warum das Ding nicht funktioniert«, murmelte sie vor sich hin. »Frank hat so viele Abkürzungen benutzt, wer soll das verstehen?«

Plötzlich entdeckte sie einen seltsamen Draht. »Ups, der sieht aus wie aus einem anderen Jahrhundert.«

Vielleicht lag da der Hase im Pfeffer? Rasch tauschte sie das Kabel gegen ein neues aus und setzte den Zeitmesser an der vorgesehenen Stelle ein.

»Und jetzt den kleinen Generator starten … Oh mein Gott, ich kann's nicht glauben, es funktioniert!«

Wie ein Indianer tanzte sie ausgelassen um die Zeitreisemaschine. Dann zückte sie ihr Handy und schickte Henri eine Nachricht. Lena sandte sie eine Sprachnachricht, denn sie musste das auch sofort erfahren!

Es dauerte nicht lange, da riss Pinky, gefolgt von Henri im neuen, coolen Outfit, die Tür auf. Henri strahlte. »Ich kann's nicht glauben! Das ist ja Wahnsinn!«

Pinky betrachtete das Zeitreiseportal mit großer Ehrfurcht. »Ich wusste, dass du das Ding zum Laufen kriegst«, sagte er anerkennend. »Wie hast du es geschafft?«

Henri zwinkerte Ines zu. Von dem Zeitmesser durfte Pinky nichts wissen!

»Für Erklärungen haben wir jetzt keine Zeit«, winkte Ines geschickt ab. »Ich weiß nämlich nicht, wie lange die Energie reicht. Ich würde gern auf Lena warten, damit wir einen gemeinsamen Plan schmieden können.«

Henri deutete auf das Portal und trat mutig einen Schritt vor. »Ich werde Thea suchen und sie zurückbringen. Ich kenne mich im Jahr 1905 aus und weiß genau, wo ich nach ihr suchen muss.«

Aber Ines hielt ihm entschieden die Hand vor die Brust. »Nichts da, wir warten.«

Plötzlich vibrierte Ines' Handy. Es war Lena im Video-Chat, die sofort aufgeregt losplapperte. »Ines, ich habe großartige BLOK-Neuigkeiten!«

»Nein, warte«, fiel Ines ihr ins Wort. »Zuerst muss ich dir was erzählen.«

»Ja, aber beeil dich, weil ich *dir* was erzählen muss!«, klang Lenas aufgeregte Stimme aus dem Lautsprecher.

Gerade setzte Ines an, um Lena vom Zeitreiseportal zu berichten, als sie mit Entsetzen sehen musste, wie Henri Anlauf nahm und mit einem Riesensatz in das Portal sprang. Ein grelles Flackern erfüllte den Raum, Lichtblitze blendeten die Augen, es zischte und fauchte. Dann war Henri verschwunden.

»Oh mein Gott!«, stöhnte Ines. Sie konnte nicht fassen, dass Henri das getan hatte. Das war gegen die Abmachung!

Lena plapperte unbeeindruckt weiter. Sie wusste ja nicht, welche fatale Szene sich hier gerade abgespielt hatte.

»Sorry, melde mich später!«, haspelte Ines ins Handy und legte auf, gerade noch rechtzeitig, um Pinky mit einem festen Griff um den Arm davon abzuhalten, Henri zu folgen.

»Hey, der Typ hat doch überhaupt keinen Plan!«, protestierte Pinky.

Aber Ines ließ nicht locker. »Trotzdem, wir müssen warten, bis er zurückkommt. Und was erzähl ich jetzt Lena?«

13

Ines' Verzweiflung hätte nicht größer sein können. Henri kam nicht zurück. Und nachdem sie Pinky mit Vorwürfen überschüttet und einige Einstellungen am Zeitreise-Portal verändert hatte, war ein Hologramm der Agentin Lex erschienen, die ihnen erklärt hatte, dass Henri wegen Missbrauchs des Portals ins Zeitreisegefängnis gesteckt worden war. Und als hätte das nicht gereicht, bekam Ines einen Anruf einer mehr als aufgeregten Lena, die ihr mitteilte: »Armando wird die Rollenbesetzung für den Grand Prix schon *heute* entscheiden! Wo steckst du überhaupt?«

Ines wäre beinahe das Smartphone aus der Hand gefallen. Nervös wischte sie sich ihre dunklen Haare aus dem Gesicht.

»Was?«, rief sie entsetzt. »Er hat doch gesagt, wir hätten drei Wochen Zeit für die Vorbereitung!«

Panik stieg in ihr auf. Schließlich konnte die Verteilung der Rollen über die Ballettkarrieren entscheiden!

»Ja, aber du kennst ihn ja«, erwiderte Lena und machte Armando nach. »*Die besten Tänzer sind jederzeit bereit.*«

»Okay, ich komme«, versprach Ines und legte auf. »Ich muss weg. Wichtig«, sagte sie zu Pinky. »Was machen wir jetzt?«

Pinky zuckte mit den Schultern. »Wir brauchen Frank, aber der ist in 1905 unterwegs.«

Ines überlegte nicht lange, zückte Papier und Stift und schrieb hastig eine Notiz.

»Hier!« Sie gab Pinky den Zettel. »Leg das hinter den

losen Stein im Kamin auf dem Dach des Palais Garnier. Ich muss wirklich zurück zur Schule!«

Einen Wimpernschlag bevor Armando den Ballettsaal betrat, huschte Ines durch die Tür.

»Ihr bewerbt euch bei einem der prestigeträchtigsten Ballett-Ensembles der Welt um eine Rolle. Verhaltet euch entsprechend.«

»Wo bist du gewesen?«, wisperte Lena mit einem Blick auf Ines' völlig zerzausten Haarknoten. »Warte, ich helfe dir mit deinen Haaren.«

Die Atmosphäre im Studio knisterte geradezu, als die jungen Leute mit ihren Aufwärmübungen begannen und sich an der Stange abmühten, besonders viel Ausdruck in ihre Bewegungen zu legen und dabei trotzdem nicht zu verkrampfen.

Armando Castillo schritt mit scharfem Blick durch die Reihen, die Hände hinter dem Rücken verschränkt. Die Tänzer schwitzten vor Aufregung und vor Anstrengung. Dann und wann tippte er einem der Tänzer leicht auf die Schulter. Lena spürte, wie ihr der Atem stockte, als er sich ihr näherte. Max zwinkerte ihr zu. Weiteratmen! Lächeln! Lena atmete durch und legte alle Grazie, die sie aufzubringen vermochte, in ihre Übung. Armando ging vorbei, ohne ihr auf die Schulter zu tippen. Kalter Schweiß rann Lena über den Rücken. War es das? War es schon vorbei mit ihrer Chance auf den Grand Prix?

Schließlich baute sich Armando vor der Klasse auf und wandte sich an die Tänzerinnen und Tänzer. »Die Tänzer, denen ich auf die Schulter getippt habe, sind raus! Der

Rest von euch kann mit den Übungen in der Mitte des Raums weitermachen. Jungs, in Position! Die Mädchen machen eine kurze Pause!«

Während Lena ein riesiger Felsbrocken vom Herzen fiel, beobachtete sie, wie Max und Isaac sich um einen Platz in der ersten Reihe stritten. Die giftigen Blicke, die sie sich zuwarfen, waren nicht zu übersehen. Für diese Szene hatte Lena nur Naserümpfen übrig. Sie wollte endlich wissen, wo Ines gesteckt hatte! »Also, was ist los?«

Ines schien hin- und hergerissen zu sein, setzte zu einer Erklärung an, wurde aber, noch ehe sie einen Ton sagen konnte, von ihrem Handy unterbrochen. Mit aufgerissenen Augen starrte sie auf die Nachricht, die sie soeben erreicht hatte. »Ich muss los. Ich werde dir später alles erzählen! Versprochen!«

Damit ließ sie Lena stehen und rannte aufs Dach, wo Pinky bereits auf sie wartete. Thea hatte sich gemeldet. Auf einmal schien sie sich im Jahr 1905 pudelwohl zu fühlen und wollte dort in Ruhe gelassen werden. Aber sie mussten sie überreden, ihnen zu helfen! Thea musste Kontakt zu Frank aufnehmen, das war ihre einzige Chance!

Seit Clive verschwunden war, war Frank vollkommen von der Rolle. Er arbeitete Tag und Nacht daran, einen Weg zu finden, um Clive zurückzubringen. Er versuchte vergeblich, Zugang zum Zeitreisebüro zu kriegen. Verzweifelt und erschöpft sank er in der Wohnung der Zeitsammler auf die Knie, als es plötzlich an der Tür klopfte. Rasch strich er sich die Haare glatt und öffnete. Sein Herzschlag beschleunigte sich, als Thea vor ihm stand, die bezaubernde Tänzerin von der Treppe der Pariser Oper und ihre Anstandsdame.

»Hey, du bist Frank, der Freund des Jungen, der sich um meine Wäsche kümmert, nicht wahr?«, begrüßte sie ihn.

Für einen Moment verschlug es Frank die Sprache. »Äh, ja.«

Thea überlegte, wie sie ihr Anliegen vorbringen konnte, ohne dass ihre Anstandsdame Verdacht schöpfte. »Unser Freund aus der Zukunftsstraße 2019 braucht unsere Hilfe«, sagte sie schließlich.

Frank erfasste sofort, worum es ging, und stieg auf das Spiel ein.

»Oh, ist das so? Eine lange Reise von der *Zukunftsstraße* bis hierher. Hast du zufällig eine Uhr zu Hilfe genommen?«

Thea setzte ein selbstsicheres Grinsen auf und wippte lässig in den Hüften. »Ja, in der Tat, Prinzessin Grisky hat mir ihre Uhr geliehen … gewissermaßen.«

Frank spürte, wie sein Herz vor Freude hüpfte. Das war die Lösung! Mithilfe von Theas Zeitmesser konnte er Clive zurückbringen!

»Ich werde alles tun, was in meiner Macht steht«, sagte er und machte eine Verbeugung.

14

Armando trieb die jungen Tänzerinnen zu Höchstleistungen an. Konzentration, Köperbeherrschung, Ausdrucksstärke. Das Feld der teilnehmenden Tänzerinnen wurde immer dünner. Lena war noch dabei!

Sie fragte sich, wo Ines schon wieder steckte, ermahnte sich aber, sich durch diese Gedanken nicht ablenken zu lassen. Das hier war jetzt wichtiger!

Armando rief seine Kommandos. Die Tänzer spannten ihre Muskeln an. Lena atmete noch einmal tief durch. Die Übungen begannen von Neuem, diesmal stand sie in der ersten Reihe. Es lief perfekt. Mit einem Knicks beendeten die Tänzerinnen den Durchgang. Alle waren am Ende ihrer Kräfte.

»Lena, auf ein Wort«, sagte Armando.

Das Herz schlug Lena bis zum Hals, während sie zu ihrem Ballettmeister eilte.

Sie klebte förmlich an seinen Lippen, als er erklärte: »Lena, ich muss wirklich sagen, dass ich von den Leistungen, die du in diesem Durchgang bringst, sehr beeindruckt bin. Du bist für mich die erste Wahl für die Rolle der Adelaide.«

Lena hatte eine der begehrten Rollen bekommen! Sie musste sich beherrschen, um ihrem Lehrer nicht vor Freude um den Hals zu fallen. Allerdings wurde die Freude ein wenig getrübt, denn ...

»Monsieur, ich bin unendlich dankbar, aber ... ich würde viel lieber die Libertalia tanzen«, sagte sie mit entschlossener Miene.

Armando wischte sich eine Haarsträhne aus dem Gesicht und sah Lena fragend an. »Libertalia? Das Mädchen, das auf die Welt losgeht wie eine wilde Bestie? Tut mir leid, aber in dieser Rolle sehe ich dich nicht.«

Damit war für Armando die Sache erledigt und er wandte sich wieder der Gruppe zu. »Und nun will ich euch einzeln tanzen sehen. Clara, dich zuerst.«

Aber ich kann eine wilde Bestie sein, sagte Lena zu sich selbst.

Sie musste unbedingt mit jemandem reden. Wo zum Teufel steckte Ines?

Lena fand ihre Freundin Ines auf dem Dach des Palais Garnier. Und nicht nur sie! Lena traute ihren Augen kaum, als sie Pinky neben Ines beim Schornstein hocken sah. Was machte der denn da?

»Und du bist sicher, dass Frank uns helfen wird?«, hörte sie Ines sagen, woraufhin Pinky nickte und versicherte, Frank sei im Grunde seines Herzens ein guter Kerl.

Lena schnappte nach Luft. »Ines! Lauf weg! Er ist ein Zeitsammler!«

Schon war Ines aufgesprungen, eilte auf Lena zu und hielt sie am Arm fest. Verzweifelt versuchte sie, ihr die Situation zu erklären.

»Lena, es ist nicht so, wie es aussieht!«

Lena versuchte, sich loszureißen. »Wir müssen hier weg!«

»Nein!«, rief Ines, damit die Freundin zuhörte. »Lena! Pinky und ich arbeiten zusammen!«

Lena verharrte in der Bewegung und starrte Ines mit offenem Mund an.

Es fiel Ines schwer, Lenas Blick standzuhalten, als sie ihr erklärte: »Weißt du … wir haben Henri verloren.«

»Verloren?«, fragte Lena entsetzt. »Was meinst du damit?«

»Pinky, Henri und mir ist es gelungen, das Zeitreise-Portal zu reparieren. Damit wollten wir Thea zurückholen«, erklärte Ines hastig. »Ich wollte es dir ja erzählen, aber …«

Lena fiel ihr ins Wort. »Du und Henri habt hinter meinem Rücken mit den Zeitsammlern zusammengearbeitet?«

Pinky trat vorsichtig einen Schritt vor. »Mit einem Zeitsammler. Einzahl«, korrigierte er. »Und sie kann nichts dafür, dass Henri weg ist. Er ist einfach in das Portal gesprungen.«

Lena fixierte Ines mit düsteren Blicken. »Wie konntest du nur?«, brüllte sie enttäuscht und wütend und rannte davon.

Lena wollte einfach nur weg. So schnell die Füße sie trugen, rannte sie durch die Gänge des Palais Garnier, bis sie außer Atem war. Alle Welt schien sich gegen sie verschworen zu haben. Henri war verschwunden, Ines arbeitete heimlich mit den Zeitsammlern zusammen, Armando wollte ihr die falsche Rolle geben … Lena wollte allein sein und erst einmal ihre Gedanken sortieren. Doch dazu kam es nicht.

In der Schule fingen Bree und Kennedy sie auf dem Gang vor der Bühne ab.

»Lena, schnell! Armando will deine Libertalia sehen. Jetzt!«, rief Kennedy aufgeregt. Schon schoben die Mädchen die aufgewühlte Lena auf die Bühne.

Zögernd schritt Lena zur Mitte, wo ein Scheinwerfer auf sie gerichtet war. Sie erkannte Armando trotz des blendenden Lichts.

Die besten Tänzer sind jederzeit bereit, hörte sie seine Worte in ihrem Kopf.

»Also, Mademoiselle Grisky, zeigen Sie, was Sie draufhaben«, forderte er Lena auf.

Jetzt galt es! Lena atmete tief durch, zwinkerte die Tränen weg und konzentrierte sich. Dann setzte die Musik ein. Bei den ersten Schritten erkannte sie, wie jemand den Raum betrat. Ines! Lena spürte einen Kloß im Hals und unendliche Traurigkeit. Aber da war noch mehr: Wut, Verletztheit. Lena tanzte, als ginge es um ihr Leben. Sie legte all ihren Schmerz in ihren Ausdruck, wild wie ein verwundetes Tier … Als die Musik verstummte, wischte sie sich mit dem Handrücken eine letzte Träne aus dem Gesicht, nahm ihre Tasche und eilte von der Bühne.

Armando nickte anerkennend. »Immer wenn ich denke, sie kann mich nicht mehr überraschen, tut sie es doch. Das war unglaublich. Okay, eine Tänzerin steht noch aus.« Er drehte sich um. »Ines? Da bist du ja. Bitte.«

Ines hörte die Tür hinter Lena zuknallen. »Entschuldigen Sie, Monsieur, aber ich brauche noch einen kleinen Moment.« Es war ihr egal, dass Armando sich einen negativen Vermerk hinter ihren Namen machte. Das hier war jetzt wichtiger.

Ines erwischte Lena auf dem Flur und versuchte, sie aufzuhalten. »Lena, bitte, wir müssen reden!«

Doch Lena war noch im Libertalia-Modus und stieß Ines fort. »Müssen wir nicht!«

Ines stellte sich Lena in den Weg, packte sie an den Schultern und zwang sie, zuzuhören.

»Henri ist im Zeitgefängnis!«, erklärte Ines. »Die Zeitreise-Agentur hat eine Falle in das Portal eingebaut. Sie haben ihn festgenommen.«

Geschockt begann Lena zu zittern. »Was sagst du? Haft?«

Ines nickte. »Ja, aber Pinky und Frank kennen sich mit dem Büro aus. Sie helfen uns!«

Für einen kurzen Moment musste Lena die Neuigkeiten sacken lassen. Hatte sie eine Wahl? Sie musste Henri beistehen.

»Okay«, sagte sie schließlich, aber ihre Blicke sprachen eine deutliche Sprache. Sie hatte Ines nicht verziehen!

Sie trafen den wartenden Pinky vor der Tür zu Victors Büro. Mit erhobener Hand gab Lena Pinky zu verstehen, dass er erst gar nicht mit einer Erklärung anfangen sollte. Sie war nur wegen Henri hier.

Doch Pinky hatte weitere Neuigkeiten. »Thea hat getan, was du ihr aufgetragen hast. Und Frank hat mir Nachrichten hinter den Ziegelstein gesteckt. Das Zeitreise-Büro hat eine neue Agentin, Lex. Sie ist unerbittlich.« Pinky wies auf die Bürotür. »Jedenfalls sagt Frank, dass wir in Victors Büro Akten suchen müssen. Dort wären Koordinaten aufgezeichnet, die uns Henris Aufenthaltsort verraten.«

Doch es war schwierig, sich einen Überblick über all die Papiere und Gegenstände zu verschaffen, die Victor in seinem Büro aufbewahrte.

»Vielleicht ist es etwas mit einem Logo, so wie das da.« Pinky deutete auf das Zeitreise-Symbol auf der Fensterscheibe des Büros. »Es kann alles Mögliche sein, ein Papier, ein digitaler Datenträger oder ein merkwürdiges Ding aus

Kristall … Falls er schon mal in die Zukunft gereist sein sollte.«

Jedes Blatt Papier, jeden Gegenstand, beinahe jedes Staubkorn nahmen sie in die Hand und untersuchten es. Victors Koordinaten blieben verschollen.

»Bestimmt hat dein lieber Frank uns an der Nase herumgeführt«, maulte Lena.

»Das würde er niemals tun«, stellte Pinky klar. »Ich gehe aufs Dach und frage ihn. Vielleicht hat er ja im Jahr 1905 was gefunden.«

Während Pinkys Abwesenheit suchten die Mädchen weiter. Sie sprachen kein Wort miteinander. Die Stille war kaum zu ertragen.

Zum Glück blieb Pinky nicht lange weg. Zielstrebig eilte er auf das Fenster zu. »Frank hat es gefunden, einen USB-Stick! Er konnte ihn in 1905 natürlich nicht auslesen und ihn auch nicht über den Ziegelstein verschicken, also hat er ihn hier deponiert.« Pinky schob seine Hand in eine kleine Nische neben dem Fenster. »Seltsam, hier sollte er eigentlich sein!«

Lena verschränkte die Arme vor der Brust. »War ja klar: Auf die Zeitsammler kann man sich nicht verlassen. Vielleicht gibt es diese Koordinaten ja gar nicht.«

»Nun hör schon auf«, schimpfte Ines. »Frank hat das Teil vor über 100 Jahren versteckt. Vielleicht ist es rausgerutscht, lass uns suchen.«

In diesem Moment erreichte Lena eine Nachricht auf dem Handy. Sie war von Kennedy. Erschrocken starrte sie auf das Display. »Armando ruft alle zusammen. Die Liste steht!«

»Geht nur«, forderte Pinky sie auf. »Ich werde weitersuchen. Wenn ich ihn finde, melde ich mich. Versprochen.«

Lena drehte auf dem Absatz um und verließ im Stechschritt das Büro, sodass Ines ihr kaum folgen konnte. Im Hinausgehen entdeckte Ines einen gelblichen Zettel, der vorher noch nicht dagelegen hatte. Rasch nahm sie ihn an sich und ließ ihn in ihrer Gesäßtasche verschwinden.

Nur ein paar Tänzerinnen waren noch auf der Bühne. Lena gesellte sich zu ihnen, während sich Ines zu den Mädchen begab, die zusammen mit den Jungen weiter abseits standen.

»Es war ein langer Tag, also mache ich es kurz. Die Rollen der Jungs verkünde ich morgen«, kündigte Armando an.

In diesem Moment fiel Jeff vor Armando auf die Knie und hob flehend die Hände. »Oh nein, Monsieur Castillo, ich bitte Sie. Ich werde die ganze Nacht durchtanzen, aber lassen Sie mich bitte nicht weitere Stunden im Ungewissen.«

Aber Armando hatte kein Mitleid und vor allem verstand er keinen Spaß. »Du wirst überhaupt nicht tanzen, wenn du nicht sofort wieder auf den Beinen bist.«

Dann wandte sich der Ballettmeister an die Mädchen, die die Spannung kaum mehr ertragen konnten. »Exzellente Arbeit heute. Meine Liste für die Schwestern steht: Adelaide: Charlotte, Sofia und Jenny. Für Libertalia: Clara und … Lena.«

Bree und Kennedy brachen in begeistertes Quietschen aus, während Lena mit offenem Mund dastand und keinen Ton herausbekam.

Bree fiel ihr um den Hals. »Du hast es als Einzige aus der zweiten Klasse geschafft! Du warst viel besser als Thea! Erzähl ihr bloß nicht, dass ich das gesagt habe.«

Plötzlich stand auch Ines da. »Lena, das ist fantastisch. Herzlichen Glückwunsch.«

Doch Lena schenkte ihr nur ein eisiges Lächeln.

Später, als Lena nach dem Abendessen in ihr Zimmer kam, sprang Ines von ihrem Bett hoch. Sie hatte bereits auf Lena gewartet und wedelte mit einem gelblichen Blatt Papier in der Luft herum. »Lena!«

»Ich bin noch nicht bereit, mit dir zu sprechen«, antwortete Lena mürrisch.

»Doch, bist du«, erwiderte Ines. »Das hier ist megawichtig. Du hattest recht!«

Sie gab Lena das Blatt Papier. »Das hier ist der Brief, den sich Pinky und Frank hinter dem Stein hin- und hergeschickt haben. Ich schätze mal, der ist Pinky aus der Tasche gerutscht.«

Lena überflog die Zeilen. Ihre Augen weiteten sich immer mehr.

»Sie haben also auch Clive! Diese Lex hat Clive in Luft aufgelöst, direkt vor Franks Augen!«, sagte Lena.

»Sie wollten also überhaupt nicht Henri helfen. Es ging ihnen nur um Clive«, bestätigte Ines.

Lena hob den Blick. »Ich habe doch immer gesagt, dass man den Zeitsammlern nicht trauen kann! Henri ist verschwunden und wir haben keinen Anhaltspunkt!«

Mit diesen Worten stapfte Lena an Ines vorbei, kauerte sich auf ihr Bett und setzte sich den Kopfhörer auf. Leise drang Henris Klavierspiel in ihre Ohren und blendete Ines' Stimme aus. Als Ines auf sie zukam, zog sich Lena die Bettdecke über den Kopf. So konnte sie auch nicht sehen, was diese ihr auf der Handfläche hinhielt: einen USB-Stick.

15

Ihr Streit währte zum Glück nicht lange. Ines erklärte Lena noch einmal in aller Ausführlichkeit, wie die Dinge zusammenhingen. Und Lena gelangte zu der Erkenntnis, dass die ganze Misere erst hatte passieren können, weil sie selbst so leichtsinnig gewesen war, ihren Zeitmesser fortzuwerfen, sodass Thea ihn hatte an sich nehmen können. Beide kamen zum Entschluss, dass sie Henri nur befreien und Thea nur zurückholen konnten, wenn sie zusammenhielten!

Eigentlich hatten sie vorgehabt, sich das Vortanzen der Jungen anzuschauen, für die es heute darum ging, wer die Rolle des Outlaws Damien tanzen durfte, aber ihre Mission war jetzt wichtiger. Und das Kindergarten-Gehabe der beiden Konkurrenten Max und Isaac hatte ihnen beim Frühstück schon wieder gereicht. Sie konnten sich lebhaft vorstellen, wie die beiden auch heute auf der Bühne versuchen würden, den anderen auszustechen.

Doch sie mussten sich beeilen, denn Armando erwartete Ines pünktlich um drei Uhr zum Vortanzen. Nachdem sie ihren Lehrer am Vortag versetzt hatte – sie hatte ihm von einem Notfall in der Familie vorgeflunkert –, bedeutete dies für sie die allerletzte Chance, eine der Hauptrollen zu bekommen.

Pinky erwartete sie bereits in der Wohnung der Zeitsammler. Sie waren auf seine Mithilfe angewiesen, doch er durfte auf keinen Fall erfahren, dass Ines den USB-Stick gefunden hatte!

Lena baute sich vor Pinky auf. »Damit das klar ist: Ich vertraue dir nicht. Ich bin nur hier wegen Henri und Ines«, erklärte sie ihm rundweg.

»Und ich weiß, wie wir Henri finden«, fiel Ines ihr ins Wort, ehe Pinky etwas erwidern konnte.

»Das wundert mich nicht, denn du bist unheimlich clever.« Pinky ließ keine Gelegenheit aus, seine Bewunderung für Ines auszudrücken.

Ines öffnete ein Bedienfeld am Zeitreise-Portal. Nun war ihr klar, wo Lex die Falle eingebaut hatte. Schließlich entdeckte sie die Steckverbindung für den USB-Stick. Schnell schob sie diesen hinein, ohne dass Pinky es sehen konnte. In diesem Moment begann der Wecker ihres Handys zu läuten.

»Es ist gleich drei Uhr. Du musst los«, sagte Lena. »Wenn du das verbockst, wirst du rausgeschmissen.«

»Du weißt schon, dass wir beide uns um dieselbe Rolle bewerben, nicht wahr?«, erinnerte Ines sie daran, dass sie Konkurrentinnen waren.

Lena lächelte. In erster Linie aber waren sie Freundinnen.

»Nun geh schon«, sagte sie. »Ich warte hier, für den Fall, dass Henri durch das Portal zurückkommt.«

»Okay, aber fass nichts an«, mahnte Ines. »Ich bin, so

schnell es geht, zurück. Das hier wird klappen. Ich habe das im Gefühl.«

Nachdem Ines den Raum verlassen hatte, starrten Lena und Pinky sich eine Weile misstrauisch an. Plötzlich erfüllte ein leises, dann immer lauter werdendes Summen den Raum. Im Portal passierte etwas!

»Was hast du gemacht?«, rief Lena vorwurfsvoll. »Sie hat gesagt, wir sollen es nicht anfassen!«

»Ich habe nichts angefasst!«, blaffte Pinky. »Du hattest mich doch die ganze Zeit über im Blick.«

Neugierig näherten sie sich dem Portal. Über der Schleuse waren digitale Leuchtziffern zu sehen, die von 45 Sekunden rückwärts zählten!

Erschrocken zeigte Lena auf die Ziffern. »Was, wenn das unsere einzige Chance ist, Henri zu befreien?«

Voller Panik starrte Pinky auf die Anzeige. 38, 37, 36 …

»Tu es nicht! Wir haben keine Koordinaten. Sie werden dich auch verhaften!«

Doch Lena hörte nicht auf ihn. Der Gedanke, Henri befreien zu können, ließ sie alles ausblenden. Von Sekunde zu Sekunde wurde der Sog immer größer, den das Portal auf sie ausübte.

»Wir haben sehr wohl die Koordinaten. Wir haben alles gelesen, was du Frank geschrieben hast. Du hast uns hinters Licht geführt! Sieht so aus, als sei meine Freundin cleverer als dein Freund.«

Und ehe Pinky sie ergreifen konnte, hatte Lena sich in die Schleuse geworfen und verschwand wie ein Windhauch.

Fassungslos starrte Pinky auf das Portal. »Oh nein, bitte nicht!«

Lena wusste nicht, was sie erwartet hatte. Sie wollte nur Henri helfen, mehr hatte sie sich nicht überlegt. Und nun befand sie sich in einem schlichten weißen Raum im Zeit-Gefängnis! In einer Ecke saß Henri auf einem Hocker und spielte Gitarre.

Lena stürzte auf ihn zu. »Henri! Es tut mir alles so leid. Bist du okay?«

Henri legte die Gitarre zur Seite und schloss Lena in die Arme.

»Jetzt geht es mir besser. Aber wie kommen wir von hier weg?«

Lena senkte den Blick. »Keine Ahnung. Ich wünschte, wir könnten einfach wieder nach Hause.«

Henri seufzte. »Lass mich raten. Mit *nach Hause* meinst du sicher nicht 1905 …«

Jetzt geht das schon wieder los, dachte Lena enttäuscht.

»Ich will nur hier raus. Und es wäre schön, du würdest meiner Welt eine Chance geben.«

»Nun hör schon auf«, maulte Henri enttäuscht. »Du weißt, dass ich es versucht habe. Aber ich fühle mich dort so fehl am Platze, und … wenn deine neuen Freunde dabei sind, bist du mir so fremd.«

Lena zog die Schultern hoch. Was erwartete Henri denn?

»Na, hör mal, natürlich bin ich in einem anderen Jahrhundert ganz anders.«

»Und ich möchte nur, dass alles so ist wie früher und wir zusammen sind«, sagte Henri traurig. Große Sehnsucht lag in seiner Stimme.

»Aber ich bin nicht bereit, ins Jahr 1905 zurückzugehen«, erwiderte Lena mit Nachdruck. Die beiden starrten sich unnachgiebig an.

Ines platzte beinahe. Voller Wut und Enttäuschung über sich selbst marschierte sie in Richtung Wohnung der Zeitsammler. Sie hatte ihre Karriere aufs Spiel gesetzt und sie hatte es vergeigt! Armando Castillos Urteil war klar und gnadenlos gewesen: »Du bist draußen!«

Alles nur wegen dieser Zeitreise-Geschichte, wegen Thea, wegen Henri, wegen Pinkys und Franks Intrige. Und wo blieb sie selbst? Jetzt brauchte sie ihre beste Freundin.

»Wo ist Lena?«, fragte sie, als sie nur Pinky im Appartement vorfand.

Pinky blickte verstohlen auf das Portal. »Sie ist …«

»Nein!«, brüllte Ines außer sich. »Du hast meine beste Freundin gehen lassen?«

»Na ja, ihr habt die Codes gestohlen«, gab Pinky zu bedenken.

»Das ist ja wohl kaum dasselbe«, schimpfte Ines. »Aber Streiten bringt Lena auch nicht zurück.«

»Glaub mir, sie ist einfach hineingesprungen!«, rief Pinky verzweifelt.

»Und du hast sie nicht aufgehalten!«

Ines begann sofort, in ihren Aufzeichnungen zu kramen, breitete diese auf dem Fußboden aus und studierte sie eingehend. Ihren Fauxpas beim Vortanzen hatte sie schon verdrängt.

Nach einigem Tüfteln gelang es Ines, das Portal neu einzustellen. Jetzt kam es darauf an, ob sie sich aufeinander verlassen konnten.

»Wird das funktionieren?«, fragte Pinky misstrauisch.

»Wir müssen es ausprobieren«, erwiderte Ines. »Ich habe die Codes ausgetauscht. Das war nicht allzu schwierig.«

»Ich gehe allein«, entschied Pinky. »Wir können es nicht riskieren, dass du auch noch im Zeitgefängnis landest.«

»Nein«, widersprach Ines. »Ich werde dich festhalten, wenn du reingehst. Wir machen eine Art Menschenkette, verstehst du? Bist du dabei?«

Pinky blickte ihr tief in die Augen und nickte. Ines konnte sich auf ihn verlassen!

Also umklammerten sie fest ihre Handgelenke. Pinky trat über die Schwelle. Mit einem leisen Zischen und einem diffusen Flimmern war Pinkys Körper verschwunden. Ines schraubte ihre Finger so fest um sein Handgelenk, dass es schmerzte, während sie sich mit der anderen Hand mit aller Kraft am Rahmen des Portals festkrallte. Sie schloss die Augen und betete still: Bitte, lass es funktionieren!

Es kam Ines wie eine Ewigkeit vor, doch es dauerte nur ein paar Sekunden und Pinky, Henri und Lena kamen durch das Portal in die Wohnung gepurzelt.

Henri fiel Ines um den Hals. »Oh, danke, danke, danke!«

»Gern geschehen!«, rief Ines erleichtert. »Aber jetzt müssen wir zurück zur Schule!«, mahnte sie mit einem Blick auf die Uhr.

Etwas unschlüssig sahen Lena und Henri sich an. Ihre Auseinandersetzung schwebte noch wie eine unsichtbare Trennwand zwischen ihnen.

»Begleitest du mich?«, fragte Lena zögernd. Henri nickte. Pinky blieb allein zurück.

Als sie sich vor der Schule voneinander verabschieden

mussten, ergriff Lena Henris Hände und blickte ihn ernst an.

»Ich glaube, es ist besser, wenn wir mit den Zeitreisen aufhören, Henri. Es ist einfach zu gefährlich.«

Henri hielt ihrem Blick stand. »Du hast recht. So lange wie wir in Sicherheit und zusammen sind, ist es für mich okay, hierzubleiben.«

Lena lächelte. »Bist du sicher?«

Henri nickte. Seine Haare waren ihm in die Stirn gerutscht. Er wirkte erschöpft, aber erleichtert. »Sicher. Nachdem ich dort ohne dich eingesperrt war … Ich möchte dich nicht verlieren.«

Lena umarmte ihn noch einmal fest, dann war es Zeit, gute Nacht zu sagen.

Im Eingang traf Lena zufällig auf Max.

»Ich bin gerade auf dem Weg runter in den BLOK-Übungsraum, weil ich ein paar neue Sachen ausprobieren will«, erklärte er etwas verlegen.

Lena stutzte. Sie spürte, wie sie rot wurde. War das als Einladung gemeint, ihm dorthin zu folgen?

16

Daran, dass der Fanclub jüngerer Ballettschülerinnen – allen voran Bree und Kennedy – sie nun, da Thea nicht mehr da war, permanent wie kleine Satelliten umkreiste, hatte sich Lena gewöhnt. Ines dagegen fand sie nur lästig. Ständig musste man aufpassen, dass nicht jemand mithörte.

Doch Thea hatte längst einen neuen Hofstaat um sich versammelt. Sie genoss es, dass sie im Jahr 1905 noch beliebter war als in ihrem früheren Leben 2019. Die jungen Mädchen ließen sie nicht aus den Augen. Sie liebten ihr extravagantes Auftreten und lasen ihr jeden Wunsch von den Lippen ab. Allen voran Claudine, der klar war, dass sie von Theas Gunst nur profitieren konnte.

Die Mädchen schwirrten in Theas Garderobe herum wie Hummeln, während Claudine einen Stapel Post durchsah, der im Laufe des Tages gekommen war.

»Oh, dies ist eine Einladung in den Buckingham Palast!«, rief sie entzückt und hielt eine Karte aus rosa Büttenpapier in die Höhe.

Thea fuhr herum. »Was? Das ist ja großartig! Ich würde dafür sterben, Prinz Harry kennenzulernen ...«

Die Mädchen hielten in ihren Bewegungen inne und starrten sie verständnislos an. Wer zum Teufel war Prinz Harry?

Thea presste sich die Hände auf die Brust. »Und wenn Meghan und ich beste Freundinnen werden, dann lädt man mich zu allen Partys, Segeltörns und Polospielen ein.«

Keines der Mädchen wagte zu fragen, von wem sie sprach, doch als Thea auf der Karte nachsehen wollte, ob sie noch jemanden als Begleitung mitbringen dürfte, brachten sie sich alle in Position. Allen voran Claudine.

In diesem Moment überreichte ihr ein Mädchen einen riesigen Blumenstrauß, der den Raum unmittelbar mit wunderbarem Duft erfüllte. Thea zupfte die beigelegte Karte aus dem Strauß und starrte mit offenem Mund darauf.

»Die Blumen sind von Menkin!«, rief sie euphorisch. »Hier steht, dass ich eingeladen bin. Aber wohin?«

Claudine klatschte in die Hände. »Oh mein Gott, wie aufregend! Er ist ohne Frage der berühmteste Choreograf der Welt, und er will dich dem Kreis der Unterstützer und Gönner vorstellen. Das ist eine außergewöhnliche Sache!«

Thea sprang aus ihrem Frisierstuhl. »Und es ist schon heute! Ich muss sofort anfangen, mich fertig zu machen. Besorgt mir was von dem Zeug, das ihr Shampoo nennt, und dann brauche ich eine Gesichtsmaske …«

Niemand bewegte sich von der Stelle. Die Mädchen hatten keine Ahnung, was die hysterisch gewordene Thea von ihnen wollte. Doch Thea bemerkte es gar nicht. Sie plante schon ihre nächsten strategischen Schritte.

Drei Mitglieder der zweiten Klasse waren noch im Rennen, Max, Isaac und Lena, außerdem Clara, Jack und Luna aus der Companie. Jetzt ging es ums Ganze! Es galt, Armandos hohen Ansprüchen zu genügen, wenn man überhaupt eine Chance auf die erste Besetzung haben wollte.

»Wir brauchen einen Plan«, wisperte Lena Max nach der ersten Runde beim Vortanzen zu. Gerade hatten Isaac und Clara Max' Vater mit einer ganz besonderen Tanzeinlage, die nicht zur eigentlichen Choreografie gehörte, schwer beeindruckt. Bis jetzt hatten sie mehrmals die Partner wechseln müssen, aber es war schnell klar, dass das Duo Clara und Isaac schwer zu überbieten war. »Etwas, das noch außergewöhnlicher ist als das.«

Max überlegte nur kurz. »Ich habe eine verrückte Idee. Bist du dabei?«

Konspirativ beugte Lena sich weiter zu ihm vor. »Na klar. Die Libertalia werde ich nie, wenn ich nichts wage.«

»Okay, hör zu«, flüsterte Max. »Zuerst einmal nehmen wir eine andere Musik. Es gibt ein Stück, bei dem mein Vater immer total sentimental wird.« Lena nickte. »Und dann bauen wir diese Hebefigur ein, die meinen Vater am *Empire* berühmt gemacht hat, den Castillo-Lift«, fuhr Max fort. »Damit ist er Choreograf des Jahres geworden.«

»Die kenne ich!«, wisperte Lena begeistert. »Die ist spektakulär!«

»Er unterrichtet die Figur nicht mehr«, gab Max zu bedenken. »Es ist schwierig, aus der Figur herauszukommen, wenn man abbrechen muss. Außerdem hält er sie für zu gefährlich. Kaum jemand beherrscht sie, aber ich weiß, dass *wir* das können.«

Lena nickte. »Natürlich schaffen wir das. Keine Zeit für Zweifel. Genauso würde Libertalia das angehen.«

»Okay«, sagte Max. »Wir treffen uns zum Proben im Studio.«

»Was trägst du denn auf dem Kopf?«, fragte Ines entgeistert, als Lena wenig später im Zimmer der Mädchen dabei war, sich für das Training zu stylen. Sie betrachtete misstrauisch den federbestückten Kopfschmuck aus dem Jahr 1905.

»Das, meine Liebe, ist ein Fascinator, wie ihn Anna Pavlova getragen hat, als sie die *Undine* tanzte. Und *sie* hat Geschichte geschrieben.«

Lena eilte zu ihrem Bett, auf dem aufgeschlagen ein Buch über die Geschichte des Tanzes lag. »Schau hier!« Lena zeigte auf das schwarz-weiße Foto der berühmten

Tänzerin und ließ in dem Moment das Buch mit einem Schrei fallen.

»Was ist los?«, rief Ines besorgt.

Mit zitternden Fingern griff Lena wieder nach dem Buch. Sie bekam kaum einen Ton heraus, als sie stammelte: »Da … auf dem Bild … ist nicht Anna Pavlova! Das ist … THEA!«

Wütend riss sich Lena den Kopfschmuck herunter, der genauso aussah wie der, den Thea auf dem Bild trug. »Weg damit!«, fluchte sie. »Das Teil bringt Unglück!«

Ines machte sich Sorgen. »Oh, oh, das ist nicht gut. Sie fängt an, die Geschichte zu verändern.«

»Vielleicht hat sie Anna Pavlova in einen Schrank gesperrt, um an ihre Rolle zu kommen«, knurrte Lena verbissen.

Ines seufzte. »Wir müssen sie zurückholen, bevor die Dinge komplett außer Kontrolle geraten.«

17

Frank vergötterte Thea. Deswegen wollte er nicht zulassen, dass Lex Theas Karriere gefährdete. Er entdeckte die Agentin der Behörde in dem Moment, als der Choreograf Menkin Thea den Mäzenen als seine neue Entdeckung vorstellen wollte. Frank hatte sich unters Publikum gemischt. Rasch drängelte er sich durch die Menge und packte Lex am Arm. Es reichte, dass sie Clive ausradiert hatte, Thea würde sie nicht kriegen!

»Ich habe dir gesagt, du sollst mich in Ruhe lassen«, zischte Lex böse.

»Du hast Clive ausgelöscht«, erinnerte Frank kampflustig.

»Das war Notwehr«, rechtfertigte Lex sich.

»Du holst ihn zurück«, knurrte Frank, das Gesicht so nah an Lex, dass sich ihre Nasenspitzen fast berührten.

Doch Lex hatte nur ein verächtliches Grinsen für ihn übrig. Frank packte sie fester am Kragen.

»Vorsicht, Freundchen«, mahnte Lex. »Du willst doch nicht der Nächste sein?«

Doch Frank ließ sich nicht so leicht beeindrucken. »Ich werde dein schlimmster Alptraum sein und dich nicht mehr in Ruhe lassen. Und wenn du es am wenigsten erwartest, mache ich dich platt.«

Doch als er einen Schritt zurücktrat, wurde er eingefroren. Nicht einmal den kleinen Finger konnte er mehr bewegen! Henris Vater Victor, in der Uniform eines Elite-Sekretärs der Zeitreise-Behörde, trat zwischen sie.

»Das war aber in letzter Sekunde, Agentin Lex«, sagte er. »Ich glaube, Ihnen ist nicht bewusst, wie gefährlich er ist. Für den Moment konnte ich ihn einfrieren, aber wir sollten schleunigst von hier verschwinden.«

Victor packte Lex am Arm und versuchte, sie mit sich zu ziehen.

»Warten Sie!« Lex war offensichtlich verwirrt. »Sie sind … Sekretär?«

Victor nickte. »Mein Name ist Duquet. Ich bin Offizier der Elite-Einheit.«

Augenblicklich lief Lex rot an. »Es … es ist mir eine

Ehre, Sie kennenzulernen, Sir. Es tut mir wirklich leid, was passiert ist.«

Victor machte diese Rolle Spaß und er genoss es, wie leicht er Lex beeindrucken und steuern konnte. »Sie stecken wirklich ganz schön in Schwierigkeiten«, erklärte er mit ernster Miene. »Kommen Sie, hier sind zu viele Leute.«

Bereitwillig folgte ihm die Agentin in sein Büro. Lex taxierte Victor misstrauisch, als dieser ihr erklärte, dass er ihren Auftrag überprüfe.

»Sie sind doch im Auftrag unterwegs, nicht wahr?«

Victor wusste, dass er sie mit dieser rhetorischen Frage knacken konnte.

Lex wurde knallrot. »Nun … nicht direkt im offiziellen Auftrag«, stammelte sie. »Aber ich gedenke, ihn zu vollenden. Der Riss in der Zeit ist schuld daran, dass Leute sich in der falschen Zeit befinden. Das muss ich in Ordnung bringen.«

Victor setzte sich lässig auf die Tischkante und beugte sich vor, ganz der verständnisvolle Vorgesetzte. »Dann erzählen Sie mal alles. Und ich überlege dann, was ich tun kann, um Ihre Suspendierung zu vermeiden.«

Jetzt wurde Lex hellhörig. So tief steckte sie im Schlamassel?

»Ich wollte das Protokoll nicht verletzen«, versicherte sie hastig. »Es sollte nur jeder in *seine* Zeit zurückkehren. Lena, Henri, Thea, die Zeitsammler … jeder.«

Victor tat erstaunt und schenkte ihr ein Lächeln. »Das ist die Aufgabe für eine Spitzen-Agentin.«

Lex fühlte sich geschmeichelt. »Finden Sie?«

Dann wurde Victor sehr ernst. »Aber Sie sind keine

Spitzen-Agentin. Und jetzt: Stoppen Sie das Ganze. Sofort!«

Lex entgleisten sämtliche Gesichtszüge. Damit hatte sie nicht gerechnet. »Wie meinen Sie das? Ich bin auf dem richtigen Weg und brauche nur noch ...«

»Sie handeln ohne Befehl der Behörde.« Victor zeigte mit dem Finger auf Lex. »Sie sind eine Gefahr für das Büro und die ganze Welt. Das bleibt jetzt unter uns, aber beim nächsten Mal werde ich nicht so großzügig sein. Erledigen Sie ausschließlich den Job, mit dem Sie beauftragt wurden. Verstanden?«

Lex verstummte und senkte den Blick. Ohne ein weiteres Wort verließ Victor das Büro.

Thea hatte von all dem nichts mitbekommen. Ihr war lediglich aufgefallen, dass Frank, den sie gerade noch im Publikum gesehen hatte, verschwunden war. Einen Tag zuvor hatte er ihr ein paar moderne Spitzenschuhe besorgt. Damit war es ein Kinderspiel gewesen, das Publikum mit ihrer modernen Interpretation der »Undine« zu verzaubern. Und so kamen am Ende ihrer Aufführung Duzende roter Rosen auf die Bühne geflogen, sodass sie in einem Blumenmeer stand.

Als Menkin zu ihr auf die Bühne stieg, war in den Reihen der Gönner und Mäzene kein Halten mehr. Ein Star war geboren! Thea sog den Jubel in sich auf wie ein Lebenselixier. Was war dagegen der *Dance Off*-Wettbewerb?

Auch für Max und Lena war der Moment gekommen, mit dem sie sich in der Geschichte der Ballettschule der Pariser

Oper ein Denkmal setzen und sich in Armandos Herz tanzen wollten. Sie hatten viel Energie in diese Choreografie gesteckt. Die Hebefigur saß perfekt. Hoch konzentriert betraten sie nun Hand in Hand und mit klopfenden Herzen die Bühne, wo sich das Scheinwerferlicht auf sie richtete. Die Musik setzte ein. Sie begannen, mit einer Leichtigkeit zu tanzen, wie sie sie noch nie empfunden hatten.

Armando musste schlucken, als er das Musikstück erkannte. Gebannt folgte er den fließenden Bewegungen der beiden jungen Tänzer. Das, was sie vortrugen, war brillant!

Lena und Max war es sehr wohl bewusst, dass nicht nur Armando jeden ihrer Schritte gebannt verfolgte. Auch Henri und Isaac saßen im Zuschauerraum. Und dann folgte die doppelte Hebefigur, der Castillo-Lift. Sie konnten förmlich spüren, wie alle Anwesenden die Luft anhielten, als Max Lena beim ersten Lift auf Händen trug. Applaus brandete auf.

Das lief perfekt!, dachte Lena erleichtert und sprang zur zweiten Hebefigur in die Höhe. Sie fühlte sich so sicher in Max' Händen. Plötzlich spürte sie, dass etwas nicht stimmte. Sie drohte zu fallen! Max setzte sie in allerletzter Sekunde sicher auf den Boden. Doch Max selbst konnte sich nicht halten, sein Bein knickte schräg zur Seite, wobei sein Knie sich unnatürlich verdrehte. Mit einem markerschütternden Schrei brach er auf der Bühne zusammen.

Lena ging neben ihm auf die Knie. »Max!«

Max versuchte, nicht zu jammern, doch sein schmerzverzerrtes Gesicht verriet, dass er einer Ohnmacht nahe war.

Während Armando auf die Bühne zustürzte, rief er nach den Sanitätern.

»Es tut mir so leid, Lena«, flüsterte Max mit erstickter Stimme. »Ich bin so ein Sturkopf. Alles meine Schuld. Au, verdammt, es tut so weh!«

Lena hielt seinen Kopf in ihrem Schoß. »Scht. Ich bin bei dir. Es ist auch meine Schuld.«

Vor lauter Schmerzen konnte Max kaum atmen. Er klammerte sich an Lena fest, versuchte etwas zu sagen.

»Es ist okay«, versuchte Lena ihn zu beruhigen. »Wir reden später.«

»Ich wollte nur ... Ich möchte nicht, dass du gehst«, wimmerte Max.

Jetzt war auch Armando an seiner Seite. »Max, beweg dich nicht. Ich bin bei dir.«

Auch als die Sanitäter endlich eintrafen, wich Lena nicht von Max' Seite. Henri hatte dafür Verständnis, doch er sah ihnen traurig nach, als Max auf der Bahre hinausgeschoben wurde.

Mademoiselle Carré, die ebenfalls im Zuschauerraum gesessen hatte, bat Armando, seinen Sohn zum Krankenhaus zu begleiten. »Sobald Sie Neuigkeiten haben, rufen Sie mich umgehend an«, gab sie ihm mit auf den Weg. Dann wandte sie sich an die anwesenden Tanzschüler. »Bitte begebt euch auf eure Zimmer.«

Henri warf einen letzten Blick auf die Szene, als er sich zusammen mit den anderen zum Gehen wandte. Er nahm alles wie in Zeitlupe wahr, die Sanitäter, die die Bahre von der Bühne schoben, Lena, die Max' Hand hielt und dicht bei ihm blieb, Max' schmerzverzerrtes Gesicht, die Tränen, die Lena über die Wangen liefen. Wie in Trance trat Henri durch die Tür.

Auch spät am Abend war Lena noch an Max' Seite. Längst hatte man ihn medizinisch versorgt und ihm ein starkes Schmerzmittel verabreicht, sodass er zur Ruhe kam.

»Wie geht es dir?«, fragte Armando, der auf der anderen Seite des Bettes saß.

»Es ist alles meine Schuld«, jammerte Max, während ihm eine Träne aus dem Augenwinkel lief. »Ich hätte diese Figur nicht machen dürfen.«

»Und ich hätte nicht mitmachen dürfen«, sagte Lena. »Es tut mir so leid, Monsieur Castillo.«

»Das ist jetzt egal«, winkte Armando ab. »Wichtig ist nur Max' Gesundheit.«

Max schluckte. Es fiel ihm schwer, seinem Vater in die Augen zu sehen. »Was haben die Ärzte gesagt? Wie schlimm ist es?«

Doch Armando brachte keinen Ton heraus. Seine Augen füllten sich mit Tränen. Das war für Max Antwort genug.

18

Für Henri war die Zeit nur schwer zu ertragen. Er hatte Sehnsucht nach Lena, die ihn aber wiederum kaum zu vermissen schien. Sie saß die ganze Zeit im Krankenhaus an Max' Bett und versuchte, ihren Tanzpartner aufzumuntern. Immer wieder vertröstete sie Henri auf den nächsten Tag, um ihn dann erneut zu versetzen.

Henri zeigte Verständnis, doch tief in seinem Herzen tat ihm Lenas Verhalten sehr weh. Er hatte im Palais Garnier einen Raum mit einem Piano gefunden, wo er sich Stunde um Stunde traurige Melodien ausdachte, die er mit seinem Smartphone aufnahm. Doch Lena hatte keinen Nerv, Henris Musik anzuhören.

Und dann hatte Henri einen Anruf von Oscar erhalten, der ihm erzählte, alle möglichen Typen seien bei ihm im Laden gewesen, Shakespeare, Isaac Newton ... Das konnte nur bedeuten, dass an diesem Tag das Portal geöffnet war! Immer wieder versuchte Henri, Lena diese Nachricht zu übermitteln.

»Lena, melde dich. Heute ist ein Zeitreise-Tag. Lass uns heimkehren ...«

Doch sie reagierte nicht. Als er dann aus der Ferne beobachtete, wie sie auf der Bühne mit ihren Freunden herumalberte und Henris Anruf wegdrückte, war dies ein Stich in sein Herz. Sie ist glücklicher hier, ohne mich, erkannte Henri.

Traurig schob er sein Smartphone in Lenas Tasche, die er an der Seite hatte stehen sehen, und machte sich auf den Weg zum Zeitreiseportal. So hatte das ja keinen Sinn mehr. Ein kleiner Schritt, dann war er aus 2019 verschwunden.

Die jungen Tänzer fragten sich, was aus Max werden würde. Jeff wollte von Lena wissen, wie sie seinen derzeitigen Zustand beschreiben würde. Doch Ines stoppte die beiden.

»Wir dürfen nicht spekulieren, sondern müssen abwarten, was die Ärzte sagen, klar?«

Isaac fühlte sich schuldig. »Ich habe ihn indirekt dazu

herausgefordert. Er hätte diese waghalsige Figur nie in seine Choreografie eingebaut, wenn ich nicht …«

»He, Alter, es ist nicht deine Schuld!«, fiel Jeff ihm ins Wort. »Das ist Max' Charakter. So reagiert er immer auf Konkurrenz.«

Aber das genügte Isaac nicht. »Es tut mir so leid«, wandte er sich an Lena. »Du hättest auch verletzt werden können.«

Lena legte ihm die Hand auf die Schulter. »Mir ist aber nichts passiert«, stellte sie klar. Sie suchte die Blicke der anderen. Vielleicht war Isaac doch kein schlechter Kerl?

Auch Armando verhielt sich nach Max' Unfall ziemlich merkwürdig. Er verwirrte die Tänzer mit seiner Aussage, dies sei der letzte Tag, an dem sie Freunde wären, denn am Abend würde die Liste feststehen. Aus diesem Grund sollten sie Spaß bei einem Spiel haben.

»Keine Ahnung, was er damit meint«, sagte Jeff. »Könnte es sein, dass Monsieur Castillo von Aliens abstammt? Was meint ihr?«

»Ich glaube, du hast zu viele Comics gelesen!«, rief Ines lachend.

Dieses Tanzspiel, das Armando ihnen als Aufgabe gab, machte Spaß, erforderte aber auch hohe Konzentration. Einer von ihnen musste mit einem selbst ausgedachten Move beginnen, der nächste musste diesen Tanzschritt wiederholen und einen weiteren hinzufügen. Es funktionierte wie *Ich packe meinen Koffer*, nur mit Tanzschritten. Alle waren bemüht, einfache Schritte hinzuzufügen, damit sie die Reihe möglichst lange fortsetzen konnten. Bis Isaac dran war. Sein neuer Schritt war so kompliziert, dass die anderen aufgaben und ihn ausbuhten.

In diesem Moment erhielt Armando Castillo einen Anruf aus dem Krankenhaus und verließ eilig die Bühne. Und das, obwohl es doch noch immer um die Auswahl zum Europäischen Grand Prix ging!

»Hoffentlich bedeutet das nichts Schlimmes«, flüsterte Lena besorgt.

Es war ein großer Fehler von Victor gewesen, Lex allein in seinem Büro zurückzulassen. Schnell hatte sie sich in seinen Rechner gehackt, um herauszufinden, dass er ihr einen Bären aufgebunden hatte. Von wegen Elite-Einheit. Gefeuert hatten sie ihn! Lex war besessen davon, Ordnung zu schaffen, jeden in seine Zeit zurückzubringen und das Zeitreise-Portal ein für alle Mal zu verriegeln!

Ihr erstes »Opfer« sollte Thea sein. Wie praktisch, dass die sich gerade auf eine Tournee begeben wollte. Auch Thea war besessen, besessen von dem Gedanken, weltberühmt zu werden. Lex würde dieses eingebildete Biest leicht bei ihrer Eitelkeit packen und hinters Licht führen können. Da Thea schon mit gepackter Tasche zur Abreise bereitstand und Lex ihre Uniform trug, konnte sie sich Thea als ihre Kutscherin vorstellen.

»Sie müssen bitte in mein Büro kommen und noch ein paar Reisedokumente unterschreiben«, erklärte Lex.

»Ich reise doch erster Klasse, nicht wahr?«, vergewisserte sich Thea.

»Aber natürlich«, versicherte Lex. »Wir müssen uns beeilen. Kommen Sie.«

Etwas verwirrt folgte Thea Lex. Dieses 1905 war nicht immer leicht zu verstehen. Aber wenn sie erst einmal auf Tournee war … die berühmtesten Opernhäuser würden ihr offenstehen!

»Was sind das für Dokumente, die ich unterschreiben soll?«, wollte Thea wissen, während sie hinter Lex hereilte.

Lex winkte ab. »Reine Formsache. Und dann können Sie los.«

Thea blieb misstrauisch und stellte Lex auf die Probe. »Sorry, aber müsste nicht meine Mutter die Dokumente unterschreiben?«

»Oh, das ist bereits erledigt«, versicherte Lex.

Thea stutzte und blieb stehen. Hier stimmte was nicht!

»Wenn ich es nicht besser wüsste, würde ich meinen, dass Sie gar nicht meine Chauffeurin sind.«

In diesem Moment registrierte Thea, wo sie sich befanden. Hier, hinter dieser Tür, verbarg sich das Zeitreiseportal! Und sie, Thea, trug den Zeitmesser bei sich! Mit einem Mal wurde ihr klar, was hier ablief.

»Oh, nein, nein, nein, ich gehe nicht zurück!«

Doch Lex hatte sie schon gepackt und drängte sie in Richtung Portal.

»Lass mich los!«, kreischte Thea. »Ich habe hier alles, was ich immer wollte. Ich bin die beste Ballerina der Welt! Lass mich gehen!«

Doch Lex war stärker und schaffte es schließlich, sich zusammen mit Thea durch das Portal zu manövrieren. In einem keifenden Knäuel landeten sie nach einem kurzen Wirbel mit Blitz und Donner backstage auf dem Boden des Palais Garnier im Jahr 2019.

»Ich weiß nicht, wer du bist und was du im Schilde führst, aber das wirst du bereuen«, knurrte Thea außer Atem und hielt das Portal fest im Blick. Ein Sprung und sie wäre zurück im Jahr 1905! Doch zu spät. Geschickt packte Lex sie am Nacken und drückte auf einen Knopf des Zeitmessers.

»Was machst du da?«, brüllte Thea voller Panik.

»Ich habe das Portal mit einem Zeitschloss versehen«, erklärte Lex herablassend. »Alle sollen genau in der Zeit bleiben, in die sie gehören. Ladies and Gentlemen, das Zeitreiseportal ist geschlossen.«

Fassungslos starrte Thea auf eine Wand aus Ziegelsteinen. Doch Lex reichte das nicht. Sie musste unbedingt in den Besitz des Zeitmessers gelangen! Verbissen wie ein Terrier versuchte sie, ihn Thea zu entwinden. Die aber wehrte sich erfolgreich.

»Okay«, blaffte Thea. »Bring mich zurück ins Jahr 1905. Dann kannst du das dämliche Teil haben.«

Das war der Moment, in dem Lena und Ines Thea und Lex entdeckten. Sie starrten Thea mit offenem Mund an. Doch schnell wurde ihnen der Ernst der Lage klar, denn Ines erkannte Lex als Agentin der Zeitreise-Behörde wieder!

»Thea, nein!«, brüllte Lena. Sie durfte den Zeitmesser auf keinen Fall aus der Hand geben.

Aber Lex stellte ohnehin klar: »Kein Deal. Du gehörst ins Jahr 2019!«

Thea überlegte kurz, riss sich den Zeitmesser vom Hals und rannte los. Schon war sie in den Fluren des Palais Garnier verschwunden. Lex, Lena und Ines nahmen die Verfol gung auf. Keuchend rannten sie durch das Labyrinth der Gänge. Fast hätte Lex Thea eingeholt, doch die war gut in Form und erreichte schließlich das Treppenhaus, nahm mehrere Stufen auf einmal und blieb auf dem obersten Absatz stehen. Dann grinste sie Lex frech an und hielt den Zeitmesser über die Brüstung.

»Ich schätze, wenn er zerstört ist, wird das für niemanden von Vorteil sein.«

Lena schlug sich die Hände vors Gesicht. Was machte Thea denn da?

Doch Ines legte ihr beruhigend die Hand auf den Arm und flüsterte: »Ich glaube nicht, dass sie ihn so einfach fallen lassen wird. Komm.« Ines zog Lena mit sich die Stufen hinab. »Schnell, schnell!«

»Drei, zwei …«, hörten sie Thea zählen, als Lena als Erste die Halle erreichte und mit einem Hechtsprung den fallenden Zeitmesser aus der Luft schnappte, einen Wimpernschlag, bevor er am Boden zerschellen konnte.

Völlig außer Atem hielt sie den Zeitmesser wie ein rohes Ei vor ihrer Brust in den hohlen Händen. Was war jetzt zu tun? Doch es blieb keine Zeit für lange Überlegungen. Schon kam Lex die Stufen heruntergeprescht und hinter ihr Pinky und Frank! Verdammt, wo kamen die denn jetzt her?

Hektisch probierte Lena die Knöpfe des Zeitmessers. Plötzlich blieb Lex mitten in der Bewegung stehen. Eingefroren! Rasch drückte Lena den Knopf noch einmal und dann noch einmal. Nacheinander blieben sie stehen, Pinky und Frank … und leider auch Ines.

»Sorry«, flüsterte Lena dennoch erleichtert. Das verschaffte ihr eine Verschnaufpause. Die brauchte sie jetzt dringend. Sie musste nachdenken.

Dieser Zeitmesser gehörte ihrer Mutter. Es musste etwas Besonderes damit auf sich haben.

19

Mit Hilfe des Zeitmessers ihrer Mutter war es Lena gelungen, die Zeit ein klein wenig zurückzudrehen, bis zu dem Moment, in dem Thea aufgetaucht war. So konnte Lena sich zwischen ihren Klassenkameraden vor den Zeitsammlern in Sicherheit bringen, bevor sie das Einfrieren von Pinky, Frank und Lex rückgängig machte. Aber noch etwas hatte Lena durch den Zeitmesser sehen können: wie Henri traurig sein Smartphone in ihre Tasche gesteckt hatte und durch das Portal verschwunden war. Danach hatte Lena sich immer wieder Henris Lied angehört. Die Melodien klangen in ihr nach, und ihr Herz wurde schwer. Warum antwortete er nicht auf den Brief, den sie ihm hinter den losen Ziegelstein im Kamin gesteckt hatte?

Doch für Lena es war auch typisch, dass sie sich gern von trüben Gedanken ablenken ließ. Während Thea ihrem Leben in 1905 und ihrer vermasselten Weltkarriere hinterhertrauerte, stürzte Lena sich zusammen mit Jeff und Ines in die Proben für den BLOK. Sie würde ihren Traum, mit dem BLOK mit *ihrer* Choreografie an *Dance Off* teilzunehmen, unbeirrt weiterverfolgen, auch wenn Max Bedenken geäußert hatte. Gerade wegen Max wollte sie das schaffen. Seit er aus der Klinik zurück war, hatte er sich in sein Zimmer zurückgezogen und war durch nichts und niemanden dazu zu bewegen, am täglichen Leben teilzunehmen. Zu sehr haderte er mit seinem Schicksal. Allmählich machte sich unter den Freunden Ratlosigkeit breit. Doch auch bei den Proben für den BLOK fehlte Max mit seinen Ideen und seiner Autorität. Lena und Jeff gerieten bei den Proben immer wieder aneinander, weil Lena sich nicht in *ihre* Choreografie hineinreden lassen wollte. Sie beschlossen irgendwann, dass Jeff sich ein paar Tänzer suchen sollte, mit denen er sein eigenes Ding durchziehen könnte.

»Max hat das Zimmer seit Tagen nicht verlassen«, stellte Lena fest, als sie Jeff vor dem Zimmer der Jungen traf.

Jeff verdrehte die Augen. »Ja, er ist so ein Miesepeter geworden. Vorhin hat er sich beschwert, ich hätte heute Nacht zu laut geatmet …«

»Wenn wir ihn aus dieser trüben Stimmung nicht herausholen, kriegen wir den alten Max nie zurück«, fiel Lena ihm ins Wort. »Ich mache mir große Sorgen.«

Entschlossen ging sie auf Max' Zimmer zu und öffnete die Tür. Max saß auf seinem Bett und spielte auf seinem Smartphone. Er würdigte sie keines Blickes. Seine Körperhaltung sagte: »Lasst mich in Ruhe!«

»Hey, wenn du so weitermachst, wirst du alle Klausuren versemmeln. Sie werden dich rausschmeißen und du wirst auf der Straße landen«, blaffte Lena ihn an.

»Lena!«, rief Jeff entsetzt. »Das muntert doch niemanden auf!«

Doch Max schaute hoch. »Ich werde nicht auf der Straße landen.«

Lena stemmte sich trotzig die Hände in die Seiten. »Könnte aber passieren!«

In diesem Moment gab Max' Handy einen Alarm. Er blickte auf das Display und seufzte. »Ach ja, die BLOK Challenge.« Jeff und Lena horchten auf. Doch er schüttelte resigniert den Kopf. »Mit dem lädierten Bein wird es keinen BLOK mehr geben.«

Jeff und Lena tauschten verschwörerische Blicke aus.

»Was?«, fragte Max.

»Ach, nichts.« Lena tat unschuldig.

»Wann ist denn diese BLOK-Challenge?«, fragte Jeff ganz unschuldig. »Nicht dass das wichtig wäre ...«

»Um fünf«, antwortete Max. »Aber das ist ja egal ...«

»Zeit für uns zu verduften«, sagte Lena mit einem Zwinkern in Jeffs Richtung.

Der zog die Augenbrauen hoch. »Ja, genau.«

Max verzog die Mundwinkel zu einem schrägen Grinsen.

Jeff jubelte auf. »Da! Hast du's gesehen? Er hat gelächelt! Yippieh!«

Lena drehte sich in der Tür noch einmal zu Max um. »Du solltest wissen, dass wir alle total happy sind, dass du wieder dabei bist.«

Doch damit entlockte sie Max nur ein Achselzucken.

Fünf Uhr! Das war schon bald. Außerdem durfte Armando nichts von der Challenge mitbekommen. Lena hatte neben Ines ein paar von den jüngeren Tänzerinnen für ihre Choreografie begeistern können. Das war nicht weiter schwierig gewesen. Sogar Thea hatte bei den Proben vorbei geschaut. Jetzt, da aus ihrer Karriere im Jahr 1905 nichts mehr wurde und sie das Vortanzen für die Hauptrollen verpasst hatte, konnte sie genauso gut bei Lenas BLOK mitmachen. Zwischenzeitlich hatte sie Lenas Sachen auf der Suche nach dem Zeitmesser durchwühlt, aber das einzig Interessante, was sie gefunden hatte, war ein Zeitungsausschnitt aus dem Jahr 1905 über sie – Thea. Das hatte nur Salz in ihre Wunde gestreut.

Beim BLOK hätte sie als *Dance Off*-Expertin am liebsten alles umgeworfen, Musik, Kostüme, Choreografie, doch Lena ließ sie eiskalt abblitzen. Der BLOK war jetzt ihr Ding.

Natürlich dachte Thea, dass Bree und Kennedy ihr weiterhin jeden Wunsch von den Lippen ablesen würden, doch auch damit lag sie falsch. Man konnte nicht davon ausgehen, dass ihre Anhängerinnen ihr trotz langer Abwesenheit bedingungslos die Treue hielten.

Der BLOK probte unter erschwerten Bedingungen. Niemand durfte sie erwischen. Eines der Mädchen musste stets an der Tür Schmiere stehen und melden, falls ein Lehrer in Sicht kam, damit sie augenblicklich zu ihren Ballettübungen switchen konnten.

Jedes Mal, wenn sie unterbrechen mussten, seufzte Lena. »Wenn wir uns nicht mal auf diese simple Challenge vorbereiten können, wie sollen wir dann mit den Proben für *Dance Off* fertig werden?«

Jeff dagegen scheiterte mit seinem Versuch, Isaac für seinen BLOK zu gewinnen. Immerhin scharten sich ein paar gute, jüngere Tänzer um ihn. Und Max war tatsächlich bereit, ihn zu unterstützen. Anweisungen konnte er auch geben, ohne selbst mitzutanzen.

20

Armando war unerbittlich. Der Ballettmeister zwang seinen Sohn Max, trotz der Verletzung an den Unterrichtsstunden teilzunehmen. Auch wenn er nur in der Ecke saß und auf sein Notebook starrte.

Die Rolle des Damian war Isaac nach Max' Unfall sicher. Jetzt ging es darum, welcher junge Tänzer die komische Rolle von Damians Kumpel tanzen durfte. Armando war unzufrieden mit den Leistungen und dementsprechend gereizt. Wo war der Ehrgeiz der Jungen geblieben?

»Soll ich in die unteren Klassen gehen und einen Zehnjährigen auswählen, der diese Rolle besser tanzt als jeder von euch?«, schimpfte er und fixierte Jeff mit zornigen Blicken. »Damians Kumpel ist eine komische Figur, leicht, spielerisch ... ein Entertainer.«

Jeff startete einen Versuch. Er stolperte albern über die Bühne, sodass er beinahe auf den Hintern fiel, rutschte über das Parkett und ließ sich dann theatralisch zu Boden plumpsen.

Armando schüttelte resigniert den Kopf. »Nein, Monsieur Chase. Das war nicht, was ich im Sinn hatte.«

Max war trotz seiner Verletzung eine gefragte Person. Lena konnte ihn überreden, etwas Zeit für *ihren* BLOK zu opfern, denn seine Meinung war ihr wichtig. Freilich wusste sie nicht, dass Max auch Jeff seine Hilfe zugesagt hatte.

Kaum hatte Lena Max ein zustimmendes Grinsen abgerungen, tauchte Thea auf und schob sich mit einem »Ich muss mit dir reden!« neben ihn. Dabei wollte Max nur in der Schulkantine in Ruhe etwas essen.

»Lass mich raten, du willst auch eine Hip-Hop-Truppe anführen«, riet Max.

»Klar, am liebsten schon«, antwortete Thea. Sie war ganz offensichtlich aufgebracht. »Aber deswegen bin ich nicht hier. Ich möchte, dass du deinen Vater darum bittest, dass er mich für die Rolle des Kumpels vortanzen lassen soll.«

Max stieß zischend Luft durch die Zähne. »Als ob er auf mich hören würde. Er hat seine eigene Vorstellung von dem, was er sucht.«

»Nämlich was?«, hakte Thea nach.

»Ich glaube, er sieht die Rolle lustig und trotzdem bedrohlich. Vielschichtig.«

Thea machte eine entschlossene Miene. »Okay, dann soll er genau das kriegen.«

Schon war sie verschwunden, während Max seine Aufmerksamkeit auf das große bodentiefe Fenster richtete, das den Blick zum Schulhof freigab. Dort hatte sich Lena mit ihren BLOK-Mädchen aufgestellt. Interessiert verfolgte Max ihre Darbietung. Er fand es gar nicht schlecht, was Lena da mit ihnen einstudiert hatte!

Plötzlich saß Armando vor ihm. Wo kam der denn plötzlich her?

Max hielt die Luft an. Was für ein Glück, dass sein Vater ihm gegenübersaß – mit dem Rücken zum Fenster! Die Mädchen hatten Armando nicht bemerkt und tanzten fröhlich weiter.

Auch Armando hatte ein Anliegen. »Auch wenn du gerade nicht tanzen kannst, könntest du lernen, indem du mir assistierst.«

Max musste heftig schlucken. »Ich soll dein Assistent sein?«

»Vielleicht solltest dir klar sein, dass es anderen Tänzern als Ehre gilt, etwas von mir beigebracht zu kriegen«, sagte sein Vater.

»Das Meiste, das ich kann, habe ich von dir gelernt«, gab Max zu. »Aber die Antwort ist: Nein.«

Verärgert über Max' Haltung wollte Armando zu einer Tirade ansetzen, als er bemerkte, dass sein Sohn ihm ständig verstohlen über die Schulter blickte. Was gab es denn da zu sehen? Ruckartig drehte Armando sich um. Am liebsten hätte Max sich die Hände vor das Gesicht geschlagen, doch Lena hatte Armando im letzten Augenblick entdeckt und sofort reagiert. Sie machte eine übertriebene Drehung und fiel ihren Mädchen aufgedreht kreischend um den Hals.

»Die Mädchen sind wegen des Grand Prix so aus dem Häuschen«, erklärte Max, während ihm ein Stein vom Herz fiel.

Augenblicklich wurde Armando wieder ernst. »Hör zu, dass du mein Assistent wirst, ist kein Angebot, sondern eine Ansage.«

Damit stand er auf und ließ seinen Sohn allein.

Als Lena sah, dass die Luft rein war, kam sie in die Mensa gehuscht und setzte sich neben Max. »Puh, gerade noch mal gut gegangen. Also, was denkst du?«

»Das war … nett«, antwortete Max.

»Nett?« Lena traute ihren Ohren nicht. Etwas Schlimmeres hätte Max nicht sagen können. »Hey, das war cool! Abgefahren! Nicht nett.«

Max seufzte und hievte sich schwerfällig aus dem Stuhl hoch. Sein Bein schmerzte noch immer bei jeder Bewegung. »Wir müssen zum Unterricht. Der neue Assistent von Armando kennt angeblich keine Gnade, wenn man zu spät kommt.«

Jetzt wurde Lena nervös. »Ein neuer Assistent? Erzähl mir nicht, du hast einen Bruder, den wir noch nicht kennen.«

Jetzt musste Max lachen und legte Lena den Arm um die Schulter.

Als sie in den Übungsraum kamen, hatte Armando sich bereits vor die versammelte Gruppe gestellt. »Kurze Ansage. Ich habe einen neuen Assistenten. Er wird die Anwesenheitsliste führen, eure Arbeit beobachten und sich Notizen machen.« Mit einer ausholenden Armbewegung zeigte er auf Max, der in den Raum gehumpelt kam.

Doch Max stellte gleich klar, als er die verwirrten Blicke seiner Mitschüler sah: »Ich wurde dazu nicht befragt. Es war eine Anweisung. Ich hatte keine Wahl.«

Dies stieß nun erst recht auf Unverständnis bei den anderen Tänzern. Wie konnte Max sich vor seinem Vater so respektlos äußern?

Doch Armando ignorierte die Worte seines Sohnes und gab erste Anweisungen. »Wir starten mit dem mittleren Abschnitt. Musik bitte!«

Plötzlich blickte Lena wie erstarrt zur Tür. »Zeitsammler!«

Eine Person betrat den Raum. Lena erkannte Franks Kleidung, seinen Umhang, den Hut, alles.

»Das ist Thea!«, zischte Ines.

Jetzt musste Lena grinsen, denn Thea hatte sie auf eine Idee gebracht. »Ja, das ist es, was wir für den BLOK brauchen! Capes, Hüte, Stiefel.«

Dass Thea in Franks Kleidung auftrat, machte Lena aber auch nachdenklich. Schließlich bedeutete es, dass Frank im Jahr 2019 herumgeisterte.

Als die Musik einsetzte, bahnte Thea sich einen Weg durch die Schüler und begann zu tanzen. Sofort zog sie alle in ihren Bann, inklusive des überraschten, ja geschockten Tanzlehrers. Bereits mit den letzten Takten der Musik begann Armando laut zu klatschen.

»Brillant!«, rief er euphorisch. »Genau so, Ladys und Gentlemen, habe ich mir die Rolle des Kumpels vorgestellt. Gratulation, Mademoiselle Raphael! Die Rolle gehört Ihnen. Und das Outfit ist perfekt!«

Ein zufriedenes Lächeln legte sich auf Theas Gesicht. *Das* war immerhin eine kleine Entschädigung für den entgangenen Weltruhm.

17 Uhr! Lenas BLOK-Mädchen hatten sich coole Steampunk-Outfits besorgt und erschienen pünktlich am Treffpunkt. Minuten später trafen auch Jeff und seine Tänzer ein. Verwirrt sahen sie sich um und checkten ihre Smartphones.

»Max hat doch fünf Uhr gesagt, oder?«, fragte Jeff.

Lena nickte nachdrücklich. »Ja, ganz sicher. Wo bleiben denn die anderen Gruppen? Warum sind nur wir da?«

Plötzlich tauchte Max wie aus dem Nichts auf der Bildfläche auf.

»Was ist hier los?«, wollte Lena wissen.

»Ihr glaubt wohl, ich hätte euch nicht durchschaut«, erklärte Max mit einem Grinsen auf den Lippen. »Ich weiß doch, dass ihr euch darum streitet, wer den BLOK weiterführt, jetzt wo ich nicht mehr dabei bin.«

Lena und Jeff starrten ihn an.

Max hob abwehrend die Hände. »Ist okay. Ich habe den Challenge-Alarm geschickt. Ich denke, es ist an der Zeit darum zu kämpfen, wer den Namen BLOK weiterführen darf.«

Lena und Jeff lachten kurz auf, bis ihnen klar wurde, dass sie jetzt Rivalen waren. »Also los!«, riefen sie.

Jeffs Crew fing an. Seine Tänzer legten sich richtig ins Zeug und zeigten, was sie draufhatten. Sie tanzten die verschiedensten Schritte, die jeder Tänzer denen des vorherigen hinzufügte. Das war richtig gut!

Max wandte sich an die Mädchen. »Das müsst ihr erst mal toppen. Ich beneide euch nicht.«

Aber die Mädchen ließen sich nicht beeindrucken und gaben Vollgas. Sie zeigten Max einen perfekten und atemberaubenden Synchrontanz, bei dem sie ihre Capes geschickt verwendeten. Als die Musik am Ende langsamer wurde, legten sie noch ein paar coole Moves zum Ticken einer Uhr auf die Bretter.

Max war hin und weg. Doch in sein zufriedenes Lächeln mischte sich ein Hauch von Traurigkeit und Wehmut. Er vermisste das Tanzen sehr!

Jeff ging auf Lena zu, um ihr zu gratulieren. Sie gaben

sich High-Five. »Respekt. Das war wirklich großartig«, gab Jeff zu.

Sie waren gespannt auf Max' Urteil und drehten sich zu ihm um. Doch Max war verschwunden.

21

Endlich war der Tag der Abfahrt nach Brüssel zum Europäischen Ballett Grand Prix gekommen! Lena war so aufgeregt, dass sie nicht still stehen konnte und in einer Tour albernes Zeug plapperte. War sie am Abend vor der letzten Probe ein wenig wehmütig gewesen, weil sie immer noch keine Antwort von Henri im Kamin gefunden hatte, so war ihre trübe Stimmung nun wie weggeblasen.

Schon bei den Proben hatte sie von Armando großes Lob für ihren Part als eine der Elfen bekommen, den sie zusätzlich zur zweiten Besetzung der Libertalia tanzte. Sie fühlte sich, als müsste sie die ganze Welt umarmen.

Vor der Ballettschule gab Mademoiselle Carré den jungen Tänzerinnen und Tänzern ein paar ernste Worte mit auf den Weg, bevor sie in den Bus einstiegen.

»Scouts aus der ganzen Welt reisen zum Grand Prix, um sich nach Nachwuchstänzern umzuschauen. Außerdem repräsentiert ihr mit eurer wirklich tollen Performance Monsieur Castillo. Ich weiß, ihr werdet euer Bestes geben. Ich werde euch genau beobachten. Und alles, was ich sehe, wird in eure Abschlussnote eingehen. Wir sehen uns in Brüssel.«

Alle waren da: Lena, Ines, Thea, Isaac und Jeff, der eine riesige Tasche hinter sich herzog, als wollte er zu einer Weltreise aufbrechen.

»Team Paris Opéra!«, brüllten sie und reckten die Fäuste in die Luft.

Nur einer fehlte. Max. Lena und Jeff tauschten besorgte Blicke aus. Am Abend nach dem BLOK-Battle hatte Max in einem Wutanfall das Zimmer der Jungen verwüstet. Es ging ihm wirklich nicht gut.

»Okay, ich hole ihn«, versprach Jeff und rannte in das Schulgebäude zurück.

Kurz darauf schob er einen schlecht gelaunten Max auf seinem Bürostuhl auf den Hof. Jeff hielt sich die Nase zu und näselte: »Ladys und Gentlemen, das Boarding der Paris Crew zur Fahrt ins wunderschöne Brüssel beginnt in wenigen Augenblicken. Wird Max Alvarez, unser verletzter, aber immer noch starker und furchtloser Anführer, dabei sein?«

»Meine Antwort ist und bleibt nein«, sagte Max mit entschiedenem Blick in die enttäuschten Gesichter seiner Freunde.

Thea stemmte die Arme in die Seiten. »Erlaubt dir dein Vater wirklich, das ganze Wochenende zu Hause abzuhängen und Trübsal zu blasen?«

Doch Armando schlug versöhnliche Töne an. »Ich weiß, das ist hart für dich, Max, aber das hier sind deine Freunde. Du solltest mitkommen, um sie zu unterstützen. Aber die Entscheidung liegt ganz bei dir.«

Max sah überrascht, aber auch dankbar aus. »Dann bleibe ich hier.«

Armando legte ihm die Hand auf die Schulter. »Melde dich, wenn du etwas brauchst.«

Jeff startete einen letzten Versuch. »Komm schon, Alter, ohne dich wird alles nur halb so viel Spaß machen.«

Max schüttelte lächelnd den Kopf. »Mein Entschluss steht. Und jetzt los! Rockt das Ding!«

Im prunkvollen Foyer des Theaters in Brüssel ging es zu wie in einem Bienenstock. Die besten Ballettschüler der Welt hatten sich eingefunden, um ihr Können zu zeigen.

Lena war noch immer überdreht. »Leute, das ist so cool! Wie die größte Hip-Hop-Challenge der Welt!«, juchzte sie und hüpfte vor den anderen auf und ab.

Die erste Gruppe, auf die sie trafen, waren Isaacs ehemalige Mitschüler aus London. Isaac wirkte ziemlich angespannt, als er sie entdeckte.

»Okay, Leute«, zischte er. »Das da sind unsere wahren Konkurrenten. Schaut nicht rü …« Schon reckten Lena, Ines, Jeff und Thea die Hälse. »Was habe ich gesagt?«, fauchte Isaac wütend. »Also, die Typen da sind wirklich tough. Sie sind fast so gut wie ich. *Fast.* Aber die da müssen wir besonders im Blick behalten.«

Allen fiel sofort das Mädchen auf, das ebenso wie Thea einst einen Schwarm von jüngeren Ballettschülerinnen im Gefolge hatte.

»Wer ist das?«, zischten Lena, Ines, Thea und Jeff wie aus einem Munde.

»Das ist Jenna Bicks.« Isaac hatte die Augen zu Schlitzen zusammengekniffen. »Sie war mal meine Partnerin und ist nicht glücklich darüber, dass ich die Schule verlassen habe.«

Verstohlen beobachteten die Mädchen Jenna aus den Augenwinkeln. Es stimmte. Mit eiskaltem Blick schaute Jenna regelrecht durch Isaac hindurch.

»Und lass dich bloß nicht von ihr provozieren!«, mahnte Isaac Lena flüsternd. »Das wird sie versuchen, damit sie von Anfang an Oberwasser hat.«

Doch Armando klatschte in die Hände und gab das Kommando zum Warm-up. »Enttäuscht mich nicht. Wir werden die Messlatte sehr hoch hängen. In Position! Musik!«

Die Crew begann ihr anspruchsvolles Aufwärmtraining, und schon bald kamen sie ordentlich ins Schwitzen. Doch sie ließen sich die Anstrengung nicht anmerken. Auch das gehörte bei einem solchen Kräftemessen dazu.

»Willkommen beim Grand Prix der europäischen Choreografen«, sagte Armando zufrieden. »Gebt euer Bestes! Und eins und zwei … und atmen und dehnen …«

Dies ist der größte Ballett-Event meiner bisherigen Laufbahn, machte Lena sich bewusst. Sie spürte, wie das Adrenalin durch ihre Adern schoss. Und dieses Gefühl hielt noch an, als das Warm-up zu Ende ging. Die Ballettschüler beäugten sich gegenseitig neugierig. Die Anspannung lag spürbar in der Luft.

Plötzlich baute sich Jenna vor Lena auf. Ihre perfekte Körperhaltung ließ keinen Zweifel aufkommen, dass sie von sich und ihrer Überlegenheit absolut überzeugt war.

»Ihr seid die Crew aus Paris, nicht wahr?«, stellte sie mit herablassendem Unterton fest.

Isaac gesellte sich dazu. »Hey, Jenna.«

Doch sie würdigte ihn keines Blickes. Isaac machte Lena ein Zeichen, damit sie sich an seine Worte erinnerte. Lena schenkte Jenna ein süßliches Lächeln.

»Hi. Ich bin Lena, und das sind Ines, Jeff und ...«

»Ich habe dich nicht nach der Besetzungsliste gefragt«, unterbrach Jenna sie barsch und hob die Nase in die Luft. »Du bist also diejenige, die für den Sturz des begabten Max Alvarez verantwortlich ist.«

Lena fiel aus allen Wolken und spürte, wie auch die anderen die Luft anhielten. »Was?«

»Habe gehört, er hat deinetwegen die Hebefigur vermasselt, und dass er jetzt aus dem Rennen ist. Also war alles dein Fehler. Das sehe ich doch richtig?«

Lena spürte das Blut in ihren Adern kochen. So etwas behauptete niemand ungestraft! Drohend ging sie einen Schritt auf Jenna zu.

»Das nimmst du sofort zurück! Es war ein Unfall!«

Jeff fasste Lena an der Schulter. »Komm, lass es gut sein.«

Einer der Londoner Schüler trat auf Jenna zu. »Jenna, komm, wir gehen besser.«

Doch Jenna stieß ihn fort. »Lass mich, Owen.«

Dann wandte sie sich wieder an Lena. »Na, da habe ich aber was anderes gehört. Und du leugnest es? Ganz schön schwach. Einer wirklich guten Tänzerin wäre so was nicht passiert.«

Isaac sah wütend auf Lena, als wolle er sagen: *Was habe ich dir gesagt? Lass dich nicht provozieren!*

Lena schluckte und nickte kaum wahrnehmbar. Sie hatte

verstanden. Sie holte tief Luft, streckte sich und sah Jenna fest in die Augen.

»Wie ich schon sagte, es war ein Unfall! Und jetzt sollten wir das Thema wechseln, Jenna. Ich weiß, du fühlst dich sehr verletzt, weil man dich versetzt hat. Das wiederum habe *ich* gehört. Das war übrigens gerade ein wunderbares Grand Jeté. Kompliment und viel Glück für nachher.«

Damit drehte Lena sich um und ließ die vor Wut kochende Jenna stehen. Ihre Freunde sahen ihr verdutzt nach.

Jeff hatte sie als Erster eingeholt. »Was ist das für ein Spiel, Lena?«

»Kein Spiel«, antwortete Lena stolz. Das hatte sie gut hingekriegt.

Selbst Thea hielt ihr die Faust zum Fist Bump hin.

Dann war es für die Schülerinnen und Schüler der Pariser Oper höchste Zeit für die Kostümprobe. Und Gabrielle Carré hatte eine überraschende Neuigkeit im Gepäck.

»Es gibt eine kleine Planänderung«, verkündete sie und ging in ihrer überaus aufrechten Körperhaltung einen Schritt auf Lena zu. »Clara fühlt sich nicht wohl. Lena, du wirst morgen Abend die Rolle der Libertalia übernehmen.«

Diese Nachricht traf Lena wie ein positiver Schock. Es fiel ihr schwer, Mademoiselle Carré nicht vor Freude um den Hals zu fallen. Aber sie riss sich zusammen und antwortete artig: »Vielen Dank, Mademoiselle Carré. Hoffentlich geht es Clara bald besser. Vielen Dank für diese wunderbare Chance. Ich werde versuchen, so wild zu sein, wie ich nur kann. Selbstverständlich nur beim Tanzen.

Also, nur wenn ich auf der Bühne bin. Ich werde Sie nicht enttäuschen. Ich danke Ihnen.«

Ines stieß ihr in die Rippen. Sie sollte lieber aufhören zu plappern. Mademoiselle Carré schaute sie schon misstrauisch an. Manchmal hatte die Direktorin das Gefühl, dass mit diesem Mädchen etwas nicht stimmte … Doch dann nickte sie Lena kurz zu und ging. Ines hielt Lena die Hand hin. High Five!

Die nächste Überraschung erwartete die Tänzerinnen und Tänzer am folgenden Tag. Gerade waren sie in der Kantine des Theaters in Brüssel zusammengekommen, da tauchte aus dem Nichts Max auf.

Lena war die Erste, die ihn entdeckt hatte. Sie sprang auf und fiel ihm um den Hals. »Du bist hier! Ich kann es kaum glauben, dass du doch gekommen bist, um unsere Aufführung zu sehen! Ich freu mich so!«

Etwas verlegen löste sich Max aus der Umarmung und lächelte in die Runde. »Ich gebe zu, es war schön, mal ohne euch abzuhängen. Keiner, der genervt hat …«

»Und warum hast du deine Meinung geändert?«, fragte Lena.

Max drehte sich zu Thea um und setzte ein verschmitztes Grinsen auf. »Sagen wir, ein Freund hat mich dazu gebracht.«

Thea zeigte in die Runde. »Aber all deine Freunde sind doch hier!«

»Dein Freund Frank hat mich davon überzeugt. Er hat auf der Suche nach dir an der Schule vorbeigeschaut.«

Thea lief rot an. Ines und Lena sahen Thea entsetzt an.

Frank war an der Schule? Lena berührte den Zeitmesser, den sie um den Hals trug. Wie gut, dass sie ihn mitgenommen hatte. Sicher war Frank danach auf der Suche.

»Whoa! Was? Freund?«, rief Jeff. »Seit wann? Davon hast du gar nichts erzählt.«

Wütend stampfte Thea mit dem Fuß auf und ballte die Fäuste.

»Da gibt's nichts zu erzählen, Jefferey! Er ist nicht mein fester Freund. Klar?«, rief sie aufgebracht.

»Jedenfalls habe ich meine Tante gebeten, mich herzufahren«, fuhr Max fort. »Ich muss doch mein Team unterstützen, oder?«

Sogar Isaac reichte ihm jetzt die Hand. »Das ist total cool. Ehrlich.«

»Okay, hört zu …« Max machte ein wichtiges Gesicht. »Ich dachte, ich verschaffe euch einen kleinen Vorteil. Ich habe den Berlinern die Kostüme gestohlen, Chilipulver in die Smoothies der New Yorker geschüttet und den Londonern Juckpulver in die Strumpfhosen.« Max schaute in fragende und verunsicherte Gesichter. Dann brach er in schallendes Gelächter aus. »Nein, nein, das war Spaß, Leute! Ihr müsst das Ding schon ohne meine Hilfe wuppen!«

Alle fielen sich lachend in die Arme. Es tat so gut, dass sie zusammen waren.

Sie ahnten nicht, dass die Gefahr aus einer anderen Richtung drohte. Lex hatte Lena im Visier.

Lena hatte sich bei der Kostümprobe einen kleinen Spaß mit Thea erlaubt und sie mit dem Zeitmesser kurz eingefroren, um ihr mit dem Kajalstift ein paar Sommersprossen auf die Oberlippe zu malen. Das hatte Lex schon gereicht, um Lena zu orten. Woher sollte Lena auch wissen, dass das kleine Gerät ihren Aufenthaltsort verraten würde?

22

Lena hatte das Gefühl, dass Käfer in ihrem Magen wild herumtanzten. »Ich kann es nicht glauben, dass es so weit ist! Und wir müssen als Erste auf die Bühne«, rief sie aufgeregt und kontrollierte zum tausendsten Mal ihren Haarknoten. »Ach, ich wünschte, Henri wäre hier. Er konnte mich vor Auftritten immer beruhigen.«

Ines legte ihr die Hände auf die Schultern. »Du wirst bezaubernd sein, meine Liebe!«

Lena fletschte die Zähne. »Aber ich muss *wild* sein!«

Thea baute sich bedrohlich vor ihr auf. »Hauptsache, du vermasselst es nicht wieder. Ist ja nicht so, als hättest du für Auftritte bei großen Vorstellungen eine tolle Erfolgsbilanz.«

Lena legte die Hand auf den Zeitmesser an ihrem Hals und musste kichern. Thea hatte die Sache mit den Sommersprossen immer noch nicht bemerkt, sondern wunderte sich nur, dass alle sie im Vorbeigehen angrinsten. Aber niemand hatte es ihr verraten.

»Ist doch wahr, dass du ständig Lampenfieber hast und …«, motzte Thea. »Hör auf, mich so anzugrinsen, das nervt!«

Ines lächelte verschmitzt. »Wie hast du das gemacht? Hattest du sie eingefroren?«, wisperte sie Lena zu.

»Vielleicht ein bisschen«, kicherte Lena leise.

Aber Ines fand die Vorstellung beunruhigend. »Du darfst die Kraft des Zeitmessers nicht missbrauchen«, mahnte sie. »Er ist nur für Notfälle. Gib ihn lieber mir.«

»Aber Thea *ist* ein Notfall!«, entgegnete Lena albern.

Doch Ines blieb ernst. »Gib ihn mir. Wir wissen nicht, wie er genau funktioniert. Ich brauche noch ein bisschen Zeit, um das herauszufinden. Im Ernst. Wir dürfen das Kontinuum nicht durcheinanderbringen.«

Lena seufzte, als sie Ines widerwillig den Zeitmesser überreichte. »War nur ein Versuch, mich wirklich in die Rolle hineinzuversetzen. Libertalia hält sich auch nicht an Regeln.«

Ines zupfte Lena am Ohrläppchen. »Netter Versuch.«

»Woher weißt du, dass …?«, fragte Armando verblüfft, als Max ihm einen Beutel mit Orangen reichte.

»Easy, Dad, du fällst sonst gleich in Ohnmacht«, erwiderte Max und lachte. »Ich kenne dich lang genug, um dein Orangen-Beruhigungs-Ritual zu kennen. Und damit solltest du sofort loslegen.«

Armando begann, eine Orange zu schälen. Dankbar nickte er seinem Sohn zu. Er musste zugeben, dass er in der Tat sehr aufgeregt war. Jetzt kam es darauf an, dass sie die Ballettschule der Pariser Oper aufs Beste repräsentierten! In diesem Moment kam Thea in ihrem Kostüm leichtfüßig an ihm vorbeigelaufen.

Armando zeigte auf ihr Gesicht. »Toll. Das mag ich. Passt super zum Kostüm«, sagte er mit vollem Mund.

Thea nickte verwirrt. Sie hatte keine Ahnung, was ihr Lehrer meinte.

Auch die jungen Tänzerinnen und Tänzer hatten ihre Rituale, mit denen sie sich vor dem Auftritt konzentrierten. Ines zum Beispiel machte immer eine ganz bestimmte Anzahl von Hampelmann-Sprüngen. Es durfte keiner mehr und keiner weniger sein. Das brachte Unglück. Da war sie abergläubisch.

Verständnislos schüttelte Lena den Kopf. »Keine Ahnung, wie dich *das* entspannen kann.«

Aber Ines ließ sich nicht beirren. »Damit bringe ich meine Atmung unter Kontrolle.«

Lena hatte noch keinen Weg gefunden, mit ihrer Nervosität fertigzuwerden, die von Minute zu Minute zunahm. Und wenn sie Armando so beobachtete, wie er eine Orange nach der anderen schälte, entspannte sie das auch nicht gerade.

Nur Isaac war die Ruhe selbst. »Leute, wir haben alles getan, was wir an Vorbereitung tun konnten. Wir haben geprobt. Wir sind gut. Wir gehen jetzt einfach raus und tun, was wir immer tun. Also los, machen wir Armando stolz.«

Lena atmete tief durch. Wie konnte Isaac so selbstsicher sein? Sie selbst war kurz davor, sich übergeben zu müssen, und war sich sicher, dass tatsächlich Käfer in ihrem Magen tanzten.

Ihre Aufregung wäre sicher noch um einiges größer gewesen, wenn sie gewusst hätte, dass Frank und Pinky sich im Zuschauerraum herumtrieben. Die beiden hatten nur Augen für Thea und Ines. Frank war total begeistert davon, dass Thea in seinen Klamotten auftrat. Er schlich sich zu ihr, um ihr Komplimente zu machen.

»Hau ab«, zischte Thea. »Du kannst mich nicht an der Nase herumführen. Ich weiß doch genau, dass es dir nur um den Zeitmesser geht. Und dass du dich als mein fester Freund ausgegeben hast … Unmöglich!«, empörte sie sich.

Damit ließ sie Frank stehen und stapfte wütend davon.

Frank sah ihr verträumt nach. »Ah, ich finde sie so toll«, flüsterte er.

Als sich alle Pariser Tänzer auf der Bühne eingefunden hatten, hielt Armando eine Ansprache, um die jungen Leute zu motivieren. »Seid großartig! Seid mehr als großartig! Seid perfekt!« Armando blickte in lauter nervöse und verschreckte Gesichter. War der Druck nicht schon groß genug?

Plötzlich begann Armando zu lachen. »Vergesst es, Leute. Habt einfach Spaß!«

»Hey, ist das jetzt umgekehrte Psychologie?« Jeff lachte und riss die anderen mit. »Los, Leute, schnell noch ein Selfie!«

Er hob das Smartphone in die Höhe und alle grinsten angespannt aber fröhlich in die Kamera.

»Was?«, brüllte plötzlich Thea, als sie ihr Konterfei auf dem kleinen Display sah, und schlug sich die Hände vors Gesicht. »Deshalb haben mich also alle ausgelacht! Wer war das und wie …«

Ines reichte ihr lachend ein Taschentuch. Lena musste so kichern. Sie presste die Hand auf den Mund und huschte lieber kurz auf den Flur, um sich nicht zu verraten.

Auf einmal stand Max vor ihr. »Bist du okay?«

»Puh, ja.« Lena fächerte sich mit der Hand Luft zu. Sie

spürte Tränen in den Augen und wusste nicht, ob vor lauter Lachen oder vor Nervosität. »Es ist nur … Der Grand Prix ist sooo eine große Sache. Ich bin so überwältigt und … Was ist, wenn ich die Schritte vergesse? Oder wenn ich nicht wild genug bin? Das ist der größte Moment meines bisherigen Lebens als Tänzerin. Wenn ich es jetzt vermassele?«

»Lena.« Max kam einen Schritt auf sie zu. Er stand jetzt ganz dicht vor ihr. Sie konnte seinen Geruch wahrnehmen. Seine Wärme spüren. »In dem Moment, in dem du die Bühne betrittst, wird alles okay sein. Das verspreche ich dir. Du bist bezaubernd.«

Lena riss die Augen auf. »Was? Bezaubernd? Libertalia soll nicht *bezaubernd* sein. Sie muss …«

Doch bevor sie eine weitere Silbe sagen konnte, hatte Max sie zu sich herangezogen, um die letzten Worte mit einem Kuss zu ersticken. In diesem Moment kündigte eine Lautsprecherstimme die Tänzer der Ballettschule der Pariser Oper unter der Leitung von Armando Castillo an. Verlegen lächelte Lena Max an. Dann rannte sie zurück hinter die Kulissen.

23

Hinter dem Vorhang wartete Ines schon ungeduldig. Natürlich fielen ihr sofort Lenas gerötete Wangen auf. »Wo bist du gewesen?«

»Ich habe Max geküsst«, flüsterte Lena verträumt. Wieder fächelte sich Lena Luft zu. Für einen kurzen Moment schloss sie die Augen. Jetzt musste sie sich konzentrieren, denn schon erklangen die ersten Töne der Musik.

Und dann *war* sie plötzlich Libertalia! Strahlend schwebte sie unter den stolzen Blicken von Armando und Gabriella über die Bühne. Ihr Selbstvertrauen trug sie wie auf Schwingen. Der kurze Part mit Jeff gelang ihr wie nie zuvor. Sie spürte das Leben, die Liebe, diese unfassbare Leichtigkeit in sich und suchte im Zuschauerraum Max … und entdeckte Frank, Pinky und zu ihrem Entsetzen Lex!

Was für ein Segen, dass Lenas Part erst einmal eine kurze Pause hatte.

Ich muss mich mit dem Zeitmesser bewaffnen, war ihr erster Gedanke. Die Zeitsammler und Lex dürfen ihn nicht finden, war der zweite.

Rasch durchsuchte sie Ines' Tasche. Aber sie fand die Kette nicht. Verzweifelt blickte Lena aus den Kulissen auf die Bühne und entdeckte den Zeitmesser um Theas Hals!

»Verdammt!«, fluchte sie leise vor sich hin. Sie hatte keine andere Wahl, als die Choreografie ein kleines bisschen zu verändern, als sie die Bühne wieder betrat. Es entging ihr nicht, dass sich Armando entsetzt in seinem Sessel aufrichtete, aber darauf konnte sie keine Rücksicht nehmen.

Spielerisch tanzte sie auf Thea zu und lächelte ins Publikum. Nach einer perfekten Pirouette zischte sie: »Thea, wir haben ein Problem.« Noch eine Drehung. »Die Agentin und die Zeitsammler sind hier.« Noch eine Drehung. Dann positionierte sie sich hinter Thea und fischte ihr in einer nicht vorgesehenen kurzen Umarmung den Zeitmesser vom Hals. »Tanz einfach weiter, ich versuche, die Zeit etwas zurückzudrehen.«

Doch wie sehr Lena auch auf den winzigen Knöpfen herumdrückte, Lex konterte mit einem verbissenen Druck auf ihr Steuerungselement und machte damit alles, was Lena bewirkte, sogleich wieder zunichte. Herausfordernd hob Lex das Handgelenk mit dem kleinen Display in die Höhe, bereit zum Showdown. Inzwischen hatten Thea und das Corps de Ballet die Bühne verlassen, um Lena die Bretter für ihr Solo freizumachen. Ihre energischen Bewegungen, mit denen sie versuchte, mit dem Zeitmesser etwas zu bewirken, passten wunderbar zu ihrer Rolle der wilden und entschlossenen Libertalia. Doch zu ihrer Verzweiflung konnte sie nichts ausrichten, ohne dass Lex es umgehend wieder neutralisierte!

Und jetzt näherte sich Lex der Bühne! Das selbstsichere Pokerface der Agentin machte Lena Angst. Mehr und mehr geriet sie in Panik. Sicherheitshalber spielte sie den Zeitmesser nun Thea zu, die auch versuchte, mit einem wilden Drücken der Knöpfe die Situation unter Kontrolle zu bringen.

Aus dem Publikum kamen keine Geräusche mehr. Alle saßen plötzlich eingefroren in ihrer Bewegung da und starrten ins Leere. Lena fühlte sich hilflos ausgeliefert und wich immer weiter zurück. Auch ihre Freunde standen inzwischen wie Wachsfiguren da. Lex hatte mit ihrem Steuerungselement ganze Arbeit geleistet.

»Ta-da!«, rief Lex spöttisch. »Ich habe mehr Macht als du.«

Inzwischen fühlte sich Lena wie eine Marionette, die von Lex' Handgelenksmanschette gesteuert wurde. Ihre Bewegungen wurden immer träger.

»Damit wirst du nicht durchkommen«, rief Lena mit letzter Kraft.

Sie spürte, wie ihre Stimme immer dünner wurde, die Muskeln fühlten sich an wie Blei. Siegesgewiss hob Lex nun wieder ihr Steuerungselement in die Höhe.

»Oh doch, Lena Ballerina, das werde ich. Und jetzt begib dich bitte zum Ausgang.«

»Neeeiiin!« Wie in Zeitlupe stieß Lena das Wort mit letzter Kraft hervor, als plötzlich das Hologramm einer Tür vor ihren Augen auftauchte. Sie wusste sofort, was das bedeutete!

»Vergiss es«, fauchte Lex, die Lena langsam aber sicher Richtung Hologramm schob. »Jetzt kann dir niemand mehr helfen. Bye, bye, Ballerina!«

Nur noch wenige Zentimeter bis zur Schwelle. Dann hatte Lena sich in Luft aufgelöst.

Erschüttert versuchte Thea zu begreifen, was sie gerade miterlebt hatte. Da sie den Zeitmesser in der Hand gehalten hatte, war sie als Einzige nicht eingefroren. Doch jetzt musste sie einsehen, dass der Zeitmesser ihr auch nicht weiterhalf, egal, welchen Knopf sie drückte. Kurzentschlossen stopfte Thea den Zeitmesser in Max' Hosentasche.

In diesem Moment wurde Thea auf die Bühne gesogen und verschwand völlig hilflos mit einem schrillen Zischen ebenfalls durch die Hologramm-Tür.

Wie eine Diva trat Lex an den Rand der Bühne und verbeugte sich theatralisch vor dem reglosen Publikum. »Ich danke Ihnen vielmals. Es war mir ein Vergnügen. Ich hoffe, Sie haben die Aufführung genossen. Gute Nacht!«

Indem sie schließlich durch die Hintertür verschwand, drückte sie den Knopf an ihrem Handgelenk, mit dem sie das Einfrieren beendete.

Das Herz klopfte Frank bis zum Hals. Er konnte kaum glauben, was er soeben aus seinem Versteck beobachtet hatte. Auch wenn seine Angebetete sich in Luft aufgelöst hatte, wusste er immerhin, wo sich der Zeitmesser befand!

Allmählich begannen die Menschen, sich wieder zu bewegen. Einige blickten sich verwirrt um, obwohl keiner eine Erinnerung an das hatte, was soeben geschehen war.

Genauso ging es den jungen Tänzerinnen und Tänzern auf der Bühne. Als ihnen bewusst wurde, dass sie soeben eine phänomenale Aufführung dargeboten hatten, stellten sie sich zum Schlussapplaus auf und verbeugten sich tief, ein glückliches Strahlen im Gesicht. Nein, sie hatten Armando keine Schande gemacht. Sie hatten ein großartiges Stück der Ballettschule der Pariser Oper zum Besten gegeben.

Frank schlich sich an Max heran. »Hey, Kumpel!« Kameradschaftlich umarmte er Max, als seien sie seit Ewigkeiten beste Freunde. Etwas verwirrt ließ Max es geschehen.

»Dass du doch noch hergekommen bist«, stellte Frank anerkennend fest. »Das war eine fantastische Darbietung. Du kannst stolz sein auf deine Kollegen.«

Und damit war er wieder verschwunden. Den Zeitmesser in der geballten Faust.

Hinter der Bühne war der Teufel los. Alle Tänzerinnen

und Tänzer fielen sich überwältigt von ihrer gemeinsamen Leistung kreischend und kichernd um den Hals und sprangen wie die Flöhe herum.

»Leute, ihr wart wirklich großartig.« Max kam angehumpelt. Sein Herz war hin- und hergerissen zwischen Stolz und Neid. Wie gern wäre er Teil dieses grandiosen Auftrittes gewesen!

»Und Lena!«, rief er und schaute sich suchend um. »Sie war sensationell! Wo ist sie eigentlich?«

Erschrocken ließ Ines die Blicke umherwandern. Sie hatte keine Ahnung, was mit Lena passiert war. Aber sie erinnerte sich, dass Lex und die Zeitsammler im Publikum aufgetaucht waren. Und nun war nicht nur Lena verschwunden, sondern auch Thea.

24

Am Morgen nach dem Auftritt beim Grand Prix in Brüssel kehrten die jungen Tänzerinnen und Tänzer nach Paris zurück. Ines war es gelungen, Lenas und Theas Gepäck in den Bus zu schmuggeln und Mademoiselle Carré eine Notlüge zu erzählen: »Theas Mutter hat die beiden abgeholt, um sie in ihrer Luxus-Limousine nach Paris zu fahren. Und nun sind sie unterwegs aufgehalten worden.«

Das hatte die Direktorin geschluckt. Sie war froh, dass die jungen Leute sie nicht enttäuscht und die Pariser Ballettschule so eindrucksvoll repräsentiert hatten. Sie war voll des Lobes für ihre Schülerinnen und Schüler.

Ines atmete auf. Für den Moment hatte sie die Situation im Griff. Doch wo waren Lena und Thea? Was hatte Lex mit ihnen gemacht? Und hatten die Zeitsammler ihre Finger im Spiel gehabt? Vielleicht konnte Oscar ihr helfen.

Lena und Thea hockten nicht in der Hölle. Aber seit Stunden in diesem strahlend weißen, klinisch sauberen Raum zusammen eingesperrt zu sein, in dem es nichts gab außer ihnen beiden, war fast dasselbe.

Tapfer hatte Lena versucht, Thea halbwegs bei Laune zu halten, doch mittlerweile glaubte Lena schon selbst nicht mehr daran, dass sie aus diesem Raum je wieder herauskommen würden. Sie musste daran denken, wie Henri das damals passiert war.

»Wir sitzen im Zeitgefängnis. Irgendwo im Hauptquartier der Zeitreise-Behörde. Das war's dann«, jammerte sie.

»Oh nein, *du* darfst nicht ausrasten.« Theas Stimme klang leicht hysterisch. »Schließlich ist es *deine* Schuld, dass wir hier sitzen. Ich trage keine Verantwortung dafür.«

Wütend baute sich Lena vor Thea auf. »Keine Verantwortung, ach ja? Wer ist denn im Jahr 1905 herumgerannt und hat versucht, die Geschichte zu verändern?«

»Pah!«, machte Thea. »*Ich* wäre ja wohl niemals im Jahr 1905 gelandet, wenn *du* nicht mit dem Zeitreisen angefangen hättest!«

»Das war Zufall und kein Grund, selbst durch das Zeitreiseportal zu springen«, schimpfte Lena empört. »Warum kannst du nie zugeben, wenn du Unrecht hast?«

Thea stemmte die Hände in die Seiten. »Miss Perfect hat also ein Problem damit, wie ich mein Leben führe.«

»Darum geht's doch gar nicht«, schimpfte Lena und zog sich in ihre Ecke zurück. »Und hör auf, mich so zu nennen.«

»Mach dir lieber mal Gedanken, wie wir hier wieder rauskommen«, erwiderte Thea nun etwas leiser. »Ich habe keine Lust, den Rest meines Lebens in diesem Raum zu verbringen. Schon gar nicht mit *dir*!«

»Übrigens finde ich es komisch, dass du dich ausgerechnet als eine Grisky ausgegeben hast«, kam es trotzig von Lena, nachdem sie eine Weile geschwiegen hatten.

»Ich hatte keine Wahl«, verteidigte sich Thea. »Die hätten mir sonst nicht erlaubt zu bleiben.«

Lenas Antwort wurde von einem ohrenbetäubenden Alarm geschluckt, der den sterilen Raum plötzlich erfüllte. Wie von Zauberhand schwang eine Tür auf ... Ein kühler Lufthauch drang herein. Ängstlich rückten die Mädchen näher zusammen. Was hatte das zu bedeuten?

»Ich geh da auf keinen Fall raus!«, sagte Thea. »Vielleicht ist es eine Falle.«

Lena ging neugierig einen Schritt auf die offene Tür zu. »Was redest du da? Wenn man in einem Raum eingeschlossen ist und die Tür geht auf, dann geht man raus!«

Lena wollte Thea mit sich ziehen, die aber rührte sich nicht von der Stelle.

»Du weißt doch gar nicht, was da draußen auf uns wartet.«

»Okay«, sagte Lena mutiger, als sie sich fühlte, und ließ Theas Arm los. Sie trat über die Schwelle und kehrte gleich wieder in den Raum zurück. »Also, ich haue ab. Und während du hier versauerst, werde ich die beste Tänzerin der

Schule werden, vielleicht die beste Tänzerin der Welt. Bye.«

Damit trat sie erneut durch die Tür und ließ eine empörte Thea zurück. Der Plan ging auf. Sie war erst ein kleines Stück gelaufen, als sie Theas Schritte hinter sich hörte, die einen seltsamen Hall verursachten.

Vor ihnen lag ein langgestreckter Flur, ebenso weiß und steril, mit einer Tür am anderen Ende. Lena öffnete sie. »Das ist ja seltsam.«

Vor ihnen lag ein weiterer Flur, der so aussah wie der erste.

»Also los, irgendwohin muss er ja führen.« Lena lief vorweg und öffnete die nächste Tür.

Thea spähte hinein. »Der nächste Flur sieht aus wie der vorherige. Geht das ewig so weiter? Was zum Teufel ist hier los?«

Ratlos zuckte Lena mit den Schultern und seufzte laut. Das war wirklich gruselig. Sie musste hier raus, sonst würde sie durchdrehen.

»Ich muss eine Zeitmaschine bauen. Heute noch. Also, jetzt.« Mit diesen Worten stürmte Ines in Oscars Uhrenladen. »Das Zeitreiseportal kann ich nicht benutzen, weil ich dann im Zeitgefängnis lande.«

Oscar war gerade dabei, eine Uhr zu reparieren, und hatte noch seine Okular-Brille auf der Nase. »Hey, komm erst mal runter! Was ist denn passiert?«

Ines suchte nach den richtigen Worten. »Lena … also Henris Lena und Thea sind verschwunden. Ich brauche eine Zeitmaschine, mit der ich zu dem Zeitpunkt zurückgehen kann, an dem sie verschwunden sind«, erklärte sie hektisch. »Damit ich das, was passiert ist, ändern kann.«

Oscar zog die Augenbrauen hoch und ließ die winzigen Geräte sinken, mit denen er an der Uhr herumgeschraubt hatte. »Lena? Und dieses eingebildete Mädchen? Jetzt mal ganz ruhig. Erzähl mir alles, was passiert ist.«

»Dieses Mädchen von der Zeitreise-Behörde ist bei unserer Aufführung in Brüssel aufgetaucht …«

»Du meinst diese Agentin?« Ein Blick ins Oscars Gesicht sagte alles. Die Lage schien ernst zu sein. Er hielt ein Foto von Lex in die Höhe. Ines nickte.

»Ja, das ist sie. Du kennst sie also?«

Oscar machte eine nachdenkliche Miene. »Oh ja, das ist Lex, und glaub mir, mit der willst du dich nicht anlegen.«

Dunkle Strähnen hatten sich aus Ines' Pferdeschwanz gelöst und standen nun wirr von ihrem Kopf ab. Sie war verzweifelt. »Du *musst* mir helfen, Oscar. Bitte. Ich muss alles über Lex und die Zeitreise-Behörde wissen.«

Oscar begann, zwischen den Unterlagen und Büchern zu suchen, die überall herumlagen. Schließlich hatte er das Buch gefunden, das er suchte, und blätterte kurz darin herum. »Hier. Agentin Alexa Dosne. Codename: Lex. Ihre Eltern sind Eliteagenten höchsten Ranges. Sie hat als Büroangestellte angefangen, aber wurde befördert zu …« Für einen Moment verschlug es Oscar die Sprache.

Ines klopfte ungeduldig auf den Tisch. »Immer frei heraus!«

Oscar fixierte Ines mit ernstem Blick. »Sie arbeitet jetzt als Eliteagentin und hat einen Auftrag zu erfüllen.«

Ines verstand gar nichts mehr. »Was bedeutet das?«

Oscar beugte sich vor und senkte die Stimme. »Das bedeutet, dass sie viel gefährlicher ist, als wir es uns vorstellen konnten. Ihr Auftrag ist, Lena Grisky zu stoppen. Ohne Rücksicht auf Verluste.«

Wispernd begann Ines, zu lesen …

Hüte dich vor dem Zeitreisebüro! Die Agenten geben vor, deine Verbündeten zu sein, doch ihr einziges Ziel ist es, absolute Kontrolle über die Zeit zu erlangen.

Und dafür tun sie alles: Zeitmesser beschlagnahmen, Erinnerungen auslöschen, ja, sie eliminieren sogar jeden, der ihnen im Weg steht.

»Oh nein! Lena!« Ines ließ das Buch fallen.

»Okay, jetzt ist es klar«, stöhnte Thea. »Wir werden hier nie mehr rauskommen. Durch wie viele Gänge sind wir gegangen?«

»Vielleicht ist dies ja nur ein sehr, sehr langer Flur«, startete Lena einen letzten Versuch.

»Der wohin führt? Zum Mond?« Erschöpft ließ Thea sich zu Boden sinken. »Ich schwöre dir, sollte ich je wieder hier rauskommen, will ich von diesen Zeitreisen nichts mehr wissen. Nicht mal mehr eine Uhr werde ich tragen!«

Doch in diesem Moment öffnete sich die Tür. Gebannt starrten sie auf den Türspalt … als plötzlich Victor den Kopf hereinstreckte.

»Gott sei Dank! Ihr seid hier! Folgt mir!«, sagte Henris Vater.

»Monsieur Duquet!« Lena wollte zu ihm laufen, doch Thea packte sie am Knöchel und hielt sie zurück.

»Das ist bestimmt eine Falle!«, zischte sie.

Aber Lena schüttelte sie verärgert ab. »Ist es nicht. Das ist Henris Vater! Wenn sich jemand mit Zeitreisen auskennt, dann er.«

Victor winkte ungeduldig. »Keine Zeit für Rumgealber. Es ist mir gelungen, den Sicherheitsdienst kurze Zeit außer Gefecht zu setzen.«

Plötzlich gab es einen Luftzug und Lex erschien auf der anderen Seite in der Tür. »Stopp!«, befahl sie.

Doch Thea war bereits auf die Füße gesprungen und rannte zu Henris Vater. »Die Schlange!«, brüllte sie. »Worauf wartest du? Lauf!«

Schneller als sie gucken konnte, hatte Victor Knöpfe auf seinem Steuerungselement gedrückt und stieß energisch die Tür auf. Die Mädchen erwarteten schon einen weiteren Flur, doch diesmal landeten sie vor dem Backstage-Portal in der Palais Garnier!

Thea schüttelte sich wie ein nasser Hund. »Okay, jetzt mal im Ernst. Was ist hier los?«

»Keine Zeit für Erklärungen!«, keuchte Victor. »Beeilung!«

Kaum hatte er die Worte ausgesprochen, kam Lex mit einem sportlichen Sprung durch das Portal.

Victor, Thea und Lena rannten durch die wohlbekannten Flure der Opéra. Hasteten die Treppen hinauf und hinunter, schlugen Türen hinter sich zu und verbargen sich hinter Mauervorsprüngen. Mit Müh und Not schafften sie es, sich vor den Strahlen zu schützen, die Lex von ihrem Steuerungselement auf sie abfeuerte.

Lex hatte eine unfassbar gute Kondition. Wie eine

Foto: © Nicolas Velter

Henri (Christy O'Donnell) will Lena (Jessica Lord) ins Jahr 1905 bringen.

Foto: © Nicolas Velter

Lena und ihre beste Freundin Ines (Eubha Akilade) auf dem Dach der Pariser Oper.

Lena sucht im Büro von Henris Vater nach Informationen.

Thea (Hannah Dodd) unterrichtet die Ballettschülerinnen des Jahres 1905 in Hip-Hop.

Foto: © Florian Astrodau

Lena und ihre Hip-Hop-Gruppe BLOKettes.

Foto: © Nicolas Velter

Frank (Seán Óg Cairns), der Anführer der Zeitsammler.

Lena in der Wohnung der Zeitsammler.

Die Zeitsammler Pinky (Lawrence Walker) und Frank haben einen Streit.

Foto: © Nicolas Velter

Ines und Lena beraten, was zu tun ist.

Foto: © Nicolas Velter

Lena und Pinky vor dem selbstgebauten Zeitreiseportal.

Lena und Max (Rory J. Saper) proben für ihren gemeinsamen Auftritt.

Die beiden verstehen sich blendend.

Foto: © Florian Astrodau

Thea plant eine große Karriere im Jahr 1905.

Foto: © Nicolas Velter

Thea wird als neuer Star am Balletthimmel präsentiert.

Lena besucht den verletzten Max im Krankenhaus.

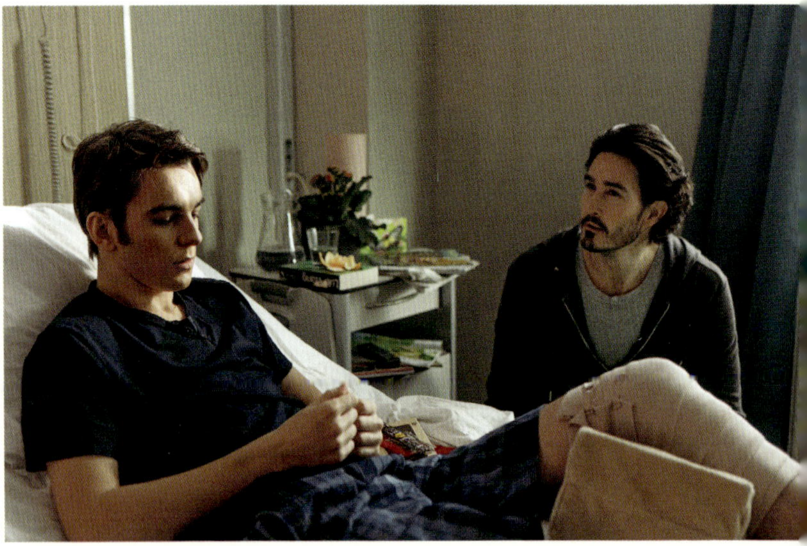

Auch sein Vater Armando (Rik Young) macht sich große Sorgen um Max.

Foto: © Nicolas Velter

Lena und die BLOKettes üben eine neue Choreographie ein.

Foto: © Nicolas Velter

Thea und Lena streiten sich mal wieder.

Isaac (Terique Jarrett) und Jeff (Castle Rock) bei einer Probe am Montmartre.

Ines und Pinky treffen sich in der Nähe des Eiffelturms.

Foto: © Nicolas Velter

Henri hofft, in Oscars (Javone Prince) Uhrenladen einen Zeitmesser zu finden.

Foto: © Nicolas Velter

Henris erster Auftritt vor Publikum.

Die Klasse trainiert im großen Ballettsaal der Pariser Oper.

Lena im Gespräch mit Mademoiselle Carré (Katherine Erhardy), der Direktorin der Ballettschule.

Foto: © Nicolas Velter

Die Freunde vor der Abreise nach London.

Foto: © Nicolas Velter

Max und Lena freuen sich auf den Dance-Off-Wettbewerb.

Noch ein Selfie vor dem Auftritt.

Der BLOK tritt mit Masken auf.

Foto: © Nicolas Velter

Der Auftritt vor der Dance-Off-Jury.

Foto: © Nicolas Velter

Lena will Max nicht verlassen.

Lena auf der Bühne mit Max und Henri.

Ein emotionaler Moment zwischen Max und Lena.

Mega-Sprinterin rannte sie zum Ende des Flurs und verschwand durch eine Tür.

Für einen kurzen Moment konnten Victor und die Mädchen durchatmen. Von Lex unbemerkt hatten sie sich in den Fensternischen versteckt.

»Für den Moment haben wir sie abgehängt«, flüsterte Victor. »Lena, hör zu. Ihr geht jetzt zur Schule zurück und tut so, als sei nichts geschehen. Dort werdet ihr sicher sein.«

»Aber Monsieur Duquet …«

Doch Henris Vater hieß sie schweigen, indem er die Hand hob. »Lena, geh und lebe dein Leben. Folge deinen Träumen, schließe Freundschaften, erobere die Welt im Sturm. Aber – und das ist jetzt ganz wichtig – du *musst* Henri vergessen.«

Lena spürte, wie ihr Gesicht einen entsetzten Ausdruck annahm. »Was sagen Sie da?«

»Ihr könnt niemals ein Paar sein. Es ist schlicht und einfach nicht möglich«, erklärte Victor. »Du musst mir vertrauen.«

Plötzlich kam Lex aus der anderen Richtung in den Saal gestürzt. Mit ihrem Adlerblick hatte sie die drei sofort erfasst.

»Lauft!«, befahl Henris Vater. »Ihr müsst entkommen. Ich halte sie auf!«

Unsanft stieß Thea Lena vor sich her. »Du hast gehört, was der Mann gesagt hat!«

»Aber was ist mit Ihnen?«, rief Lena im Hinausrennen.

»Mach dir um mich keine Sorgen«, antwortete Henri. Und dann fügte er noch hinzu. »Sag Henri, dass ich ihn liebe!«

Für den Bruchteil einer Sekunde nickte Lena Victor zu. Dann rannten die Mädchen um ihr Leben.

Oscar kam auf Ines zu und hob das Buch wieder auf.

»Was soll ich denn tun?«, jammerte Ines wütend. »Mit dieser Lex und der Zeitreise-Behörde kann ich es nicht alleine aufnehmen. Warum gibt es kein Handbuch, wenn man es am allerdringendsten braucht?«

»Warte.« Oscar eilte durch den Laden und kramte auf einer Ablage herum. Schließlich hielt er ein schmales, abgegriffenes Buch in den Händen. »Das hier ist ein altes Tagebuch, das Henri hier vor 100 Jahren oder so zurückgelassen hat. Ich hatte es schon total vergessen. Darin findest du eine Menge Infos. Nimm es mit.«

In diesem Moment brachte sich Ines' Smartphone mit einem leisen Summen in Erinnerung. Sie fischte es aus der Tasche und starrte ungläubig auf das Display. »Lena! Sie ist zurück!«

Ines schnappte Oscar eilig das Buch aus der Hand und rannte zur Tür. »Auf Wiedersehen, Oscar, und danke hierfür!«

Ines traf Lena und Thea auf dem Hof vor der Schule. »Seid ihr okay?«, fragte sie, indem sie Lena fest in die Arme schloss.

»Uns geht's gut«, antwortete Lena. »Aber wir haben so viel zu erzählen.«

»Mir geht es *nicht* gut«, fauchte Thea. »Davon bin ich weit entfernt.«

»Ich bin einfach nur froh, dass ihr in Sicherheit seid.«

Ines ließ die Arme hängen, als sie sah, dass sich Mademoiselle Carré näherte.

»Okay, was müssen wir wissen?«, fragte Lena hastig.

Lex hatte sich vor Victor aufgebaut und schaute mit unbändiger Freude auf ihn herab. Er saß in dem weißen Raum und starrte auf den Boden.

»Victor Duquet, Sie werden für schuldig befunden, 2376 Verstöße gegen die Zeitreise-Behörde begangen zu haben. Akzeptieren Sie Ihre Strafe?«

Victor nickte mit grimmiger Miene.

Lex verschränkte die Arme vor der Brust. »Wunderbar. Sie wissen, was nun passiert. Machen Sie sich bereit.«

Lex hob das Handgelenk mit dem Steuerungselement.

25

»Ich verstehe nicht, wie du Max den Zeitmesser in die Tasche stecken konntest!«, zischte Lena mit gesenkter Stimme. Hier im Speisesaal hörten immer viel zu viele Ohren mit. Diesmal saß Isaac am Nebentisch. »Was hast du dir nur dabei gedacht?«

»Entschuldige vielmals«, antwortete Thea. »Aber ich war nicht darauf vorbereitet, auf die ›Königin‹ der Zeitreise-Behörde zu treffen, die uns ins Gefängnis bringen will. Ich hatte Panik, okay?«

Bevor die Mädchen zum Essen gegangen waren, hatten sie heimlich das Zimmer der Jungen nach dem Zeitmesser durchsucht. Sogar deren Dreckwäsche hatten sie – mit spitzen Fingern und angehaltener Luft – durchwühlt. Ohne Ergebnis.

»Wo könnte das Teil nur stecken?«, fragte Lena, während Thea ihr Smartphone bearbeitete.

Lena klopfte vor Thea auf die Tischplatte. »Hallo? Könntest du dein Smartphone eine Sekunde weglegen und mir deine Aufmerksamkeit schenken?«

»Entspann dich«, erwiderte Thea. »Im Gegensatz zu dir habe ich auf der ganzen Welt Follower, die in Paris und Brüssel die Straßen nach dem Zeitmesser absuchen.«

Entsetzt riss Lena die Augen auf. »Na, wunderbar! Am besten posaunen wir es in die Welt hinaus, dass wir den Zeitmesser verloren haben.«

Ines machte Lena ein Zeichen, leiser zu sprechen. Isaac spitzte schon die Ohren.

»Mensch, Lena, ich bin doch kein Idiot!«, schimpfte Thea vorwurfsvoll. »Ich habe denen geschrieben, dass ich ein Schmuckstück suche, das ich von meiner Urgroßmutter geerbt habe.«

Lena wurde nachdenklich. »Ich habe noch nichts von Henri gehört. Eine Million Nachrichten habe ich ihm hinterlassen. Ich glaube einfach nicht, dass er wieder durch das Portal gegangen ist. Er könnte mir wenigstens Bescheid geben, dass er okay ist …«

Doch bevor Ines ein paar aufmunternde Worte erwidern konnte, kam Armando hereingeschneit. »Hier entlang, meine jungen Superstars. Ihr wollt doch nicht zur heutigen Gruppenaufgabe zu spät kommen. Sie wird euch gefallen!«

Jeff kam gerade herein und horchte auf. Heutige Gruppenaufgabe?

»Jungen gegen Mädchen«, verriet Armando. »Eure Aufgabe als Team wird es sein, ein klassisches Stück in einem anderen Stil zu tanzen.«

Jeff war begeistert. »In jedem Stil, den wir wollen?«

»Nein, Monsieur Chase, in einem Stil, den *ich* will«, stellte der Ballettlehrer klar. »Im Stil des Choreografen Bob Fosse.«

»Oh, Leute, darauf fahr ich total ab!« Jeff begann sofort mit ein paar Fosse-Moves, mit denen er die Mädchen beeindruckte.

Kopfschüttelnd drehte Armando sich um. »Los, ab mit euch in den Ballettsaal! Mädchen, ich werde die Choreo mit euch einstudieren. Max kümmert sich um die Jungs.«

Lena nahm den Umweg über das Dach. Sie musste einfach noch einmal nachsehen, ob eine Nachricht von Henri gekommen war. Schon von weitem sah sie den Ziegelstein aufleuchten.

»Henri! Endlich!« Lena stürzte auf den Schornstein zu und zog das Papier heraus.

»*Es tut mir so leid. Ich hätte niemals gehen dürfen. Ich vermisse dich so sehr*«, las Lena hastig im Flüsterton.

»*Es tut so gut, endlich von dir zu hören*«, schrieb Lena zurück. »*Mir tut es leid, wie ich dich behandelt habe. Wie geht es dir? Ich vermisse dich auch.*«

»*Lena …*«, antwortete Henri. »*Mit meinem Vater ist etwas geschehen. Er hat überhaupt keine Erinnerungen mehr. Keine Erinnerung an die Zeitreisen. Nicht einmal den Zeit-*

messer hat er erkannt. Als ich ihn in seinem Büro traf, war er gerade dabei, alles in Kisten zu packen, weil nichts mehr Bedeutung für ihn hat. Er meint, ich hätte zu viel Fantasie, dass ich von solchen Dingen spreche. Schriftsteller sollte ich werden, pah! Er kann sich nicht einmal mehr an dich erinnern, Lena! Ich bin mir sicher, dass die Zeitreise-Behörde dahintersteckt. Ich bin wirklich besorgt.«

Die Zeilen begannen vor Lenas Augen zu verschwimmen. Traurig wischte sie die Tränen fort und ließ das Blatt sinken. Sie musste sich erst einen Moment sammeln, bevor sie in der Lage war, Henri zu antworten.

»Mein liebster Henri, das tut mir so leid. Als dein Vater Thea und mich aus dem Zeitgefängnis gerettet hat, hat er seltsame Dinge gesagt. Du und ich dürften niemals zusammen sein. Was meint er damit? Ich muss jetzt leider zur Probe.«

Armando hatte mit der Interpretation des klassischen Stücks im Fosse-Style den Nerv der Mädchen getroffen. Doch Lena fiel es schwer, sich auf die Choreografie zu konzentrieren. Henris Zeilen gingen ihr durch den Kopf.

»Lena!«, mahnte Armando. »Konzentrier dich. Wir können das hier gewinnen.«

Doch mitten in einem besonders emotionalen Moment der Choreografie überkam Lena das Gefühl der Hilflosigkeit. Sie entschuldigte sich. »Ich muss schnell was trinken.«

Mit diesen Worten verließ sie das Studio und füllte ihre Wasserflasche. Sofort klang Henris Stimme in ihrem Ohr. *Ich bin wirklich besorgt.*

»Geht es wieder?«, fragte Ines, als die Mädchen wenig später im Aufenthaltsraum zusammensaßen.

Lena nickte und begann zu erzählen. »Was hat Victor gemeint, als er sagte, Henri und ich könnten nicht zusammen sein? Das war alles so kryptisch.«

Thea zuckte mit den Schultern. »Das ist mir ehrlich egal.«

Lena ignorierte Theas Worte. Sie war viel zu aufgewühlt, Theas Giftpfeile prallten an ihr ab wie an einer Gummiwand.

»Ich wünschte, ich könnte mit Henri selbst sprechen.« Sie stand auf und stapfte vor der Sitzgruppe nervös auf und ab. Sie musste etwas unternehmen. Wusste Ines keinen Rat?

Doch Ines sagte nichts. Sie lag auf einem der Sofas und blätterte gedankenversunken in einem alten Buch. Lena blieb vor ihrer Freundin stehen und starrte ungläubig auf den abgegriffenen Einband.

»Woher hast du das?« Lena riss der völlig überraschten Ines das Buch aus den Händen. »Das sieht aus wie das Tagebuch meiner … aber das kann nicht sein! Oder doch?«

Voller Ehrfurcht blätterte sie sich durch die Seiten. »Ich kann es nicht glauben! Das ist das Tagebuch meiner Großmutter!«

Ines richtete sich in den Polstern auf. »Im Ernst? Da drin stehen jede Menge Infos über Zeitreisen. Oscar aus dem Uhrenladen hat es mir gegeben. Henri hat es vor langer Zeit dort zurückgelassen.«

Lenas Hände begannen zu zittern. »Das ist nicht zu fassen …«

Vorsichtig, als hielte sie ein rohes Ei in den Händen, ließ sie die Fingerkuppen über den Einband gleiten, als sie plötzlich fühlte, dass sich das innere Deckblatt mit dem Buchdeckel verklebt hatte. Vorsichtig löste sie das Papier ab. Eine vergilbte Zahlenreihe kam zum Vorschein. Überwältigt erkannte Lena, was sie vor sich hatte.

»Das sind die Geburtsdaten der Frauen in meiner Familie, angefangen bei meiner Ur-ur-ur-urgroßmutter, bis zu meiner Mutter, Prinzessin Alexandra, und mir!« Beinahe versagte ihr die Stimme. Ihre Fingerkuppe verfolgte die Zahlenreihe abwärts. »Hier, das ist das Jahr, in dem meine Großmutter geboren ist. Und das ist das Geburtsjahr meiner Mutter.«

Ines spähte Lena über die Schulter. Sie traute sich kaum zu fragen.

»Lena, wieso steht hinter deinem Namen 2003 als Geburtsjahr?«

Fassungslos ließ Lena das Buch los. Es rutschte von ihrem Schoß und landete mit einem Platsch auf dem Fußboden.

Lena befand sich in einer Schockstarre. Vorsichtig tätschelte Ines ihr die Wangen. »Lena? Bist du okay?«

Keine Reaktion. Mit leeren Augen starrte Lena vor sich hin.

Thea schnippte mit den Fingern direkt vor Lenas Nase. »Die ist irgendwo, aber nicht hier.«

Auf einmal sprang Lena ohne Vorwarnung auf und rastete total aus. »2003? Ich bin 2003 geboren? Wie soll das gehen?« Sie begann, auf und ab zu marschieren. »Wie viele Geheimnisse über mich selbst gibt es denn noch? Ist mein ganzes Leben eine einzige Lüge? Im Ernst, ist das so?«

Zornig fixierte sie Ines und Thea mit den Blicken. Doch die beiden zuckten nur ratlos mit den Schultern.

»Vielleicht hat dir deine Mutter nicht alles erzählt, um dich zu schützen«, startete Thea einen Versuch.

Nach einer Weile schien sich Lena ein wenig zu beruhigen. »Leute, jetzt mal im Ernst. Warum sollten meine Eltern mich 2003 bekommen haben, um dann in die Vergangenheit zurückzureisen? Waren sie etwa auf der Flucht? Vor wem? Welches Geheimnis verbirgt meine Mutter? Und meine Großmutter?«

Wie eine Marionette an schlaffen Fäden sank Lena wieder auf das Sofa. Ines und Thea rutschten neben sie.

»Oh Mann«, seufzte Ines. »Das alles fügt dem Mysterium um Lena Grisky eine neue Facette hinzu.«

Für einen kurzen Moment verbarg Lena das Gesicht in den Händen. »Ich muss mit Henri reden«, nuschelte sie.

Ein leichter Wind wehte oben auf dem Dach der Palais Garnier und spielte mit Lenas Haaren. Die Kupferbleche waren von der Sonne aufgewärmt und knackten leise. Von der Straße drangen Motorengeräusche herauf. Lena nahm all das wie durch Watte wahr. Alles war in Frage gestellt. Was wusste sie wirklich?

»*Ich kann es einfach nicht glauben! Ich soll 2003 geboren sein*«, schrieb sie hastig. »*Henri, dieses Tagebuch, das du Oscar gegeben hast, gehörte meiner Großmutter. Da steht, dass ich 2003 geboren bin.*«

Henris Antwort kam prompt. »*Wie kann das sein? Das ist ja total verrückt! Lena, es tut mir so leid. Ich sollte jetzt bei dir sein. Ich wünschte, ich könnte meinen Vater um Rat fragen, aber aus seinem Gedächtnis ist alles gelöscht. Alle Erinnerungen an Zeitreisen, alles ist weg! Ich weiß nicht, was ich tun soll.«*

Indem sie diese Zeilen las, hörte Lena geradezu Henris verzweifelte Stimme. Sie konnte ihn in seiner Tweed-Jacke und mit seinen stets geröteten Wangen vor sich sehen.

»*Ich weiß es auch nicht*«, schrieb sie. »*Ines und Thea versuchen, mir zu helfen. Doch du bist der Einzige, der wirklich verstehen kann, was ich fühle. Nun muss ich leider wieder ins Studio. Ich vermisse dich.*«

Bevor sie den Brief hinter den Ziegelstein schob, drückte Lena einen Kuss auf das Papier.

Die Mädchen absolvierten ihre Fosse-Style-Choreografie mit Bravour. Routiniert tanzte Lena die einstudierten Schritte, doch ihre Gedanken waren woanders. Wie gut, dass Ines und Thea es verstanden, ihren fehlenden Einsatz auszugleichen, sodass Lenas geistige Abwesenheit Armando nicht auffiel. Er war beeindruckt!

Nun drehte er sich um und breitete die Arme aus. »Max, wo sind deine Jungs?«, fragte er in den aufbrandenden Applaus hinein. »Bin gespannt, ob sie das auch so gut hinbekommen.«

Max schloss für einen Moment die Augen. Würden Isaac und Jeff ihn tatsächlich im Stich lassen? Wo steckten die beiden? Und würde Isaac den Tanzstil hinbekommen? Isaac war ein großartiger klassischer Tänzer, aber Stepptanz und Fosse-Style?

»Ta-daa!« Wie auf das Stichwort kamen die beiden jungen Tänzer hereingeflogen. Verschwitzt und vollkommen außer Atem.

Tadelnd stellte sich Armando ihnen in den Weg. »Eigentlich müsste ich euch beide wegen Unpünktlichkeit disqualifizieren. Aber ihr habt Glück. Die Mädchen und ich möchten auf faire Weise gewinnen. Also dürft ihr eure Performance zeigen.«

Grinsend begaben sich Jeff und Isaac auf ihre Ausgangsposition. Nach den ersten Takten der Musik gab es kein Halten mehr. Mit offenem Mund verfolgten die Mädchen, wie Jeff und Isaac über die Bühne fegten, als hätten sie nie etwas anderes getanzt als den Fosse-Style. Sie gingen voll und ganz in ihrer Choreografie auf. Die Mädchen kreischten begeistert, feuerten die Jungen mit wildem Gejohle an. Glücklich und heftig nach Atem ringend beendeten Jeff und Isaac ihre Vorstellung mit einer tiefen Verbeugung.

Ehrfürchtig erwiderte Armando die Verbeugung. »Ich muss gestehen, das war großartig. Ganz erstaunlich, Isaac. Was für eine Überraschung!«

»Tja, was ein paar Übungseinheiten auf den Treppen von Montmartre ausmachen können«, verriet Isaac Max im Flüsterton. Der war einfach nur froh, dass die beiden ihn nicht blamiert hatten.

Henris Verzweiflung wuchs von Stunde zu Stunde. Lenas Worte hatten ihn in höchstem Maße beunruhigt. Was sollte er noch glauben? Und was war mit seinem Vater geschehen? Völlig niedergeschlagen stellte Henri fest, dass sein Vater sämtliche Gegenstände, die er ausgepackt und aufgeräumt hatte, erneut in den Kisten verstaut hatte. Alle Geschichten, die Henri seinem Vater erzählt hatte, waren wieder ausgelöscht. Henri war schnell klar, was das bedeutete: Die Zeitreise-Behörde hatte Victor komplett unter Kontrolle!

Niedergeschlagen ließ Henri sich auf eine der Kisten sinken, als er auf dem Boden einen Zettel entdeckte. Er erkannte die Handschrift seines Vaters. *Dran denken, Henri zu warnen, dass die Behörde gerade plant …*

Flehend hielt Henri seinem Vater den Zettel vor die Nase. »Was, Vater? Was plant die Behörde? Bitte, versuch, dich zu erinnern!«

Victor sah seinen Sohn mit leerem Blick an. »Behörde? Welche Behörde?«

Lena lehnte mit dem Rücken an der Brüstung und hielt die Nase in die Abendluft. Am Horizont versank die Sonne hinter den Dächern von Paris und ließ den Himmel leuchten. Das Herz war ihr so schwer. Henri hatte ihr von der seltsamen Notiz geschrieben, die er im Büro seines Vaters gefunden hatte. Was hatte sie zu bedeuten?

Erinnerst du dich noch an den genauen Wortlaut, als mein Vater dir erklärt hat, dass wir beide nicht zusammen sein können?, hatte Henri wissen wollen.

Es war, als wolle er dir durch mich eine Nachricht senden, schrieb Lena ihm. *Er sagte, wir beide könnten niemals zusammen sein, egal wo wir wären, einer von uns würde immer ein Geächteter sein. Dein Vater* muss *wissen, dass ich im Jahr 2003 geboren wurde. Egal, wohin wir gehen, einer von uns wird immer in der falschen Zeit leben …*

Wenn einer von uns in der falschen Zeit lebt, wird die Zeitreise-Behörde uns immer verfolgen, schloss Henri seinen letzten Brief. *Sie werden uns niemals in Ruhe lassen.*

26

»Ich hoffe, es handelt sich wirklich um einen Notfall!«, blaffte Thea, als sie in das Zimmer der Mädchen gestürmt kam, wo neben Ines und Lena, Bree und Kennedy noch weitere Mädchen versammelt waren. Thea hielt ihr Smartphone in die Höhe, auf dem sie soeben Lenas Nachricht gelesen hatte.

Lena sprang an Theas Seite. »Natürlich. Es ist wichtig. Ratet, was passiert ist!«

Lena war zu aufgeregt, um die Nachricht eine weitere Sekunde für sich behalten zu können. »Ich habe einen Anruf von den Produzenten von *Dance Off* bekommen. Die wollen für ihre Promos unsere neue Choreografie filmen.«

Bree und Kennedy brachen in hysterisches Gekreische aus und hüpften durch den Raum wie Frösche.

»Oh, das ist großartig!«, rief Thea mit entschlossener Miene. »Bree, bitte bügle mein Cape. Kennedy, siehst du meine Hand? Sie ist leer. Ich brauche einen Smoothie mit extra viel Blütenpollen darin. Sofort!«

»Moment!«, rief Lena dazwischen. »Was wird das hier? Das ist *meine* Crew. Die BLOKettes. Nicht deine.«

»Mach die Augen auf, Lena, mach dich mit der Realität vertraut«, giftete Thea.

Ines ahnte Böses. »Leute, kommt schon ... Jeder kann euer Geschrei hören. Wollt ihr, dass Armando und Gabrielle was mitkriegen? Fahrt das Drama mal ein bisschen runter.«

»Das ist es!« Thea stieß den Zeigefinger in Ines' Richtung. »Wir brauchen Drama! Bei solchen Wettbewerben geht es immer um Drama.«

»Der Tanz ist das Drama«, knurrte Lena. »Das ist es, was die Leute sehen wollen.«

Frustriert riss Thea die Arme in die Höhe. »Prima. Es ist deine Crew. *Ich* habe ja nur den ersten Platz bei *Dance Off* gemacht, aber wenn das nichts zählt ...«

Lena ignorierte Theas Worte komplett und nahm ein paar Zettel vom Tisch. »Das hier ist der Zeitplan. Ich befürchte, wenn wir uns an den halten, müssen wir das Drama nicht mal vortäuschen ...«

Die Neuigkeiten, die der Arzt für Max hatte, waren niederschmetternd. »Ihre Verletzung wird allmählich verheilen, Voraussetzung dafür ist aber, dass Sie das Tanzen ein für alle Mal aufgeben. Tun Sie das nicht, werden Sie immerzu in Behandlung bleiben müssen und ein Leben voller Schmerzen leben.«

Max' Karriere als Tänzer war beendet. Wie sollte er das aushalten? Und was sollte er dann noch an dieser Schule?

»Dad, mir ist richtig elend zumute«, gab Max zu, als er ein paar Stunden nach dem Termin in der Klinik mit seinem Vater im Speisesaal saß. »Wenn ich nicht tanzen kann, weiß ich nicht, was ich hier soll. Dann kann ich genauso gut auf eine normale Schule gehen. Ich glaube, da wäre ich dann glücklicher.«

Armando strich sich nachdenklich die Haare aus der Stirn. »Ich kann nicht sagen, dass mich das überrascht, Max. Der Gedanke, dass du gehen willst, trifft mich zutiefst, aber ich verstehe dich. Wenn es das ist, was du willst, werde ich dich nicht aufhalten.«

Max machte ein resigniertes Gesicht und nickte. »Ja, Dad, ich möchte es.«

Armando legte seinem Sohn die Hand auf den Arm. »Dann werde ich Mademoiselle Carré darüber unterrichten.«

Max rang sich ein Lächeln ab. Er war dankbar für die Unterstützung, doch es fiel ihm schwer, das zu sagen.

Die Fäden aus der Hand zu geben, widerstrebte Thea über alle Maßen. Lena durfte einfach nicht das letzte Wort behalten, und Thea hatte auch schon einen Plan. Sie fand Jeff im Aufenthaltsraum, wo er unter dem jubelnden Beifall der jüngeren Schüler dabei war, bei einem Computerspiel den Highscore zu knacken. »Hör zu, Jefferey, die Produzenten von *Dance Off* sind in Paris, um einen Promofilm für ihre neue Show zu drehen.«

Jeff ließ den Kontroller sinken. »Dann hat meine Crew die Deadline für das Vortanzen verpasst?«

Thea wippte kess mit den Hüften. »Tja, wenn man jemanden kennen würde, der Einfluss hätte und euch eine Last-Minute-Chance ermöglichen könnte …«

Jeff schürzte die Lippen. »Ja, das wäre natürlich toll.« Er wollte sich gerade schon wieder seinem Spiel widmen, als Thea ihm gegen die Stirn klopfte. »Hallo? Aufwachen! Damit meine ich natürlich mich! Ich habe das für euch geregelt.«

Jeff ließ beinahe den Kontroller fallen. »Was? Wirklich?« Fröhlich sprang er auf und hob Thea stürmisch hoch.

Doch Thea befreite sich aus der Umklammerung. »Ein

Tipp noch: Sag deiner Crew, dass sie Jacketts und Hüte tragen sollen. Und jetzt zeig, was du drauf hast.«

Theas Plan schien aufzugehen. Das Brummen ihres Smartphones erinnerte sie daran, dass es Zeit wurde für ihren Einsatz bei den BLOKettes. Die anderen warteten schon in ihren Zeitsammler-Kostümen und alberten mit den weiten Umhängen herum.

»Seid ihr alle so weit?«, fragte Lena in die Runde. »Wir wollen zum Dreh schließlich nicht zu spät erscheinen.«

Doch Ines zog Lena und Thea beiseite. »Hört mal zu, Pinky und Frank haben den Zeitmesser!«, flüsterte sie.

Lena riss die Augen auf. »Was? Woher weißt du das?«

»Pinky hat es mir erzählt«, antwortete Ines.

»Ach, er hat es dir erzählt, einfach so?«

»Scht!«, machte Ines. »Sei doch nicht so laut! Hör zu, Pinky hat mich am Valentinstag besucht, und da haben wir ein bisschen die Sterne angeschaut ... Und bei der Gelegenheit hat er es mir erzählt.«

Jetzt verstand Lena gar nichts mehr. »Ihr habt zusammen Sterne angeschaut? Das wird ja immer besser!«

»Das tut jetzt nichts zur Sache«, motzte Ines.

Lena holte tief Luft, um sich ein wenig zu beruhigen. »Okay, über Pinky reden wir später. Zuerst müssen wir an den Zeitmesser kommen.«

Ines seufzte. »Die Sache hat einen Haken, Pinky kann ihn nicht wiederfinden.«

»Was soll das heißen?«, rief Lena empört.

Ines hielt sich den Finger auf den Mund und nickte Richtung Kennedy und Bree, die mit gespitzten Ohren dastanden. »Pinky hatte ihn im Klavier versteckt, aber jetzt ist er nicht mehr da. Aber wenn jemand ihn wiederfinden wird, dann Pinky. Wir sollten uns jetzt auf *Dance Off* konzentrieren, und ich verspreche dir, wir kriegen ihn wieder. Ich vertraue Pinky.«

»Aber ich vertraue ihm nicht«, stellte Lena klar.

»Also, *Dance Off* zuerst, Zeitmesser später«, rekapitulierte Ines. »Bis wir fertig sind, hat er ihn bestimmt schon gefunden.«

Es war Zeit, zu packen. Unschlüssig stand Max vor seinem Schrank und nahm Kleidungsstücke heraus. Das enge, schwarze Balletttrikot! Vor seinem inneren Auge erschienen die Bilder von ihrem Schwarzlichttanz. Das war eine großartige Sache gewesen! Nur ihre Masken und die weißen Handschuhe hatten sich in der Dunkelheit zur Musik bewegt, mysteriös, gruselig, fantasievoll. Da hatte jeder Schritt gepasst. Und Lena, sie war …

Max stopfte die Sachen in seine Reisetasche. Ein Lächeln huschte über sein Gesicht, als er an Lenas erste Hip-Hop-Versuche denken musste. Wie lächerlich sie ausgesehen hatte, weil sie immer wieder in die klassischen Tanzschritte verfiel. Und wie ehrgeizig hatte sie sich schließlich hineingefuchst in den neuen Tanzstil. Unten in den Katakomben des Palais Garnier war das gewesen, wo sie vor den strengen Blicken der Lehrer halbwegs sicher waren.

»Brauchst du ein Taschentuch?«, hörte er plötzlich eine Stimme fragen.

Max fuhr herum. Er hatte gar nicht bemerkt, dass Isaac im Raum war. Und er hatte auch nicht bemerkt, dass ihm Tränen übers Gesicht liefen.

Isaac reichte ihm ein Taschentuch und begann plötzlich zur Musik aus seiner Boombox zu tanzen. »Du willst uns also verlassen?«

Max wischte sich die Tränen aus dem Gesicht und schnäuzte sich.

»Stopp! Stopp! Was machst du denn da?«, näselte er dann durch das Tuch. »Du musst deine Arme viel weiter ausbreiten. Mehr Spannung!«

Isaac grinste breit. »Wie der Vater so der Sohn.«

Max griff nach seiner Tasche und ging zur Tür.

»Tja, abhauen ist immer der einfachste Weg«, sagte Isaac.

Max ließ die Schultern hängen. »Kannst du das nicht verstehen? Tanzen war alles für mich! Und jetzt ist es vorbei. Mein Leben hat keinen Sinn mehr.«

Isaac tanzte einfach weiter. »Es macht nur keinen Sinn, wenn du aufgibst. Ich bin nicht an diese Schule gekommen, um nur von den besten Lehrern zu lernen. Ich wollte auch mit den besten Tänzern tanzen.«

In seiner Niedergeschlagenheit verstand Max das Kompliment nicht. »Ich erklär's dir gern noch mal: Ich kann nicht mehr tanzen, also …«

Dann war er verschwunden.

Der Trocadéro-Platz war wirklich eine eindrucksvolle Location. Besonders vom Bühnenbereich, der für die Show bereits aufwändig dekoriert war, war Lena vollkommen begeistert. Welche Lust sie plötzlich hatte, auf die Bühne zu stürmen und zu zeigen, was sie konnte!

»Wow! Wie cool!« Lena klatschte aufgeregt in die

Hände. »Mädels, kommt her. Mademoiselle Carré würde jetzt sagen: ›*Macht mich stolz. Und habt Spaß*‹.«

Aufgeregt kreischend klatschten die Mädchen sich ab. Lena atmete tief durch. Es war ein wunderbares Gefühl, diese tollen Mädchen an ihrer Seite zu haben. Gleich würde die Bühne für sie freigegeben.

Plötzlich dröhnten laute Hip-Hop-Bässe aus den riesigen Lautsprechern und eine Gruppe junger Tänzer kam auf die Bühne gestürmt, kostümiert mit Sakkos und Hüten. Hinter der Maske des Frontmannes erkannte Lena … »Jeff!«

27

Lena war sprachlos. Auf einmal trat Thea neben sie und verschränkte die Arme vor der Brust. »Für wen hält sich Jeffrey eigentlich? Uns so die Show zu stehlen. Aber, hey, es ist deine Crew. Aber wenn du mich fragst, sollten wir ihm mal zeigen, wer hier der Boss ist.«

Lena drehte sich zu ihren Mädchen um. »Girls, Masken auf! Jetzt zeigen wir denen, was wir draufhaben!«

Verwundert bildeten die Zuschauer, die sich bereits vor der Bühne versammelt hatten, um die Tänzer anzufeuern, eine Gasse und ließen die maskierten Mädchen vorbei. Selbstbewusst positionierten die sich nun vor den Jungen auf der Bühne so, dass die Kameras sie gut im Fokus hatten. Für einen kurzen Moment schien das die Jungs aus dem Konzept zu bringen.

»Steht nicht so da!«, zischte Thea Jeff zu. »Steigt ein!«

Ein, zwei Takte dröhnten durch den Raum, dann hatten die Jungen in die Choreografie der Mädchen hineingefunden. Mit ihren Anzugjacken bildeten sie einen witzigen Kontrast zu den Umhängen der Mädchen. Es sah aus, als gehe es um ein Battle Zeitsammler gegen Zeitreisende!

Kurz verdeckten die Mädchen mit ihren ausgebreiteten Capes die Sicht auf die Jungen, dann schlüpften die darunter hervor und überraschten damit die Mädchen und das Publikum, das nun vollends begeistert zu jubeln begann. Und so übertrumpften sich beide Gruppen in ihrem Tanz immer wieder gegenseitig.

Plötzlich riss sich Thea das Cape von den Schultern. Darunter kam ein Kostüm zum Vorschein, das der Uniform von Lex zum Verwechseln ähnlich sah. Thea hatte eine unfassbare Präsenz auf der Bühne, während sie ein atemberaubendes Solo auf die Bretter legte. Dann geschah genau das, worauf Thea spekuliert hatte. Es riss die Produzenten aus ihren Sitzen und sie rannten laut applaudierend zum Rand der Bühne, von wo Thea mit dem Schlussakkord breitbeinig und mit vor der Brust verschränkten Armen auf sie hinabsah.

Nachdem alle von der Bühne abgegangen waren, schubste Lena Jeff grob vor sich her. »Wie konntest du nur?«

Jeff hob unschuldig die Arme. »Hey, *ihr* seid doch in *unser* Vortanzen geplatzt!«

»Euer was?« Lena zog die Augenbrauen hoch. »Was für ein Spiel wird hier gespielt?«

»Thea hat meiner Crew und mir auf die letzte Minute einen Platz beim Vortanzen besorgt!«, erklärte Jeff.

»Du steckst also wieder dahinter!«, schimpfte Lena mit Thea.

Doch Thea hatte nur ein verächtliches Grinsen für sie übrig. »Ich habe doch gesagt, wir brauchen ein bisschen Drama.«

Lena stemmte die Hände in die Seiten, damit sie Thea nicht an die Gurgel ging.

In diesem Moment tauchte einer der Produzenten neben ihnen auf, ein aalglatter Typ mit dünnem Schnauzbart. »Thea Raphael ... Hab ich' s mir doch gedacht, dass du dir die Choreografie ausgedacht hast. Ist dies deine neue Crew?«

Und bevor Lena und Jeff auch nur einen Mucks machen konnten, hatte Thea schon in lieblichsten Tönen geantwortet: »Aber natürlich, ja!«

Der Typ gab Thea die Hand. »Wirklich großartig! Wir sehen euch dann bei *Dance Off*!«

»*Deine* Crew?«, schrien Lena und Jeff ihr ins Gesicht, sobald der Produzent außer Hörweite war.

Thea ließ sich nicht beeindrucken. »Was wollt ihr? Ich habe genau das hinzugefügt, was die Show gebraucht hat. Den Zuschauern hat es gefallen, oder etwa nicht?«

Vor dem Schulgebäude blieb Max stehen. Das Weggehen fiel ihm schwer. Für einen Moment ließ er den Blick über das Gebäude wandern, in dem er so viele schweißtreibende, aber glückliche Übungsstunden verbracht hatte, und dachte an die Zeit seit seinem Unfall. Was für eine Dummheit!

Plötzlich zog eine Gruppe jüngerer Schüler, die auf

dem Schulhof Tanzschritte übten, seine Aufmerksamkeit an.

Lang ist es her, dachte Max, seit ich so ein Bengel war. Er humpelte hinüber und sah den Jungen eine Weile zu. Mit einer Schrittfolge schienen die Schüler nicht klarzukommen. Und Max wusste auch sofort, woran das lag.

»Hey!«, rief er. »Ihr habt es fast raus. Aber es ist unheimlich wichtig, dass ihr eure Mitte stabil haltet.« Um es zu verdeutlichen, demonstrierte er den Jungen, was er meinte. Die Jungen machten es ihm nach.

»Ja, gut!«, lobte Max. »Entspannt euch erst, und dann anspannen, so fest ihr könnt.« Max war zufrieden. »Ja, prima gemacht«, lobte er, ohne zu wissen, dass er von Armando und Gabrielle beobachtet wurde.

Eine Weile noch half Max den jungen Schülern, die sich nun ganz anders bewegten. Er hatte es ja nicht eilig. Und er war stolz, dass er den Tänzern hatte helfen können. Bevor er ging, wollte er ihnen noch etwas sagen.

»Kommt mal her, Jungs!«, rief er sie zusammen. »Denkt immer an das, was ich euch jetzt sage: Führt nie eine Figur aus, bevor ihr sie nicht wirklich beherrscht. Übt so lange, bis nichts mehr schiefgehen kann.«

Dann hob er die Handfläche und ein Junge nach dem anderen schlug ein.

Isaac saß in der Eingangshalle. Er hatte Max beobachtet, wie er eine letzte Runde durch das Gebäude gedreht hatte, und nun sah er, wie Lena auf ihn zusteuerte. Sie wirkte nicht besonders glücklich.

»Du hast es wohl auch schon mitbekommen, oder?«, fragte Isaac sie.

Lena wusste nicht, worauf er hinauswollte. »Was denn mitbekommen? Hast du Max gesehen?«

»Du weißt es also doch noch nicht?«, hakte Isaac nach.

»Kannst du mal aufhören, in Rätseln zu sprechen?«, bat Lena.

»Kann ich«, erwiderte Isaac. »Max hat die Schule verlassen.«

»Was?« Lena bekam weiche Knie. Der Boden unter ihr schien nachzugeben. »Was sagst du? Ich muss ihn finden!«

»Ich glaub, es ist zu spät«, sagte Isaac. »Er ist schon fort.«

Voller Panik rannte Lena aus dem Gebäude. Fast wäre sie über ihre eigenen Füße gestolpert, denn sie hatte ihre Augen überall, nur nicht dort, wo sie hintrat. Max musste noch irgendwo sein! Es konnte doch nicht sein, dass er einfach so wegging.

Und ja, da saß er ja noch! Auf den Stufen vor des Palais Garnier.

Keuchend baute Lena sich vor ihm auf. »Du machst einen riesengroßen Fehler. Ich weiß, dass das gerade eine verdammt schwierige Zeit für dich ist, aber du solltest nicht gehen.«

Mit diesen Worten schaltete sie den Player auf ihrem Handy ein, und eine romantische Melodie erklang. Max stand auf, das verletzte Bein von seiner Schiene gestützt.

»Lena Grisky, du bist mir eine.«

Lena schlang ihm die Arme um den Hals, und Max erwiderte die Umarmung. Dann begannen sie, sich im Takt der Musik langsam hin und her zu wiegen.

Als die Musik zu Ende ging, fasste Lena Max bei den

Schultern und drehte ihn langsam um. Da standen sie, *seine* BLOK-Tänzer.

»Keiner von uns möchte, dass du gehst«, sagte Lena leise, während sie nach Max' Hand tastete.

Dann schauten sie gemeinsam zu, wie der BLOK eine alte Choreografie im Barock-Stil tanzte, die Max vor längerer Zeit mit ihnen einstudiert hatte. Max musste schlucken. Er applaudierte und schenkte jedem von ihnen ein Lächeln mit Tränen in den Augen.

»Leute, ich habe doch schon entschieden, dass ich euch nicht verlasse. Ich will das hier nicht abbrechen.«

Erleichtert jubelnd rissen die BLOK-Tänzer die Arme in die Höhe. Dann schlossen sie Max in die Arme. Einer nach dem anderen. So, als wollten sie ihn nie wieder loslassen.

28

Ines hockte im Aufenthaltsraum, die Nase tief über ihren Laptop gebeugt. Sie scrollte eifrig durch die Seiten. Um sie herum lagen jede Menge Fachbücher über Physik und andere Naturwissenschaften. Die Klasse hatte von ihrem Lehrer Monsieur Legrest die Aufgabe bekommen, jeweils zu zweit eine wissenschaftliche Abhandlung über das Thema *Ursache und Wirkung* zu schreiben. Für Ines war es *die* Gelegenheit, sich tiefer mit der Materie um die Zeitreisen zu beschäftigen. Auf dem Sofa neben ihr lag Jeff und schnarchte leise im Schlaf.

»Hey, solltet ihr eure Aufgabe nicht zusammen bearbeiten?« Lena zeigte auf den schlafenden Jeff und ließ sich seufzend auf die Polster sinken.

Ines grinste. »Jeff ist der ideale Partner für diese Aufgabe. Er hält sich aus allem raus und stört mich nicht bei den Recherchen. Er hat sowieso beschlossen, dass ich nicht zurechnungsfähig bin, seit ich ihm erklärt habe, dass es in unserer Arbeit um das Thema *Zeitreisen* gehen wird.«

Lena stützte die Ellenbogen auf die Knie und legte das Kinn auf die Handflächen. Trotzig schob sie die Unterlippe vor. Ines schaute nur kurz zu ihr, um sich direkt wieder den Informationen auf ihrem Bildschirm zu widmen. »Welche Laus ist dir denn über die Leber gelaufen? Ich denke, du machst deine Aufgabe mit Max zusammen. Besser geht's doch nicht, oder?«

Lena winkte ab. »*Trouble in paradise* würde ich sagen. Vor ein paar Tagen haben wir noch eng umschlungen auf der großen Treppe vor dem Palais Garnier getanzt und heute spricht er kein Wort mehr mit mir.«

Ines richtete sich kurz auf. »Was hast du verbrochen? Aber mach's kurz, das hier ist wichtig.« Sie zeigte auf ihren Laptop und hörte nur halbherzig zu, als Lena zu erzählen begann.

»Ich hatte viele tolle Ideen für unser Wissenschaftsprojekt«, sagte Lena. »Die Welt ist voll von diesen wunderbaren, geheimnisvollen Dingen, die es zu ergründen gilt. Zum Beispiel diese Staubsauger! Oder Fernseher. Wie schafft man es, all diese Bilder da reinzukriegen?«

»Lena, komm auf den Punkt!«, drängte Ines, ohne den Blick von ihrem Bildschirm abzuwenden.

»Oh, ja, also«, fuhr Lena fort. »Dann hatte ich *die* Idee! Damit hätten wir zwei Tauben mit einem Ast schlagen können.«

Ines rümpfte die Nase. »Du meinst zwei Fliegen mit einer Klappe.«

»Oder so. Jedenfalls hatte ich vorgeschlagen, dass wir eine Abhandlung über Max' Verletzung schreiben könnten. Dann hätten wir erstens unsere Aufgabe erledigt und zweitens hätte das Max bestimmt geholfen, mit der ganzen Sache fertigzuwerden. Aber weißt du, was er mir vorgeworfen hat? Ich sei unsensibel! Ich kann es nicht glauben.«

Ines beugte sich zu Lena hinüber und zupfte an ihrem rosafarbenen Sweatshirt. »Hör zu, so sehr mich eure kleinen Liebesquerelen auch interessieren, aber ich habe den Kopf gerade mit anderen Dingen voll. Ich glaube, ich bin kurz davor, herauszufinden, wie das Zeitreiseportal funktioniert, also wie man ohne Zeitmesser durch die Zeit reisen kann. Wenn ich das letzte Puzzleteil finde, könnte es einen Weg geben, das Zeitkontinuum zu durchbrechen.«

»Bist du sicher?«, fragte Lena aufgeregt. »Oh, mein Gott, du bist so klug!«

Ines versuchte Lenas Euphorie ein wenig auszubremsen. »Wie gesagt, dieses eine Puzzleteil fehlt noch, aber ich arbeite dran«, erklärte sie. »Übrigens solltest du dich bei Max entschuldigen.«

»Ich mich?«, rief Lena entrüstet. »*Er* hat *mich* unsensibel genannt!«

Ines seufzte ungeduldig. »Und warum hat er das wohl getan? Weil er sich gerade nicht mit der Tatsache auseinandersetzen will, dass er nie wieder tanzen kann. Das tut ihm weh. Warum sollte er dann eine ganze Abhandlung darüber schreiben?«

Lena schluckte. So hatte sie die Sache nicht gesehen. Sie hatte es gut gemeint. »Oh, das habe ich wohl total verbockt. Ich habe einfach gedacht, es würde ihm helfen.«

»Aber das muss er selbst wollen und in die Hand nehmen, nicht du«, sagte Ines. »Sorry, Liebes, aber da bin ich ganz auf Max' Seite. Diesmal bist du zu weit gegangen.«

Lena nickte beschämt. »Du hast recht. Ich muss mich entschuldigen.«

Jeff gab im Schlaf ein paar leise Grunzlaute von sich.

Ines kicherte. »Ich sag doch, er ist der perfekte Partner.«

Dann klappte sie ihren Laptop zu und sammelte die Bücher ein. »Komm, was hältst du davon, wenn wir Oscar in seinem Uhrenladen einen Besuch abstatten? Vielleicht kriegen wir dort ein paar Ideen. Ich brauche Antworten!«

»Heeey!«, rief Oscar, als die Mädchen den Laden betraten. Er freute sich immer über eine kleine Abwechslung und doch hatte man auch stets das Gefühl, ihn bei etwas zu stören.

»Mir fehlen noch ein paar klitzekleine Teilchen«, erklärte Ines dem dunkelhäutigen Mann, der wie immer gerade dabei war, eine Uhr zu reparieren. »Und wenn ich die finde, dann ist mein Zeitreise-Projekt perfekt.«

Oscar nickte und machte eine einladende Armbewegung. Sie sollte sich ruhig gründlich umschauen.

»Vielleicht findest du hier etwas, das Max begeistern könnte«, sagte Ines zu Lena.

Schweigend schlenderten die Freundinnen eine Weile durch den Laden, als Lena plötzlich auf eine Kiste aufmerksam wurde, in der alte Schallplatten lagen. »Wow, die sehen cool aus! Was sind das für welche?«

Oscar lächelte stolz. »Hey, das ist meine persönliche Sammlung. Da ist aus jeder Zeit was dabei.« Er nahm einige der Scheiben heraus und betrachtete sie stolz. Lena war verwirrt. »Ich verstehe nicht, was du meinst.«

»Hier findest du alles über Musik«, erklärte Oscar und legte sich die Hand in Höhe des Herzens auf die Brust. »Musik kann in dir alle Gefühle auslösen.«

Lena war begeistert. »Das ist es. Max hat gesagt, dass er etwas mit Musik machen möchte. *Musik kann in dir alle Gefühle auslösen*. Fabelhaft!«

Oscar steckte die Platten zurück und reichte Lena die ganze Kiste. »Dann hätten wir Problem eins schon mal gelöst. Und für dich«, er drehte sich zu Ines um, »habe ich auch etwas.«

Kurz verschwand er im Hinterzimmer und kam dann mit einem Modell zurück. Mit einem kräftigen Puster blies er eine dicke Staubschicht herunter. Ines hustete.

»Schau dir das mal genau an. Das ist das Modell des Porta-Portals, das ich 1905 mit Henri gebaut habe. Ich weiß nicht, ob es dir weiterhilft …«

»Oh Mann!«, rief Ines im selben Augenblick, als sie das Modell zu sehen bekam. »Ich habe es die ganze Zeit von der falschen Seite angepackt. Ich habe alles von der Kraft des Zeitmessers abhängig gemacht. Aber das hier ändert alles!«

Oscar und Lena warfen sich einen Wovon-redet-sie-da-Blick zu.

»Oscar, du bist der Beste!« Ines drückte ihm einen Kuss auf die Wange. »Tschüs dann!«

»Ja, okay«, sagte Oscar und winkte zum Abschied. »Ich bleib dann mal hier. Wie immer.«

29

»Musik kann in dir alle Gefühle auslösen«, sagte Lena, als sie Max am Abend auf den Stufen des Palais Garnier traf. »Lass mich dir sagen, dass es mir leidtut. Ich wollte dir helfen, aber mit meinem Plan lag ich voll daneben. Und nun schau dir das hier an.«

Lena hatte den Nagel auf den Kopf getroffen.

»Musik kann in dir alle Gefühle auslösen«, wiederholte Max begeistert und nahm ihr den Stapel Schallplatten aus dem Arm.

»Was ist mit der Wissenschaft, die dahintersteckt?«, fuhr Lena fort. »Was passiert in unserem Gehirn, wenn die Musik spielt? Rockmusik hat eine andere Wirkung auf uns als eine Ballade, nicht wahr?«

Max lächelte sie an. »Das ist unser Projekt. Das gefällt mir.«

Monsieur Lagrest bat als Erste Ines und Jeff, ihre Arbeit vorzustellen. Ines blickte sich verwirrt um, denn Jeff war nirgendwo zu sehen. Noch kurz vorher hatte er ihr auf dem Flur einen Vogel gezeigt.

»Du willst denen doch nicht wirklich etwas über Zeitreisen erzählen, oder? Die werden uns für verrückt halten. Hey, ich brauch eine gute Note!«

Also begann sie allein ihren Vortrag. »Also, ja, ähm, die Zeit verläuft periodisch. Das zumindest behaupten einige Wissenschaftler. Also, der Schlüssel zum Zeitraum … besser gesagt, die Gesetze der Anziehung sagen aus, dass …«

Ines blickte in gelangweilte Gesichter. Monsieur Lagrest zog eine Augenbraue hoch, als wollte er fragen: Kommt da noch was, was Hand und Fuß hat?

Ines spürte Panik in sich aufsteigen. Sie wollte gerade zu einer neuen Erklärung ansetzen, als es in einer Ecke des Klassenzimmers laut knallte und sich eine dichte Rauchwolke ausbreitete. Aus dem Rauch trat durch eine Art Box Jeff als Wissenschaftler verkleidet, mit Nickelbrille, zerzausten Haaren und Laborkittel.

»Und manchmal passiert es, dass durch die Erdanziehungskraft …«

»Ladys und Gentlemen«, fiel Jeff ihr ins Wort und wedelte mit der Hand Richtung Ines. »Ich bin hier, um Sie vor Miss Bla-bla-bla zu retten. Was sie Ihnen sagen will ist, dass wenn wir diesen Knopf hier drücken – BOOM –, werden wir transportiert in …« Jeff machte einen Schritt durch die mit Rauch gefüllte Box. »… in eine andere Zeit. Oh, wo bin ich hier? Leute, ihr seht alle total futuristisch aus!« Dann drehte er sich zu Ines um. »Bitte Doktor, fahren Sie fort.«

Jeff hatte sie vollends aus dem Konzept gebracht. »Wenn das Kraftfeld der Zeit am dünnsten ist«, stammelte sie, »könnten wir theoretisch hindurchgelangen, weil die Energie in Einheiten gemessen wird. Wie Materie.«

Jetzt hatte der zerzauste Professor wieder seinen Einsatz. Er packte Ines bei den Schultern und schob sie durch die Box. »Puh, sie ist weg. Wahrscheinlich schlendert sie gerade durch das Jahr 1970.« Er schob sie erneut durch das Portal. »Oh, da ist sie ja schon wieder. Diesmal im Jahr 1980, da könnte sie Breakdance lernen.«

Jetzt begannen die Mitschüler zu lachen und zu klatschen und natürlich nutzte Jeff die Gelegenheit für ein paar Schritte Moonwalk.

Ines seufzte und zuckte mit den Schultern. »Tja, es bleibt uns wohl nichts übrig, als uns mit der Ungewissheit abzufinden«, schloss sie ihren Vortrag, denn in diesem Moment war ihr klargeworden, dass Jeff sie mit seiner Showeinlage vor einer großen Blamage gerettet hatte.

»Es ist auch total ungewiss, ob wir je wieder nach Hause finden«, sagte Jeff. »Aber versuchen wir es.«

Und mit einem lauten Knall breitete sich erneut eine Qualmwolke aus, durch die er zusammen mit Ines verschwand. Der Applaus begleitete sie.

»Danke«, flüsterte Ines. »Es ist nur eine Theorie.«

»Wie du meinst«, erwiderte Jeff. »Aber, hey, Zeitreisen? Du hast wohl zu viele Filme geschaut.«

»Immerhin hat es geklappt.« Sie zeigte mit dem Kinn zu ihrem Lehrer hinüber, der begeistert klatschte. Er konnte ja nicht wissen, wie nah sie der Wahrheit war.

Lena und Max hatten zwei Plattenspieler aufgetrieben, die sie auf einer kleinen Bühne aufgebaut hatten. Schnell hatten sich die Mitschüler um sie versammelt. Sie schauten in erwartungsvolle und neugierige Gesichter.

»Okay, unser Projekt ist eine Art Musik-Roulette«, erklärte Lena. »Die Theorie ist, dass Musik in uns verschiedene Emotionen hervorruft. Also werden wir euch ein paar willkürlich ausgewählte Songs präsentieren. Wir wissen also selbst nie, welcher als Nächstes kommt. Und ihr erzählt uns dann, was ihr bei der Musik empfindet. Seid ihr bereit?«

Die Mitschüler jubelten begeistert. Das gefiel ihnen!

»Drei, zwei, eins!«, rief Max, und schon tönten aus den Lautsprechern die fetzigen Töne eines Funk-Songs, die die Leute sofort zum Tanzen animierten.

»Das machte euch happy, stimmt's?«, rief Lena begeistert, was mit Jubel beantwortet wurde.

Lied zwei war ein Rock-Song mit Headbanging und Pogen! Mitten im wildesten Spektakel stoppte die Musik.

»Ist das nicht genial, wie die Musik das Gehirn beeinflusst? Sie setzt Gefühle frei. Aber die können bei jedem anders aussehen. Wir alle reagieren unterschiedlich. Das ist so cool!«, rief Lena der Menge zu.

»Okay, jetzt kommt der nächste Song«, verkündete Max.

Plötzlich wurden alle still, denn wie ein leise plätschernder Bach kamen nun romantische Klänge aus den Boxen geflossen, die alle angenehm zu umhüllen schienen. Niemand sagte etwas, alle genossen die wunderschöne Melodie. Einige begannen, sich sanft hin und her zu wiegen. Nur Lena stand wie erstarrt da. Das war Henris Melodie!

»Das klingt irgendwie vertraut, nicht wahr?«, sagte Max. »Wer ist das überhaupt?«

Er griff nach der Plattenhülle. Lena löste sich aus der

Starre und nahm ihm das Cover aus der Hand. Es war mit einem handgezeichneten Bild versehen. *Love Letters* stand darüber.

»All diese Gefühle …«, flüsterte Lena.

»Was hast du gesagt?«, fragte Max.

»Nichts, sorry …« Lena wich seinem Blick aus, damit er ihre Tränen nicht sehen konnte. Dieses Hin- und Hergerissen sein zwischen Max und Henri, wann würde das je aufhören? Max sah sie verwirrt an, doch er hielt Lenas Reaktion für einen Teil der Präsentation.

»Und der Teil des Gehirns, der die Gefühle steuert, heißt Frontallappen und sitzt genau hier …« Max hob die Hand, um auf die Stelle an Lenas Stirn zu zeigen. Doch Lena rannte schluchzend davon und ließ einen verwirrten Max zurück.

30

Jeff ergriff die Initiative, um die anwesenden Schüler ein wenig abzulenken. Sie alle waren ungemein nervös, und das hatte einen guten Grund.

»Ladys und Gentlemen, Jungs und Mädels, heute wird das Thema für die Abschlussvorstellung verkündet, und ich lüge nicht, wenn ich sage, die Spannung ist enorm!«

Lena und Thea hatten sich erwartungsvoll in die erste Reihe gedrängt, nur Ines war mit ihren Gedanken noch immer bei ihrer Zeitreise-Theorie.

Endlich betrat Armando den Ballettsaal und klatschte in

die Hände, um die Aufmerksamkeit der jungen Leute auf sich zu lenken.

»Der größte Event des Schuljahres wartet auf euch. Ich darf euch daran erinnern, dass 50 Prozent hiervon in eure Abschlussnote eingehen werden. Einige von euch werden uns verlassen müssen, andere werden im nächsten Jahr wieder dabei sein.« Armando machte eine Kunstpause, bevor er fortfuhr. »Nun, ich denke, ihr werdet die Aufgabe lieben. Eure Abschlussvorstellung ist …« Die jungen Tänzer hielten die Luft an, sie konnten die Spannung kaum noch aushalten. »… eine Carte Blanche.«

Alle brachen in begeisterten Jubel aus. Eine Carte Blanche bedeutete, dass ihre Kreativität gefragt war. Sie durften vorführen, was sie wollten, doch es musste eine gute Idee dahinterstecken.

»Wer wird unser Choreograf sein?«, wollte Thea wissen.

»Vielleicht du?«, sagte Armando. Er drehte sich im Kreis und zeigte auf mehrere der Schüler. »Oder du oder du. Ich mache euch folgenden Vorschlag. Ihr werdet uns, entweder allein oder in Gruppen, eine Idee für ein Stück präsentieren, das alle zusammen weiterentwickeln werden. Ihr alle entscheidet auch, welche Idee von welchem Choreografen umgesetzt wird.«

»Alter, man kann dir direkt ansehen, dass dir die Ideen nur so durchs Gehirn rattern«, raunte Jeff Max zu. »Du hast ja überhaupt kein Pokerface.«

Max tippte sich an die Stirn. »Tja, hier drin fängt ja auch alles an.«

»Ich werde das Ganze überwachen und euch mit Rat und Tat zur Seite stehen«, kündigte Armando an. »Aber es hängt von euch ab. Schaut über den Tellerrand! Ihr habt alle Möglichkeiten. Heute Abend müsst ihr uns eine gute Idee präsentieren.«

»Ich habe so viele Ideen! Sooo viele Ideen!«, rief Lena und hüpfte auf und ab.

Thea dagegen drehte sich zu ihrem Hofstaat und herrschte die Mädchen an. »Sucht mir eine gute Idee. Sofort.«

Beim Hinausgehen legte Armando Ines die Hand auf die Schulter. »Ines, Mademoiselle Carré möchte, dass du bei ihr im Büro vorbeischaust.«

»Ich? Warum denn?« Ines erschrak. Wenn Mademoiselle Carré einen außer der Reihe sprechen wollte, bedeutete das meistens nichts Gutes.

Wenige Minuten später betrat sie mit klopfendem Herzen das Büro der Direktorin. Sie war überrascht, Monsieur Legrest dort anzutreffen.

»Ich habe gehört, dass dich die Welt der Quantenphysik sehr begeistert, Mademoiselle Le Breton«, begrüßte Mademoiselle Carré Ines.

»Na ja, begeistert …«, erwiderte Ines etwas beschämt. »Aber ja, ich interessiere mich schon sehr dafür.«

»Monsieur Legrest war beeindruckt von der schriftlichen Ausfertigung deines Referats«, fuhr Gabrielle fort. »Er hat Kollegen von der Universität kontaktiert, und sie möchten dich einladen, dort heute Nachmittag deine Ausführungen vorzustellen. Ich habe zugestimmt.«

»Oh, ist das wahr?«, rief Ines begeistert. Sie musste sich zusammenreißen, um nicht vor Freude in die Luft zu springen. Sie wusste, Mademoiselle Carré sah es nicht gern, wenn es an Selbstdisziplin mangelte und man seine Emotionen nicht unter Kontrolle hatte.

»Ich konnte meinen Augen kaum trauen, als ich mir deine Theorie und deine Berechnungen genauer angesehen habe«, fügte Monsieur Legrest hinzu. »Sie scheinen tatsächlich zu funktionieren. Es kommt nicht oft vor, dass ich meinen Kollegen etwas so Interessantes präsentieren kann, aber sie waren genauso begeistert wie ich. Sie sind immer bestrebt, die Köpfe kennenzulernen, die hinter einer solch anspruchsvollen Theorie stecken.«

Ines fühlte sich über alle Maßen geschmeichelt. »Danke, Monsieur, das ist toll.«

»Nimm dir also heute Vormittag ein wenig Zeit, um deine Präsentation noch einmal durchzugehen«, bat der Lehrer. »Wir werden dann heute Nachmittag zusammen hinübergehen.«

Ines fand Lena und Thea in der Mensa. Die waren von der Neuigkeit allerdings weniger begeistert als Ines. Thea fiel vor Schreck sogar der Salat von der Gabel und sie bekam einen Schluckauf.

»Äh, hallo? Erinnerst du dich nicht an die Giftschlange und das Zeitgefängnis? Der reinste Terror! Ich weiß ja, du selbst bist nicht dort gewesen, aber wir haben dir doch eine sehr anschauliche Beschreibung geliefert, nicht wahr? Was ist, wenn du damit auffliegst?«

Auch Lena wurde nachdenklich und sagte erst einmal nichts.

»Leute, das ist eine Riesenchance für mich! Noch nie hat es jemand geschafft, eine Theorie über Zeitreisen aufzustellen – bis jetzt. Meine Berechnungen funktionieren! Das könnte eine der größten Entdeckungen dieses Jahrhunderts werden.«

Thea richtete die Zinken ihrer – nun leeren – Gabel auf Ines. »Oder einer der größten Fehler.«

Jetzt lehnte sich Ines vor und begann zu flüstern. »Es könnte aber auch unsere einzige Chance sein, zurückzuschlagen. Und du, Lena, warum bist du so schweigsam? Was sagst du dazu?«

Lena war hin- und hergerissen zwischen Begeisterung und Sorge.

»Ich weiß ja, wie wichtig das hier für dich ist«, sagte sie zögernd. »Und es ist ja auch nur eine Theorie, nicht wahr? Es ist ja nicht so, dass du denen tatsächlich alles erzählen wirst über … du weißt schon. Richtig?«

Ines vergewisserte sich, dass wirklich niemand zuhörte. »Natürlich nicht! Aber versteht ihr denn nicht? Meine Berechnungen funktionieren!«

Ines konnte ihre Begeisterung kaum zügeln. Wie sehr hätte sie sich gewünscht, dass die beiden sie mit ihr teilten.

Aber Thea schüttelte den Kopf. »Ich sag's noch einmal, das ist total verrückt. Denk an die Giftschlange!« Zornig stand sie auf und verschwand.

Lena umarmte Ines. »Kümmere dich nicht um sie. Ich weiß, du wirst das großartig machen.«

Ines war froh, wenigstens Lena auf ihrer Seite zu wissen.

Doch Lena hatte nach wie vor ein mulmiges Gefühl. Aber sie sagte nichts.

Sie löste sich aus der Umarmung. »Und jetzt muss ich

mich um meine Carte-Blanche-Idee für heute Abend kümmern.«

In Theas Zimmer hatte ihr Hofstaat eine Menge Illustrierte zurückgelassen, aus denen sie sich Anregungen erhofft hatten, die Theas Anforderungen genügten. Aber vergeblich. Thea hatte eine Idee nach der anderen missmutig abgelehnt.

Lena dagegen war schnell eine passende Idee in den Sinn gekommen, und dafür hatte sie sich ihrer Erinnerungen aus ihrem früheren Leben bedient: Sie würde einen Gesellschaftstanz inszenieren! Ein Zitat aus einem alten, abgegriffenen Buch hatte sie darauf gebracht.

Ein ganzes Jahr hatten sie darauf warten müssen, um sich wiederzusehen. Der Ball des Königs war die einzige Gelegenheit, bei der sie zusammen sein konnten. Auch wenn ihre Begegnung nur kurz war, es gab sie. Ein Blick, eine sanfte Berührung der Hände während des Tanzes, und ihre Liebe wurde erneut entfacht.

Während Ines die Nase in ihre Aufzeichnungen steckte, arbeitete Lena an ihrem Konzept.

»Was ist, wenn mich alle für verrückt halten?«, fragte Ines plötzlich voller Selbstzweifel. Sie hatte Angst, vor dieser großen Gruppe von Wissenschaftlern zu sprechen.

»Das werden sie schon nicht«, versuchte Lena ihre Freundin aufzubauen. »Denk dran, es ist nur eine Theorie! Ich weiß, du wirst es nicht brauchen, aber: Viel Glück!«

Lena hielt ihren Laptop mit der Präsentation vor die Brust, während sie den Vorträgen der anderen aufmerksam folgte. Jeff war in einem Camouflage-Anzug erschienen und verkörperte einen Soldaten aus einem Videospiel, der von Aliens verfolgt wird und nicht weiß, in welche Richtung er laufen muss. »Jeder Zuschauer hat einen Controller, mit dem er entscheiden kann, wie die Sache ausgeht. Es kann also jedes Mal etwas anderes herauskommen. Findet ihr das cool?«, fragte er am Ende seiner Vorstellung.

Doch die Zustimmung der Anwesenden fiel zu Jeffs großer Enttäuschung eher verhalten aus.

Theas Beitrag war einfach lächerlich, fand Lena. Sie trug einen hautengen silbernen Anzug, einen Schild und eine Art Helm aus Metall.

»Ich bin die Warrior Queen, und jeder im Land muss sich vor mir verbeugen.« Mit einem großen Schritt nach vorn brachte sie sich in Pose.

»Also, da erkenne ich keinen Unterschied zu deinem wahren Ich«, lästerte Jeff.

Armando brachte ihn mit erhobener Hand zum Schweigen. »Schön und gut, Thea, das ist ein interessantes Kostüm, aber welche Tanz-Idee steckt dahinter?«

Darauf hatte Thea keine Antwort, was sie über alle Maßen ärgerte.

Oh, oh, dachte Lena. Wenn das mal nicht ihr Hofstaat zu spüren bekommt.

Isaac schlug vor, ein Stück aus *Schwanensee* zu tanzen.

»Aber es geht um eine neue Idee«, erinnerte Armando.

Isaac nickte. »Ja, aber wir können vorschlagen, was wir mögen. Und ich liebe das klassische Ballett.«

Lena war sehr ungeduldig geworden, doch endlich war sie an der Reihe. Als sie den Mitschülern erklärte, worum es bei dem historischen Gesellschaftstanz ging, hatte sie sie sofort in ihren Bann gezogen. Auf ihrem Tablet zeigte sie ihnen Bilder dieser Tänze, auf denen Frauen in reich verzierten Kleidern und Männer in steifen Anzügen zu sehen waren. Lena überreichte Armando sogar ein handgeschriebenes Einladungskärtchen, so wie es damals üblich war. Amüsiert betrachtete er es von beiden Seiten.

»Immer wenn sie sich bei diesem Ringtanz begegneten, trafen sich ihre Blicke. Und in diesem Moment wussten sie, dass sie füreinander bestimmt waren. Diese Gesellschaftstänze waren die einzige Möglichkeit der jungen Leute, sich kennenzulernen oder Händchen zu halten, wenn auch nur sehr kurz. Für sie war es der romantischste Augenblick des Jahres ...«

Zufrieden blickte Lena in die Augen ihrer Mitschüler, einige glänzten vor Ergriffenheit und Rührung. Der Punkt ging an sie!

Dann war Max an der Reihe. Er erschien ganz in Schwarz gekleidet, und während er von seiner Idee erzählte, wurde er vom Rhythmus einer Trommel begleitet. »Einmal habe ich einen Jungen getroffen, der nur einen Plastikeimer besaß, um damit Musik zu machen. Er spielte darauf aus purer Freude an der Musik und wurde als Schlagzeuger richtig berühmt. Meine Idee ist es, mit einfachen Drum-Beats auf Eimer zu starten. Es geht um Kraft und Stärke, die Freude am Tanzen und nicht nur um die Anmut des Balletts. Die Tänzer, die die Geschichte verändert haben, weil sie etwas anderes versucht haben, haben mich inspiriert.«

Alle schwiegen. Max hatte seine Mitschüler mit seinem Vorschlag im Innersten getroffen. Es war offensichtlich, dass er seine Idee gut durchdacht hatte.

Armando durchquerte das Studio. »Wir haben ein Kopf-an-Kopf-Rennen«, verkündete er. »Zwei eurer Mitschüler haben sich etwas Einzigartiges einfallen lassen.«

Erwartungsvoll schauten alle auf Armando. Man hätte eine Stecknadel fallen hören können.

»Es sind Lena und Max«, löste Armando das Rätsel.

31

»Lena und Max, das waren großartige Präsentationen«, lobte Armando. »Ihr beide habt wahre Leidenschaft für eure Ideen gezeigt. Und das ist es, worauf es ankommt.« Dann wandte sich der Tanzlehrer an die anderen Ballettschüler. »Ihr müsst jetzt entscheiden, welches Stück ihr tanzen wollt. Jeder stellt sich bitte hinter denjenigen, von dem er möchte, dass er die Choreografie der Carte-Blanche-Aufführung übernimmt.«

Lena war enttäuscht, als sie erkannte, dass sich alle Mitschüler außer Ines, Jeff und Isaac hinter Max versammelten. Auch Thea.

Armando lächelte seinem Sohn zu. »Okay, also, Max ist euer Choreograf.«

Max schien gerührt und lachte glücklich in die Runde. »Ich danke euch, Leute!«

Lena wich seinem Blick aus und versuchte, sich ihre große Enttäuschung nicht anmerken zu lassen. Dabei war sie so sicher gewesen, dass ihre Idee gewinnen würde.

Jeff nahm sie in den Arm, um sie zu trösten. Lena ließ es

geschehen. Auf den großen schlaksigen Jungen war in solchen Situationen immer Verlass.

Ines war längst verschwunden. Ihr Vortrag an der Universität stand an!

Als Lena nach einer Weile traurig ihre Sachen zusammenpackte, um in ihr Zimmer zurückzukehren, wurde sie auf dem Flur plötzlich grob am Arm gepackt und in eine Nische gezogen. Lex!

»Hallo, Lena Ballerina!«, flüsterte sie Lena ins Ohr. »Ich habe mit Victor Duquet einen Deal gemacht und versprochen, dich in Ruhe zu lassen. Die Abmachung ist aber null und nichtig, wenn deine Freundin mit ihrer Erforschung der Zeit weitermacht. Haben wir uns verstanden?«

Lena musste schlucken. Lex' Finger bohrten sich schmerzhaft in ihren Arm. »Wenn Ines weiterhin ihr Wissen über Zeitreisen verbreitet, kannst du die Kleine als ausgelöscht betrachten! Kapiert?«

Lena nickte zögerlich. Kein Wort wollte ihr über die Lippen kommen, so eingeschüchtert war sie.

»Ich beobachte sie«, drohte Lex. Sie zeigte mit Zeige- und Mittelfinger erst auf ihre, dann auf Lenas Augen. »Und dich beobachte ich auch. Die ganze Zeit!«

Lex löste den Klammergriff und verschwand ohne ein weiteres Wort im Treppenhaus. Mit klopfendem Herzen lehnte Lena sich an die Wand und versuchte, die Gedanken zu sortieren. Was war jetzt zu tun?

Mit einem Ruck setzte sie sich in Bewegung und eilte den Gang hinunter. Vielleicht konnte sie Ines noch erwischen? Doch das Zimmer der beiden Mädchen war leer. Hastig fischte Lena ihr Smartphone aus der Tasche und tippte auf Ines' Nummer. »Bitte, geh ran!«, flehte sie. Doch im selben Moment hörte sie Ines' Handy auf dem Schreibtisch klingeln. Sie hatte es in ihrer Aufregung vergessen!

In Lenas Kopf fuhren die Gedanken Karussell. Wie sollte sie Ines jetzt noch aufhalten! Lex würde sie vernichten!

Verzweifelt ließ Lena sich auf ihr Bett fallen und wäre dabei beinahe auf ihrem Laptop gelandet. Plötzlich hatte sie eine Idee. Ines hatte ihre Aufzeichnungen sicher in einer Cloud abgespeichert. Vielleicht schaffte sie es, den Vortrag zu manipulieren!

Lena stellte den Laptop auf Theas Schreibtisch und loggte sich über Ines' Dropbox-Account ein. Ines selbst hatte ihr gezeigt, wie man das machte. Das Manuskript für die Präsentation hatte sie schnell gefunden und öffnete es. Eine lange Kolonne von Zahlen erschien auf dem Bildschirm.

»Okay«, flüsterte Lena vor sich hin. »Ich werde einfach eine Zahlenreihe löschen und durch eine andere ersetzen. Und dann kann ich nur hoffen, dass sie gleich ihre Präsentation von der Cloud runterlädt.«

Lena holte tief Luft. Sie wusste, dass sie eine Entscheidung traf, die ihrer beider Leben vielleicht verändern würde. Aber hatte sie eine Wahl?

»Sorry, Ines«, flüsterte Lena, während sie die Aufzeichnungen manipulierte. »Du wirst dich bei deinem Vortrag leider unendlich blamieren. Aber nur so kann ich dich retten! *Uns* retten!«

Dennoch fühlte sich Lena wie eine Verräterin, als sie eine ganze Weile später – noch immer völlig aufgewühlt –

in den Speisesaal ging, wo Thea gerade mit spitzen Lippen einen Joghurt löffelte. Eine ganze Weile saßen sie sich gegenüber. Keine sagte ein Wort. Lenas Gedanken kreisten noch immer.

Plötzlich wurde die Tür aufgerissen und Ines kam wie ein Tornado hereingestürmt, um sich kreischend auf Thea zu stürzen.

»Du hast mich reingelegt, du Biest! Du hast dafür gesorgt, dass ich mich bis aufs Blut blamiere! Ausgelacht haben mich die Studenten. Das verzeihe ich dir nie!«

Erschrocken ließ Thea den Joghurt fallen. Mit einem Platsch verteilte sich die weiße Masse über die Tischplatte.

»Was redest du denn da?«, schrie Thea und schubste Ines verärgert zurück.

Lena stand dabei und wusste nicht, was sie tun sollte. Sie sagte keinen Ton und fühlte sich so unendlich schuldig.

In diesem Moment kam Armando herein und verkündete, dass sie mit den Proben zu Max' Choreografie beginnen würden. »Alle ins Studio. Sofort.«

Den drei Mädchen fiel es schwer, sich auf die Proben zu konzentrieren, und sie waren froh, als diese endlich vorbei waren. Ines stürzte aus dem Studio und rannte in das Zimmer der Mädchen, wo sie sich schluchzend auf ihr Bett warf.

Auch Thea war noch immer unfassbar wütend und eilte hinter ihr her. Als sie den Laptop auf dem Tisch stehen sah, ging ihr ein Licht auf.

»Moment mal, da checken wir doch einfach mal die Aufnahmen meiner Webcam, die ich bei euch aufgestellt habe!« Entschlossenen Schrittes ging sie zu ihrem Schreibtisch und klappte ihren eigenen Laptop auf. »Wie gut, dass ich die sicherheitshalber immer mitlaufen lasse! Ich schätze, es ist offensichtlich, wer deine Arbeit sabotiert hat. Unsere Miss Perfect.«

Fassungslos starrte Ines auf den Bildschirm, als Thea die Aufzeichnungen ihrer kleinen Kamera abspielte. Klar und deutlich war zu erkennen, wie Lena ihren Laptop auf dem Schreibtisch abstellte, auf den die Kamera gerichtet war. Sogar die Worte waren zu hören, die sie vor sich hingemurmelt hatte, als sie Ines' Berechnungen manipulierte.

Lena war es also gewesen! Wie konnte sie nur! Ines mochte nicht glauben, was sie da gesehen und gehört hatte. Mit offenem Mund starrte sie weiter auf den Bildschirm. Warum um alles in der Welt …

»Nun, wofür auch immer das gut gewesen sein soll, es tut mir aufrichtig leid«, sagte Thea.

Lena indes war verzweifelt. Ein schrecklicher Tag lag hinter ihr! Erst die große Enttäuschung bei der Abstimmung und nun diese schreckliche Geschichte …

Sie hatte sich auf das Dach der Opéra zurückgezogen und ließ die Blicke über die Dächer der Stadt schweifen, die – im Gegensatz zu Lena – langsam zur Ruhe kam.

Plötzlich hörte sie Schritte. Es war Max. Er ließ sich neben sie auf den Boden sinken. Jetzt gab es für Lena kein Halten mehr. Sie verbarg das Gesicht auf ihren Unterarmen und begann hemmungslos zu schluchzen.

Max legte ihr den Arm um die Schulter. »Hey, dein Stück war großartig«, versuchte er, sie zu trösten. »Das war eine tolle Idee, ich meine, ich …«

»Das ist es nicht«, jammerte Lena. »Ich … Ines …« Sie

wusste, dass sie ihm nicht die Wahrheit sagen durfte. Warum nur war alles so kompliziert?

»Es ist schon wieder vorbei«, flüsterte Lena, nachdem sie sich die Tränen aus dem Gesicht gewischt hatte. »Wirklich, ich danke dir, aber es ist alles okay.«

Dann lehnte sie sich schwer an seine Schulter und schwieg.

32

Träume von Ruhm und Erfolg können zerplatzen wie Seifenblasen. Diese Tatsache bekam Thea zu spüren. Der BLOK hatte sich spät am Abend heimlich im Aufenthaltsraum getroffen, um gemeinsam die Vorankündigung von *Dance Off* zu gucken. Doch sie waren nur wenige Sekunden auf dem Bildschirm zu sehen. Der Sprecher allerdings kündigte für die nächste Woche eine Sensation an. Die Rückkehr einer Gewinnerin der Talentshow!

Lena war noch immer stinksauer, dass Thea die *Dance Off*-Geschichte an sich gerissen hatte, sodass nur sie im Rampenlicht stand.

»Ich weiß gar nicht, was du willst«, blaffte Thea. »Du wolltest zu *Dance Off* und ich habe dafür gesorgt, dass das geklappt hat.«

»Pah, auch wenn du eine Maske trägst, bist du es, die sie promoten werden«, konterte Lena. »*Deinen* Namen werden sie erwähnen und Aufnahmen von *dir* werden sie zeigen. Das heißt, jeder wird *dich* kennen.«

»Whoa, so habe ich das noch gar nicht gesehen«, sagte Jeff, als ihm plötzlich etwas einfiel. »Thea, aber du darfst nicht zu erkennen sein. Die Lehrer werden das sehen und dich von der Schule werfen.«

»Danke, Jeffrey, ich hab's kapiert«, erwiderte Thea trotzig.

»Aber was wäre, wenn du auch eine Maske trägst, Thea?«, fragte Bree naiv.

»Weil der einzige Grund, warum wir diese Chance bekommen haben, der ist, dass sie *mich* promoten wollen, du Schlaumeier«, antwortete Thea schnippisch. »Auch wenn ich eine Maske trage, würden sie Ausschnitte von meinen Auftritten bei der damaligen Show zeigen.«

»Ich habe ja gleich gesagt, dass das eine irrsinnige Idee ist«, erinnerte Max.

Lena seufzte tief. »Und nun?«

»Da gibt's nur eins.« Thea zückte ihr Smartphone und wählte die Nummer des Produzenten von *Dance Off*.

»Hier spricht Thea Raphael, frühere Gewinnerin Ihrer Show«, meldete sie sich.

Lena verdrehte die Augen. War ja klar, dass sie das noch einmal extra erwähnen musste.

»Es gibt ein klitzekleines Detail, das ich gerne mit Ihnen abklären möchte«, sagte Thea. »Teil unserer Performance ist es, dass wir Masken tragen. Ich selbst eingeschlossen. Ich muss sicher sein können, dass Sie keine Ausschnitte meiner damaligen Auftritte zeigen werden. Ist bestimmt kein Problem, oder?« Thea hatte den Lautsprecher auf Mithören gestellt.

»Machst du Scherze?«, war die Stimme des Produzenten zu hören. »No face, no place.«

Lena schnappte sich kurzerhand das Phone. »Wir haben sehr hart an dieser Performance gearbeitet. Bitte lassen Sie uns anonym bleiben.«

»Schön und gut«, kam prompt die Antwort. »Aber ich brauche eine Story hinter dem Auftritt. Einen Star. Nicht einen Haufen von Nobodys mit Masken. Ciao!«

»Warten Sie, ich leite diese Gruppe und …!«, rief Lena verzweifelt ins Telefon.

Doch der Produzent fiel ihr ins Wort. »Thea Raphael ohne Maske. So oder gar nicht!« Dann war die Leitung tot.

Thea zuckte mit den Schultern. »Dann bin ich draußen.«

»Na, wunderbar!«, schimpfte Lena. »Du hast uns doch in diese Lage gebracht.«

»Und jetzt bin ich draußen«, wiederholte Thea. »Ich habe *Dance Off* ja schon mal gewonnen. Mir ist das zu heikel. Ihr müsst selbst sehen, wie ihr klarkommt.«

Dann schlenderte sie aus dem Raum, als ginge sie die ganze Angelegenheit überhaupt nichts an. Verständnislos schauten die anderen ihr hinterher.

Aber so schnell gab Lena nicht auf. »Dann müssen wir uns eben etwas einfallen lassen, wovon die Produzenten total begeistert sein werden. Wir brauchen eine *Dance-Off-*will-uns-zurück-Idee!«

Wenn Ines doch hier wäre, dachte Lena. Sie hätte bestimmt einen guten Vorschlag! Tausend Mal hatte Lena schon versucht, sie anzurufen, aber sie ging nicht an ihr Telefon und rief nicht zurück.

Schon am Morgen, als Lena Ines geweckt hatte, hatte die sich unter ihrer Bettdecke verkochen und Lena zu verstehen gegeben, sie solle sie in Ruhe lassen. Lena hatte großes Verständnis für ihre Enttäuschung, denn sie wusste, wie wichtig diese Präsentation für Ines gewesen war, doch Ines' Antwort war immer dieselbe. »Hau ab! Lass mich in Ruhe!«

Ines stürmte in die Wohnung der Zeitsammler und knallte die Tür hinter sich zu. »Hol sofort Frank her!«, befahl sie Pinky, der gerade ein Kreuzworträtsel löste.

»Oh, ich wünsche dir auch einen guten Morgen«, antwortete Pinky gelassen. Er wusste, mit aufgebrachten Mädchen musste man umgehen wie mit rohen Eiern. »Gut, dann hole ich mal lieber Frank«, erwiderte Pinky.

Ines starrte nervös auf ihr Smartphone. Lena, die Verräterin, hatte schon wieder versucht, sie zu erreichen.

Als Frank den Raum betrat, warf sie ihre Aufzeichnungen auf den Tisch, ohne ihn zu begrüßen. »Das hier ist eine Theorie über Zeitreisen, und zwar auf einer Frequenz, die von der Zeitreise-Behörde nicht entdeckt werden kann.« Sie tippte energisch mit dem Zeigefinger auf die Papiere. »Wir könnten durch die Zeit reisen, ohne dass die was davon mitkriegen. Hier steht alles drin.«

Frank nahm die Papiere auf und scannte die Zahlenreihen mit scharfem Blick. »Und du weißt, was das bedeutet?«

Ines stemmte die Hände in die Seiten. Für wen hielt der sie eigentlich? »Klar weiß ich das!«

Plötzlich runzelte Frank die Stirn. »Moment mal, da ist ein Fehler. Das funktioniert so nicht.«

Ines trat neben ihn. »Wo? Mensch, das ist ja, als würde man 'ne Nadel im Heuhaufen suchen.«

Frank zeigte auf eine Stelle. »Genau hier, siehst du?«

Ines kniff die Augen zu Schlitzen zusammen und überschlug die Berechnung. »Oh ja, dankedankedanke!«

Frank ließ die Zettel sinken. »Also, ich bin begeistert …«

»Kommen wir ins Geschäft?«, fragte Ines ungeduldig. »Lass uns das Ding bauen!«

Ohne dass Ines es bemerkte, zwinkerten sich Pinky und Frank verschwörerisch zu. »Ja«, antwortete Frank. »Das hier verändert alles.«

Grübelnd machte Frank sich an die Arbeit. Er war froh, dass Ines nicht nach dem Zeitmesser gefragt hatte, den er im Klavier gefunden hatte. Er selbst hatte ihn längst an Thea weitergereicht, denn er traute Pinky nicht wirklich. Der Typ war viel zu verknallt in Ines.

»ROY-L, die Idee ist einfach umwerfend!«, schwärmte Bree. »Die mysteriöse Prinzessin.«

Der BLOK hatte sich im Speisesaal eingefunden, wo die jungen Tänzer halbwegs sicher vor den strengen Blicken der Lehrer waren.

Lena schnappte sich die kleine Krone und steckte sie sich im Haar fest. Dann setzte sie die Maske auf. »Ich liebe es. Und was meint ihr?«

Jeff war begeistert. »Damit müssen wir raus auf die Straße. Die Hip-Hop-Prinzessin mit der Maske.«

»Die Idee ist klasse«, meinte auch Max. »Macht Fotos, Videos, schickt sie raus, überallhin, an jeden! Das muss viral gehen.«

Plötzlich meldete sich Isaac zu Wort. »Vielleicht kann ich dabei helfen. Ihr wisst ja, seit Thea mir diesen tollen

Social-Media-Account eingerichtet hat, habe ich ungefähr eine Million Follower. Wenn einer sich Influencer nennen kann, dann ich!«

Lena fiel ihm um den Hals. »Das ist großartig! Ich danke dir.«

Isaac machte sich los. »Kein Ding.«

Wieder begann Lena, auf und ab zu hüpfen, und klatschte begeistert in die Hände. »Los, Leute, fangen wir an.«

Sie schaute sich um. Wo steckte nur Ines? Ein letztes Mal startete sie einen Versuch und wählte ihre Nummer. Keine Antwort. Enttäuscht steckte Lena das Smartphone in die Tasche.

»Lasst uns das Ganze mal durchgehen«, schlug Max vor. »Welche Musik nehmen wir? Was haltet ihr von dieser wunderschönen Melodie von der alten Schallplatte? *Love Letters* ist der Burner!«

»Außerdem ist es inzwischen Nummer eins in den Download-Charts«, fügte Isaac hinzu.

Lena spürte, dass ihr Herz plötzlich heftig klopfte. Sie presste sich die Hand auf die Brust. »Oh, wirklich? Wow. Also, okay.«

Jeff hatte schon ein paar coole Ideen für außergewöhnliche Moves, wenn die Musik in den schnelleren Part überging. Schon begannen die BLOKer zwischen Tischen und Stühlen Jeffs Tanzschritte zu proben und hatten jede Menge Spaß.

»Wow!« Isaac hielt sein Smartphone in die Höhe. »Leute, ihr habt schon 15 Follower, dabei habt ihr noch gar nichts veröffentlicht! Vertraut mir, ich werde euren Auftritt in den sozialen Medien schon managen.«

»Das ist großartig!«, rief Lena begeistert. »Wir haben nur eine Stunde, um unseren Plan in die Tat umzusetzen. Und hier habe ich eine Idee für den Anfang, schaut!«

Lena machte ein paar Tanzschritte, leichtfüßig und rhythmisch modern.

»Armando!«, zischte plötzlich jemand. Sofort ließen sich alle an den Tischen nieder.

»Was ist hier los?«, fragte Max' Vater streng.

»Wir sind gerade mit dem Essen fertig«, kicherte Bree.

»Und warum steht dann kein Essen auf dem Tisch?« Armando blieb misstrauisch.

»Wir tun nur so«, erklärte Kennedy frech. »Für die Schauspielklasse.«

Lena spreizte ganz vornehm die kleinen Finger ab. »Ich esse gerade Hummer.«

Max sah seinen Vater an und zuckte mit den Schultern.

Armando schüttelte den Kopf. Er wusste nicht, was er von all dem halten sollte. Diese jungen Leute waren ihm manchmal wirklich ein Rätsel. »Was ihr braucht, ist eine Portion frische Luft. Es ist Samstag. Macht 'ne Pause.«

Das ließen sie sich nicht zweimal sagen! Und ob sie eine Pause machten!

33

Der Place de la Concorde war ideal für die Aufnahmen. Rasch waren sie in ihre Kostüme geschlüpft – eine Mischung aus Kleidern vom Anfang des 20. Jahrhunderts und

Hip-Hop-Klamotten. Lena trug das Krönchen, als sie zu Henris Song um den großen Brunnen herumschritt, gefolgt von ihren Hofdamen. Die Jungen kamen von der anderen Seite und fanden sich in die Schrittfolge des historischen Gesellschaftstanzes ein. Lena begab sich in die Mitte der Tänzer, als die Musik plötzlich schneller wurde und Jeff einen trickreichen Move nach dem anderen zeigte, bis Lena wieder die Hauptrolle übernahm. In Sekunden hatte sich eine Schar von Zuschauern eingefunden, die vollkommen begeistert stehen blieben und im Rhythmus klatschten. Isaac und Max hielten sich am Rand, schossen mit ihren Smartphones Foto über Foto und drehten ein Video.

»Das wird funktionieren!«, rief Max begeistert.

Alle fühlten sich in ihren Kostümen pudelwohl und spielten albern ihre Rollen weiter, als sie bald darauf aufgekratzt wieder in der Schule eintrafen. Auf ihren Smartphones hatten sie verfolgen können, dass sich das Video und die Fotos in Windeseile im Netz verbreiteten. Der Zuspruch war enorm. Lena konnte es kaum erwarten, in ihr Zimmer zurückzukehren, um dem Produzenten das Video zu schicken.

»Isaac weiß, was er tut«, kommentierte Bree, die Lena auf dem Fuße gefolgt war. Jedes Mal, wenn das Video ein neues Like bekam, stieß sie einen Freudenschrei aus. »Den Film haben schon Millionen Leute angeklickt. Wir sind *die* Sensation!«

Auf einmal ging die Tür auf, und Ines kam herein. Sie schenkte Lena einen eisigen Blick, doch die achtete gar nicht darauf.

»Da bist du ja!«, rief Lena. »Ich habe den ganzen Tag

versucht, dich zu erreichen! Du hast ganz schön was verpasst! Es gab Zoff mit dem Produzenten, Thea ist beim BLOK ausgestiegen. Wir haben getanzt und gefilmt, und das Ganze ist viral gegangen und … Aber wo bist du gewesen?«

Ines konnte es nicht fassen, dass Lena so tat, als sei nichts gewesen. Erst sorgte sie dafür, dass sie die Blamage ihres Lebens erfuhr, und nun machte sie auf beste Freundin? Ines sah Bree mit bösen Blicken an, sodass sie sofort eingeschüchtert den Raum verließ.

»Ines, ist alles okay mit dir?«, fragte Lena besorgt.

»Nichts ist okay!«, keifte Ines. »Weil du nicht verstehst, was es mit meinen Berechnungen auf sich hat. Es war meine Chance, meine Theorie zu beweisen.«

Lena legte die Stirn in Falten. »Ich verstehe nicht, was du meinst …«

»Du hast meine Arbeit sabotiert!« Ines' Stimme überschlug sich beinahe vor Zorn. »Du hast mich so gedemütigt. Wie konntest du nur?«

Lena fühlte sich wie ein Luftballon, aus dem die Luft entwich. Niedergeschlagen ließ sie sich auf die Bettkante sinken.

»Ich kann es dir erklären«, sagte sie leise. »Lex war hier, an der Schule. Sie hat mir gedroht, dass sie dich auslöschen würde, wenn ich dich nicht daran hindern würde, deinen Vortrag zu halten. Ich hatte keine Wahl! Ich musste dich retten!«

»Ernsthaft? Lex?« Ines war total verblüfft.

»Ja, ich schwöre!«, rief Lena.

Aber Ines war noch nicht zufrieden. »Wie konntest du

zulassen, dass ich mich zum Affen mache? Warum hast du mir nicht sofort von Lex erzählt?«

»Ich habe versucht, dich anzurufen«, verteidigte sich Lena. »Aber du hattest dein Smartphone hier vergessen. Ich wusste mir keinen Rat.«

Ines lehnte sich erschöpft an den Türrahmen. Die vergangenen zwei Tage hatten ihr viel Kraft geraubt. »Ich wollte doch nur wissen, ob ich recht habe. Ich habe an dieser Sache gearbeitet, seit ich dich kenne.«

»Natürlich *hattest* du recht«, versuchte Lena sie zu trösten. »Aber du *durftest* nicht recht haben. Das ist das Problem.«

Dann wiederholte Lena leise: »Ich habe es getan, um dich zu retten.«

Ines schoss ein Gedanke durch den Kopf. Sie musste Frank aufhalten! Aber er hatte ihre Unterlagen und war inzwischen bestimmt ein Stück weitergekommen. Ob er sich davon abbringen lassen würde? Schließlich ging es ja nur um sie …

Ines zückte ihr Smartphone. Sie musste Pinky anrufen. Sofort. Und Lena durfte nichts davon erfahren!

In diesem Moment klingelte Lenas Telefon. Als sie die Nummer des Produzenten erkannte, huschte sie auf den Gang und nahm das Gespräch an.

»Liebe ROY-L!«, rief eine euphorische Stimme. »Ihr seid der Hit! Ich bin bereit, euch doch in die Show zu nehmen.«

»Wirklich? Oh, das ist ja großartig!« Lena zwinkerte Bree und Kennedy freudig zu, die neugierig um die Ecke spähten.

»Aber«, sagte der Produzent, »ihr müsst die Masken fallen lassen, oder wir kommen nicht ins Geschäft.«

Lena spürte, wie ihr die Gesichtszüge entglitten. »Aber, ich dachte …«

»Mein letztes Angebot«, stellte der Produzent klar. Sein Tonfall ließ keinen Zweifel daran aufkommen, dass er nicht mit sich verhandeln ließ.

»Also, okay«, sagte Lena kleinlaut.

Am Ende des Flurs entdeckte sie Jeffs Gesicht, das sie erwartungsvoll anlächelte. Von schlechtem Gewissen geplagt, hob Lena den Daumen. Sofort spurtete Jeff los, um den anderen die gute Nachricht zu überbringen. Lena wartete, bis er außer Hörweite war. Erst dann flüsterte sie ins Telefon: »Dann kommen wir leider nicht ins Geschäft.«

Träume von Ruhm und Erfolg können zerplatzen wie Seifenblasen. Wie schnell doch alles auseinanderbrechen kann, dachte Lena traurig. Es gab nur einen Ort, der ihr jetzt ein wenig Trost spenden konnte. Sie lief hinauf auf das Dach des Palais Garnier und schrieb einen Brief an Henri:

Lieber Henri, ich dachte, du würdest dich freuen zu hören, dass dein Lied auf Platz eins der Download-Charts steht. Das ist wunderbar. Es heißt, dass ganz viele Leute deinen Song lieben. Auch wenn wir nicht beisammen sein können, wenn ich dein Lied höre, fühle ich mich dir nahe.

34

»Unser Schicksal liegt in deinen Händen«, verkündete Jeff theatralisch, als Max seine Mitschüler am Morgen in seiner neuen Rolle als Choreograf im Ballettsaal begrüßte. Jeff hielt Max ein unsichtbares Mikrofon vor den Mund.

»Max Alvarez, ist es wahr, dass Sie alle Rollen der diesjährigen Aufführung an Ihre Freundin Lena Grisky vergeben werden?«

Max brach in schallendes Gelächter aus. »Ihr werdet erst einmal alle brav vortanzen. Dann treffe ich die Entscheidung, wer welche Rolle bekommt. Obwohl ich die Idee einer Aufführung mit lauter Lenas sehr charmant finde.« Dann bat er die Tänzerinnen und Tänzer, sich aufzustellen. »Ich möchte euch zunächst erzählen, woher ich meine Inspiration für die Show habe. Wie ihr wisst, starten wir mit den Drums, aber der Tanz selbst basiert auf der wahren Geschichte einer Ballerina namens Claudine Renault. Sie lebte Anfang des 20. Jahrhunderts.«

Lena und Thea sahen sich entsetzt an, als Max auch noch ein Buch in die Höhe hielt, von dessen Cover ihnen die wohlbekannte Claudine entgegenblickte.

Max deutete ihren Gesichtsausdruck falsch. »Oh, ihr habt schon von ihr gehört? Dies ist ihre Biografie. Sie war großartig und ihrer Zeit weit voraus. Sie hat damals schon den Begriff *Girl Power* benutzt.«

Thea hatte genug gehört. Sie trat auf Max zu, riss ihm das Buch aus der Hand und blätterte darin herum. »Als das *IT-Girl von Paris* ging sie auf Welttournee und kreierte einen sensationellen neuen Tanzstil, den sie Hippity-Hop nannte«, las Thea ungläubig vor. »Das ist mal so was von falsch!«, schimpfte sie.

Die anderen starrten sie fragend an. Was meinte sie damit?

Thea wurde rot und räusperte sich verlegen. »Was ich sagen wollte … dass das in diesem Buch nicht richtig dargestellt wird. Ich habe das schon anders gelesen.«

Entschlossen klappte sie das Buch zu und gab es Max zurück.

Die Wut auf Claudine verlieh ihr eine unbändige Energie, sodass sie Max verkündete, dass sie gern als Erste vortanzen wolle. Isaac sprang ihr als Partner zur Seite.

»Okay!« Max klatschte in die Hände. »Denkt an Kraft und Energie!«

Worauf du dich verlassen kannst, dachte Thea und bot eine Vorstellung, von der Max über alle Maßen angetan war. Das war die Power, die er sich wünschte!

Zufrieden beobachtete Thea wenig später, wie Lena und Ines ziemlich unkonzentriert eine wenig überzeugende Vorstellung boten. Die eisige Kälte zwischen ihnen war noch immer zu spüren. Die Saat, die Thea mit den Aufzeichnungen ihrer Webcam gesät hatte, war aufgegangen. Jetzt hatte sie aber eine andere Mission zu erfüllen.

»Was auch immer da zwischen dir und Ines steht, du solltest es besser in Ordnung bringen.« Max hatte Lena nach dem Vortanzen zur Seite genommen. »Was ihr vorher abgeliefert habt, war Lichtjahre von dem entfernt, was ihr eigentlich draufhabt.«

Lena sah sich suchend um. Ines war bereits gegangen.

Dann senkte sie den Blick. »Ich weiß, das war inakzeptabel. Bekomme ich noch eine Chance?«

»Du brauchst keine neue Chance«, erwiderte Max. »Geh jetzt.«

Lena fand Ines in ihrem Zimmer. »Ich weiß, du bist immer noch sauer auf mich. Aber dann brüll mich an! Alles ist besser als diese Kälte. Ich habe den Eindruck, wir sind keine Freundinnen mehr.«

»Sind wir auch nicht!«, stellte Ines klar und schob das Kinn vor. »Nach all dem, was du mir angetan hast. Ständig muss ich an diese Aufnahmen denken!«

»Du solltest dir das Video von deinem Vortrag wirklich nicht mehr ansehen«, meinte Lena besorgt. »Das regt dich nur auf.«

Ines machte eine wegwerfende Handbewegung. »Ich rede doch nicht von meinem Vortrag! Ich rede von den Aufnahmen von dir. Von Theas Webcam. Und jetzt versuch nicht, dich rauszureden.«

Lena stutzte. »Theas Webcam?« Jetzt erst wurde ihr bewusst, dass Ines ja erfahren haben musste, dass *sie* die Zahlen manipuliert hatte!

»Oh, mein Gott!« Ines schlug sich die Hand auf den Mund. »Das wird mir jetzt erst klar! Thea hat in unserem Zimmer eine Webcam versteckt! Ich war so sauer auf dich, dass ich gar nicht richtig nachgedacht habe! Das ist ja abgefahren!«

Doch bevor sie sich auf deren Laptop stürzen konnten, kam Thea ins Zimmer gerauscht. »Die Casting-Liste hängt aus!«

Lena war drauf und dran, sich auf Thea zu stürzen, doch

Ines hielt sie am Arm und schenkte Thea ein zuckersüßes Lächeln.

»Oh, wirklich, wie aufregend! Dann lass uns doch sofort nachschauen, wer die Hauptrolle ergattert hat!«

Ines zog Lena mit sich hinaus, lief ein Stück den Gang hinunter und versteckte sich mit ihr hinter einem Mauervorsprung.

»Was hast du vor?«, fragte Lena verwirrt.

»Mensch, wenn wir Thea auf die Webcam angesprochen hätten, würden wir ihre Aufnahmen nie zu sehen kriegen«, flüsterte Ines, während sie beobachtete, wie Thea kurz darauf ebenfalls das Zimmer verließ. »Und jetzt los«, zischte sie, sobald Thea verschwunden war.

Die beiden Mädchen rannten in Theas Zimmer. Ines klappte Theas Laptop auf. Konzentriert begann sie, die Seiten und Dateien zu durchsuchen. Ihr Computer war voller Thea-Selfies, doch schließlich hatte Ines gefunden, was sie gesucht hatte. »Hier ist es!« Ines klickte die Videoaufnahme mit Lena an.

Doch Lena hob schon nach einer Sekunde die Hand. »Warte! Schau mal!«

Auf dem Bildschirm war auch zu sehen, wie Thea die Verkleidung des kleinen Lüftungsschachtes entfernte und etwas herausnahm. Ines stoppte das Video und zoomte das Bild heran.

»Ist das etwa …?« Lena traute ihren Augen nicht. »Das ist mein Zeitmesser!«

In der nächsten Sequenz steckte Thea sich den Zeitmesser in die Hosentasche und verließ eilig das Zimmer.

»Jetzt wissen wir, warum sie die Webcam installiert

hat!«, rief Ines aufgeregt. »Um das Versteck des Zeitmessers zu überwachen! Das war gerade eben. Sie ist damit abgehauen. Das mit dem Aushang hat sie nur gesagt, um uns aus dem Zimmer zu locken.«

In der Zeitsammler-Wohnung sah es aus, als wäre eine Bombe eingeschlagen. Mitten im Chaos saß Frank mit zerzaustem Haar und verzweifeltem Gesicht.

»Wann ist das Zeitreiseportal das nächste Mal geöffnet?«, rief Thea, nachdem sie wie ein Wirbelsturm in den Raum gestürmt war. »Ich muss ins Jahr 1905 zurück. Je schneller desto besser. Ich muss in der Geschichte eine Kleinigkeit richtigstellen. Wenn jemand sich im Paris von 1905 IT-Girl nennen darf, dann bin ja wohl ich das, nicht Claudine.«

Frank legte die Stirn in Falten und kratzte sich nachdenklich am Kopf. »Also, ich bin da an einer Sache nah dran … Könntest du bitte Lenas Zeitmesser holen?«

Thea fischte die Kette mit dem Schmuckstück aus der Hosentasche. »Da ist er.«

»Oh, du hast den Zeitmesser gleich mitgebracht!« Frank streckte die Hand danach aus. »Das ist ja … ganz wunderbar!«, rief Frank begeistert.

Pinky, der in einer Ecke saß, runzelte die Stirn. Thea lächelte süßlich und ließ die Kette in Franks Hand fallen. Das wurde Pinky jetzt aber zu bunt.

»Ähm, Boss? *Ich* durfte meiner Freundin den Zeitmesser nicht mal *zeigen,* obwohl sie dir die Berechnungen für all das hier geliefert hat? Und du gibst deiner Freundin …«

Thea tippte Pinky mit dem Zeigefinger auf die Brust.

»Ich bin nicht seine Freundin, dass das mal klar ist. Und darf ich fragen, was das hier ist?«

Thea zeigte auf den halb fertigen Prototypen und Bauteile, die verstreut auf dem Boden lagen.

»Damit«, erklärte Frank, »werden wir durch die Zeit reisen können, wann immer wir wollen, und zwar ohne dass die Zeitreise-Behörde etwas mitbekommt.«

Thea grinste siegesgewiss. »Und dann kann die Zeitreise-Behörde mich auch nicht davon abhalten, meine Weltkarriere im Jahr 1905 wieder aufzunehmen.« Plötzlich stutzte sie. »Und warum funktioniert das noch nicht?«

Frank rieb sich verlegen die Hände. »Mir fehlen noch ein paar Teile.«

»Na, worauf warten wir? Gehen wir und besorgen sie!«, kommandierte Thea.

»Oscar, ist die Welt nicht wunderschön? Du glaubst nicht, was geschehen ist!« Henri kam in den Uhrenladen gerannt und hielt Lenas Brief an die Brust gepresst. »In der Zukunft ist mein Lied ein Hit geworden! Lena hat es mir geschrieben. Schau dir das an.« Henri hielt Oscar den Brief hin.

Oscar sah von seiner Arbeit auf. »Das sind ja großartige Neuigkeiten!«

Noch vor ein paar Tagen hatte Henri die Leute von der Straße in Oscars Laden eingeladen, um ihnen *Love Letters* vorzuspielen, und hatte großen Beifall geerntet. Ein spontanes Konzert in einem Hinterhof-Geschäft, so was war neu für das Jahr 1905.

Oscar nickte anerkennend. »Ein Hit in zwei verschiedenen Zeiten. Das haben noch nicht viele Leute geschafft.«

»Aber es kommt noch besser.« Henri lächelte von einem Ohr zum anderen. »Sie schreibt, wenn sie mein Lied hört, fühlt sie sich mir nahe.« Er legte Oscar die Hand auf die Schulter. »Ich sollte noch mehr Songs schreiben. Noch besser, noch romantischer. Was hältst du hiervon?«

Henri klimperte eine Melodie, die Oscars Seele streichelte wie ein warmer Sommerwind. Verträumt schloss er die Augen und lauschte.

»Weißt du was«, sagte Henri in die Melodie hinein. »Mir ist es egal, was die Zeitreise-Behörde sagt. Ich will mit Lena zusammen sein. Dann bin ich eben ein Ausgestoßener. Ich muss zu ihr! Wir waren zu lange getrennt.«

»Du musst warten, bis das Portal wieder offen ist«, gab Oscar zu bedenken.

»Aber du hast so viele Zeitmesser da hinten in der Ecke. Vielleicht ist ja einer dabei, mit dem man außerhalb der Portal-Zeiten reisen kann!«, sagte Henri. Er war so von dem Gedanken besessen, Lena wiederzusehen, dass er es kaum aushalten konnte.

»Henri, wir haben schon mal alle Zeitmesser überprüft«, erinnerte Oscar.

Henri sagte nichts, aber sah Oscar mit flehendem Blick an.

Oscar seufzte. »Okay, wir checken sie noch mal.«

Es dauerte über eine Stunde, bis Oscar den letzten Zeitmesser in den Händen hielt.

»Das ist er!«, rief Henri euphorisch. »Ich kann es fühlen!«

Oscar drehte an den Zeigern. Nichts. Er schüttelte die Uhr, horchte. Ein leiser Alarm ertönte. »Ups.« Oscar nahm die Uhr vom Ohr. »Das ist eine normale Uhr. Tut mir leid, Henri.«

Enttäuscht ließ Henri den Kopf hängen. »Dann heißt es wohl warten.«

»Aber du weißt, was man über die Liebe sagt?«, fragte Oscar. »Liebe lässt die Zeit vergehen, Zeit lässt die Liebe vergehen.«

Henri lächelte. Doch dann wurde ihm klar, was die Worte bedeuteten.

Im Jahr 2019 kam Thea, gefolgt von Frank und Pinky, in den Uhrenladen gestampft und drückte Oscar eine Liste in die Hand. »Diese Sachen brauche ich. Sofort. Blitzartig. Also quasi gestern.«

Oscar schüttelte bedauernd den Kopf. »Sorry, aber ich habe die strikte Anweisung, nicht mit Zeitsammlern zu kooperieren oder mit Leuten, die mit Zeitsammlern zusammenarbeiten.«

Gerade wollte Thea losschimpfen, da begann in ihrer Tasche etwas heftig zu vibrieren und zu leuchten. Erschrocken zog sie Lenas Zeitmesser aus der Tasche, der ruckelte und Lichtblitze abfeuerte, und warf ihn auf die Theke. Frank starrte auf das kleine Teil. Es schien außer Kontrolle zu sein. Auch Oscar wusste zunächst keinen Rat. Der Zeitmesser vibrierte immer heftiger, begann auf der Tischplatte zu rotieren.

»Leute, geht lieber in Deckung. Keine Ahnung, was das bedeutet, aber ich glaube, nichts Gutes.«

Doch dann ahnte er, was gerade passierte: Henri war mit seinem Zeitmesser zu nahe an Lenas Zeitmesser gekommen! Eine ohrenbetäubende Sirene schrillte durch den Laden. Es blitzte grell und plötzlich stand Henri vor ihnen. Frank, Pinky und Thea starrten ihn mit offenem Mund an.

»Ojemine«, jammerte Oscar. »Er ist durch ein Zeitloch gefallen. Wir müssen die beiden Zeitmesser voneinander trennen! Schnell!«

Geistesgegenwärtig schnappte Pinky sich Lenas Zeitmesser und verschwand aus dem Laden. Frank und Thea folgten ihm blitzschnell. Ihre Schritte hallten im Gleichtakt durch den Hof. Dann waren sie verschwunden. Als sich mit ihnen der Zeitmesser entfernte, löste sich das Chaos in Oscars Laden auf. Zurück blieb Henri und verstand nicht, was geschehen war.

»Oh wow!«, rief Oscar völlig beeindruckt. »Durch all die Zeiten hindurch hocke ich schon in diesem Laden, aber so was ist noch nie passiert!«

»Welches Jahr haben wir?«, fragte Henri völlig verdattert.

»2019!« Oscar klopfte Henri lachend auf den Rücken. »Mann, wir haben das Jahr 2019!«

Henri strahlte. »Dann werde ich jetzt Lena suchen!« Er nahm Oscar in den Arm.

Einer inneren Eingebung folgend rannten Lena und Ines zu Oscars Uhrenladen. Da kamen Thea, Pinky und Frank um die Ecke gerannt. Das hatten sie sich ja denken können, dass Thea mit den Zeitsammlern gemeinsame Sache machte!

Lena stürmte auf Thea zu und packte sie am Arm. »Du hast meinen Zeitmesser gestohlen. Wie konntest du nur?«

»Ach, komm schon«, erwiderte Thea herablassend. »Ist ja nicht so, dass du ihn gebraucht hättest. Übrigens haben Isaac und ich die Hauptrollen, falls du es noch nicht wissen solltest.«

Voller Zorn packte Lena Thea am Kragen. Doch Ines zog sie weg. »Lass dich nicht provozieren. Sie ist es nicht wert.«

Thea rannte davon und Lena sah ihr verwirrt nach.

»Es ist okay«, beruhigte Ines. Sie hielt Lena ihr Smartphone vor die Nase. »Pinky hat geschrieben, dass er den Zeitmesser hat. Das Teil ist in Sicherheit. Wir können ihm vertrauen.«

»Er ist ein Zeitsammler!«, erinnerte Lena verärgert.

»Er ist ein guter Kerl.« Ines lächelte verlegen.

Sie traten den Rückweg zur Schule an. Deswegen bekamen sie nicht mit, wie Henri aus dem Laden trat und von einer kreischenden Horde junger Mädchen umringt wurde.

»Oh, mein Gott, das ist Henri Duquet!«, riefen sie. Und jede wollte ein Selfie und ein Autogramm.

Henri sah über die Mädchen hinweg in die Ferne und erkannte einen blonden Haarschopf, der gerade hinter einer Hausecke verschwand. »Lena?«

35

Erst jetzt wurde Lena richtig bewusst, was Thea zu ihr gesagt hatte. Sie starrte auf den Aushang und konnte es nicht fassen. Thea und Isaac hatten die einzigen Hauptrollen bei der letzten Prüfung in der zweiten Klasse bekommen! Alle anderen Tänzer sah Max für das Corps vor!

Jetzt, da sich ihre Teilnahme an *Dance Off* in Luft aufgelöst hatte, wurde ihr auch noch die Hauptrolle in der Carte-Blanche-Aufführung vorenthalten!

Du musst dich entscheiden zwischen Hip-Hop und Ballett, hatte Armando zu ihr gesagt. Und nun hatte sie weder das eine noch das andere.

»Einer der Gründe, warum ich in der Zukunft bleiben wollte, war das Ballett«, erklärte Lena Ines mit Tränen in den Augen. »Und du natürlich. Ich kann nicht glauben, dass er mir das antut!«

»Übrigens«, sagte Ines zögernd. Sie wollte Lena nicht noch mehr beunruhigen, aber das hier war wichtig. »Du musst allen BLOKern sagen, dass es nichts wird mit *Dance Off*, bevor da etwas außer Kontrolle gerät.«

Lena seufzte und strich zum tausendsten Mal ihr cremefarbenes Trikot glatt. »Ich weiß. Ich hatte gehofft, die Leute von *Dance Off* würden ihre Meinung über die Masken noch ändern …«

Ines legte ihr den Arm um die Schulter. Gemeinsam machten sie sich auf den Weg zur Probe. »Lena, du weißt, dass das nicht passieren wird.«

Doch es kam noch schlimmer: Im Studio erfuhren die Tänzerinnen und Tänzer des Corps, dass ihre einzige Aufgabe während der Aufführung darin bestand, hinter Thea und Isaac ein Banner in die Höhe zu halten und es im Takt der Musik hin und her zu schwenken.

Lena fiel aus allen Wolken. »Du meinst, wir sollen *hinter* dem Banner stehen?«

Max, der sich inzwischen gern so kleidete wie sein Vater, sah sie über die Schulter hinweg an. »Ja, hast du ein Problem damit?«

»Wenn das alles sein soll, was wir zu tun haben, dann ja«, fauchte Lena ihn an. »Und zwar ein großes Problem.«

Max zuckte unbeeindruckt mit den Schultern. »So ist die Choreografie.«

»Das ist keine Choreografie! Das sieht aus wie Wäschewaschen!«, sagte Lena wütend zu Max. »Wir sind Tänzer der zweiten Klasse. Wir haben nur wenige Gelegenheiten, unser Talent auf der Bühne unter Beweis zu stellen. Diese Aufführung zählt zur Hälfte für unsere Abschlussnote. Wie soll man uns denn bewerten, wenn wir nicht mal tanzen?«

Max blieb hart. »Es ist aber genau das, was wir tun werden.«

»Pah!«, blaffte Lena ihm ins Gesicht. »Warum hängst du das blöde Banner nicht einfach auf und hörst auf, uns unsere Zeit zu stehlen?« Lena deutete auf die Tür. »Stundenlang hast du uns draußen warten lassen und nur mit Thea und Isaac gearbeitet!«

Max holte tief Luft. »Kann es sein, dass du sauer bist, weil du nicht die Hauptrolle bekommen hast? Lena, wach auf! Du kannst nicht immer der Star sein.« Er sah Lena ernst an.

Lena nahm ihm diesen überheblichen Blick sehr übel. »Es geht nicht um mich und die Hauptrolle!«, rief sie. »Du degradierst die gesamte Klasse zu … zur Wäscheleine!

Was hat denn den BLOK zu dem gemacht, was er ist? Dass du jeden von uns nach seinen Stärken eingesetzt hast.«

Max blieb cool, was Lena erst recht rasend machte. »Dies hier ist aber nicht der BLOK.«

»Ganz richtig«, knurrte Lena. »Das hier ist größer und wichtiger als der BLOK. Wir sollten alle eine Chance haben zu glänzen, aber die einzige Person, die glänzen soll, bist du.«

Max gab ein verächtliches Schnauben von sich. »Lena, ich habe eine Vision.«

»Ich habe es so satt.« Lena stapfte zornig davon. Max hin, Max her, das würde sie nicht akzeptieren! Sie wusste, was sie tun wollte. Doch um ihren Plan umzusetzen, musste sie sich erst einmal beruhigen. Sie brauchte einen klaren Kopf. Also tat sie die Dinge, die ihr halfen runterzukommen. Sie joggte um die Schule, aß in der Mensa Mango-Joghurts und faltete Origami-Schwäne.

»Wir wissen, dass Sie Ines geholfen haben!«, rief Lex in den Raum. Sie war in Begleitung von drei Uniformierten in Oscars Uhrenladen gestürmt. Oscar hatte die vier bereits durch die große Schaufensterscheibe kommen sehen und hatte sich in letzter Sekunde in einer Nische hinter der Theke versteckt.

»Wir wissen, dass Sie sie mit Informationen versorgt haben. Herzlichen Glückwunsch, damit haben Sie sich einen Platz auf der Liste mit *Personen von Interesse* gesichert. Sie sind offiziell von der Zeitreise-Behörde zur Fahndung ausgeschrieben.«

Oscar duckte sich weiter in sein Versteck. Noch hatte Lex ihn nicht entdeckt.

»Oh, was haben wir denn da?«, rief sie plötzlich und nahm einen Stapel Papiere von der Theke. »Ines' Berechnungen. Ich habe Lena doch befohlen, das zu unterbinden!« Sie gab die Blätter an die Uniformierten weiter. »Hier, nehmt das mit. Das ist Beweismaterial.«

Dann verließen die vier mit eiserner Miene und im Stechschritt Oscars Laden. Die Fensterscheibe klirrte leise, als die Tür ins Schloss fiel. Vorsichtig wagte Oscar sich aus seinem Versteck und im selben Moment kam Henri durch den Hintereingang in den Laden.

»Was ist hier los?«, fragte er. »Und weißt du, was mir passiert ist? Ich wollte Lena suchen. Und kaum war ich draußen, wurde ich von einem Schwarm Fans umzingelt. Ich bin die Straße runtergerannt und musste durch die Hintertür zurückkommen.«

Oscar machte ein verbissenes Gesicht. »Wir haben jetzt große Probleme. Die Leute von der Zeitreise-Behörde waren gerade im Laden. Hier sind wir nicht mehr sicher. Wir müssen weg.«

Henri war verwirrt. »Was soll das heißen?«

Hektisch begann Oscar ein paar Sachen in eine Reisetasche zu stopfen. »Die Zeitmesser haben verrückt gespielt. Dann bist du aus dem Jahr 1905 hierher transportiert worden. Und plötzlich tauchen die von der Behörde hier auf. Verstehst du? Das hängt alles zusammen. Wir müssen uns eine Weile vom Laden fernhalten.«

Henri runzelte die Stirn. »Aber du hast doch gesagt, dass du alterst, sobald du den Laden verlässt?«

Oscar hielt einen Moment beim Packen inne und sah Henri an. »Schon, aber nicht so, als würde ich um Jahre altern, sobald ich den Fuß über die Schwelle setze.«

Dann zog er eine Jacke an und setzte sich einen Hut auf. »Von jetzt an bin ich Alistair Jim Smith. Henri Duquets Manager.«

Henri lachte. Die Idee gefiel ihm. »Okay, dann los, ich muss zu Lena.«

Doch Oscar hielt ihn am Arm fest. »Warte, bevor du zu Lena gehst, werden wir dich zu einem Superstar machen. Dann wird sie auf dich aufmerksam werden. Glaub mir, es ist besser, dich von ihr fernzuhalten, bis wir diesen Schlamassel mit der Zeitreise-Behörde geklärt haben. Ich wette, wenn du ein Popstar bist, haben wir das alles hinter uns, und du und Lena könnt wieder ein Paar werden.«

Als Oscar den Laden verließ, setzte er trotz aller Zuversicht sehr vorsichtig den Fuß über die Schwelle und stellte erleichtert fest, dass er nicht zu Staub zerfiel. Und Henri konnte noch nicht wissen, dass er am nächsten Tag seinen ersten Plattenvertrag unterschreiben würde.

»Was kann ich für dich tun, Lena?«, fragte Gabrielle Carré freundlich und bat sie mit einer eleganten Handbewegung, sich zu setzen.

»Ich versichere Ihnen, dass dies keine Reaktion darauf ist, dass ich die Hauptrolle nicht bekommen habe«, stellte Lena zuallererst klar. Sie hatte sich die Haare zu einem festen Pferdeschwanz gebunden, die geröteten Wangen mit etwas Puder abgedeckt, und versuchte, so aufgeräumt wie möglich zu wirken.

»Das ist gut«, erwiderte Gabrielle und lächelte freundlich. »Wir bekommen nicht immer die Rollen, die wir gerne haben möchten.«

Lena nickte heftig. »Besonders schwierig, wenn es nur zwei gibt.«

Gabrielle legte den Kopf schief. »Ich verstehe nicht ganz.«

»Nun … In den letzten zehn Carte-Blanche-Aufführungen gab es immer mindestens sechs Rollen zu besetzen«, erklärte Lena.

Gabrielle konnte ihr noch immer nicht folgen. »Und warum beschäftigst du dich mit vergangenen Aufführungen, wenn ich fragen darf?«

Lena rückte auf die Vorderkante des Stuhls vor und setzte sich kerzengerade hin. »In Max' Stück gibt es nur zwei Rollen. Aber diese Präsentationen sind für uns alle so wichtig. Und für die Ballettschule der Pariser Oper.«

Mademoiselle Carré nickte aufmunternd. Lena sollte fortfahren.

»Diese Aufführung bestimmt zur Hälfte unsere Note, Mademoiselle Carré«, erinnerte Lena. »Unsere Zukunft hängt davon ab, und jetzt sollen wir, wenn es nach Max geht, nur ein Banner halten. Die ganze Show über können wir nichts von dem zeigen, was wir uns im letzten Jahr erarbeitet haben.«

Gabrielle faltete die Hände und legte sie auf die Tischplatte. »Ich verstehe.«

Für einen kurzen Moment sagten beide nichts. Lena räusperte sich verlegen.

»Ist das *Ich verstehe* jetzt als *Ich werde mich einmischen, damit meine talentierten Schüler ihr Können präsentieren können* zu verstehen oder eher als *Lena, bitte geh?*«, fragte sie vorsichtig.

Gabrielle verzog keine Miene. »Nun, ich denke, es ist etwas dazwischen.«

Lena verabschiedete sich mit einem Knicks.

36

Tatsächlich erschien die Direktorin zum Erstaunen aller bereits vor der nächsten Probe im Studio. Sie war bekannt dafür, dass sie nicht lange fackelte, wenn wichtige Entscheidungen anstanden. Ihr dunkles Haar fiel ihr in Wellen um das schmale Gesicht, als sie sich in ihrer ruhigen, aber bestimmten Art an die Nachwuchstänzer wandte.

»Dies ist eine ungewöhnliche Situation. Es ist mir ein Anliegen, meinen Studenten die Freiheit zu geben, ohne Regeln oder Einschränkungen kreativ zu sein.«

Max nickte zustimmend. »Genau. Die Carte Blanche.«

»Gleichzeitig habe ich erfahren, dass das geplante Stück lediglich zwei Tänzern die Möglichkeit bietet, ihre Fähigkeiten zu zeigen«, fuhr Mademoiselle Carré fort. Ein Raunen ging durch die Gruppe. »Daher habe ich einen Entschluss gefasst«, sagte sie. »Max, du wirst wie vorgesehen an deinem Stück arbeiten. Lena wird jedoch gleichzeitig ihre Idee umsetzen. Jeder von euch wird also einen Teil der Aufführung gestalten. Viel Glück.«

Wie es ihre Art war, verließ sie umgehend den Ballettsaal. Einwände, welcher Art auch immer, waren nicht erwünscht. Sie war die Direktorin dieser Schule.

Im Türrahmen drehte sie sich noch einmal um.

»Diese Vorführung entscheidet darüber, wer in die nächste Klasse wechseln wird und wer nicht. Es ist also sehr wichtig, dass ihr alle zusammenarbeitet.«

Lena machte einen Knicks. »Danke, Mademoiselle Carré. Wir werden Sie nicht enttäuschen.«

Als die Schulleiterin außer Hörweite war, sprangen die jungen Leute froh und erleichtert durcheinander und fielen sich in die Arme. Nur Max stand da und kochte innerlich.

Nach der Probe zog Max Lena mit sich hinaus auf den Hof. »Warum hast du das getan? Du hast doch den BLOK! Reicht dir das nicht?«

Lena senkte traurig den Blick. Sie zog den Reißverschluss ihres grauen Hoodies bis unter das Kinn hoch, denn es war kühl geworden.

»Der BLOK wird bei *Dance Off* nicht auftreten. Wir sind draußen, aber ich habe es den anderen noch nicht erzählt. Vermutlich werden sie so verärgert sein, dass sie nie wieder ein Wort mit mir reden.« Dann hob Lena den Blick. »Ich weiß, du bist wütend, aber jetzt haben alle die Möglichkeit vorzutanzen. Und die *Dance Off*-Enttäuschung muss ich den anderen erst noch beibringen.« Damit ließ sie Max stehen.

Sie fand die anderen BLOK-Tänzer in der Lounge. Sie spielten gerade sehr eifrig ein Computerspiel. Lena stellte sich einfach in die Mitte und unterbrach sie.

»Hört mal, Leute ich muss euch was sagen … der BLOK …«

Plötzlich war aus dem Hintergrund eine strenge Stimme zu hören.

»Der BLOK? Geht es schon wieder um den BLOK?« Armando war in der Tür aufgetaucht. Neben ihm stand Max. »Wenn ich das Wort BLOK noch ein einziges Mal höre, werden die Mitglieder von der Schule verwiesen.« Er starrte Lena mit finsteren Augen an. »Das ist meine letzte Warnung. Haben wir uns verstanden?«

Lena spürte, wie ihr die Röte ins Gesicht stieg und die Kraft aus den Beinen wich. »Ja, Monsieur.«

»Vielleicht ist es das Beste«, sagte Max leise, nachdem sein Vater gegangen war.

Jeff war außer sich. »Wie kannst du das sagen, Mann? Wir wären ins Fernsehen gekommen und berühmt geworden!«

Zustimmendes Gemurmel war zu hören.

Max nahm Lena zur Seite. »Gern geschehen«, flüsterte er ihr zu.

Lena riss die Augen auf. »*Du* hast ihm von *Dance Off* erzählt?«, zischte sie vorwurfsvoll.

Max grinste. »Ich? Nein. Ich habe ihm lediglich gesagt, dass ihr bei den Proben zur Aufführung mit solchem Feuereifer dabei seid wie sonst nur im Keller bei den Proben für den BLOK.«

Plötzlich ging Lena ein Licht auf. »Und auf die Weise hast du mich davor bewahrt, dass ich ihnen die Wahrheit sagen musste. Du hast mich gerettet!«

Die Choreografie für ihre Carte-Blanche-Aufführung war Lena eine echte Herzensangelegenheit. Sie leitete ihre Crew begeistert, zielstrebig und auch mit einer gewissen Strenge.

»Denkt daran, dass es hier um zwei Menschen geht, die nicht zusammen sein können, so sehr sie sich auch bemühen. Aber für einen Moment dürfen sie zusammen tanzen. Dieser Moment muss unglaublich intensiv sein, dramatisch. Dies ist die einzige Chance, die sie haben, also müssen sie das Beste daraus machen.«

Lena klatschte in die Hände, weil einige Mädchen aus der Gruppe nicht bei der Sache waren, sondern sich tuschelnd mit ihren Smartphones beschäftigten. Sie nahm einem Mädchen das Phone aus der Hand.

»Was ist denn so interessant?«

»Henri Duquet!«, erklärte das Mädchen. Es zeigte auf das Display und errötete. »Max hat doch letztens seinen Song gespielt, erinnerst du dich? Henri ist *der* neue Star der Musikszene. Und er ist so süß!«

»Heute Nachmittag wird er in der Radio-Show interviewt«, sagte ein anderes Mädchen. »Die *muss* ich mir anhören!«

Eine Art Stromschlag durchfuhr Lenas Körper. Beinahe wäre ihr das Smartphone aus der Hand gerutscht, von dessen Bildschirm ihr Henri entgegenlächelte. Schnell drückte sie es dem Mädchen in die Hand und rannte in Trikot und Ballettschuhen aus dem Studio auf die Straße. Überall strahlte ihr Henri von Plakaten entgegen. Völlig außer Atem blieb Lena vor einem der übergroßen Bilder stehen. Es kam ihr vor, als durchbohre Henris Blick ihr Herz.

»Ich kann es nicht glauben!«, sagte Lena weinend zu sich. Es war ihr vollkommen egal, dass Passanten stehenblieben und sie verwundert anstarrten. »Bist du wirklich hier, Henri? Wie lange schon? Was bedeutet das?«

Doch das Bild blieb stumm. Traurig lief Lena zur Schule zurück. Was hatte das Mädchen über die Radio-Show gesagt? Lena hatte eine Idee.

Ines stutzte. Der Junge im Aufenthaltsraum, der in Trikot und Ballettschuhen auf einem der Sofas rumfläzte, war doch …

»Pinky?«

Der grinste sie schelmisch an. »War gar nicht so leicht, hier reinzukommen, sag ich dir. Deshalb die Kostümierung.« Er zeigte an sich herab und amüsierte sich offenbar über sein eigenes Outfit. »Hör zu, Ines, ich habe dich wirklich sehr gern und bin glücklich darüber, dass wir uns getroffen haben. Aber ich habe auch Clive gern. Er ist wie mein Bruder. Ich möchte ihn zurückholen.«

Er griff in seine Tasche und legte etwas in Ines' Hand. Lenas Zeitmesser! Dann beugte sich Pinky zu seiner Sporttasche hinunter und holte, nachdem er sich vergewissert hatte, dass niemand ihn beobachtete, etwas heraus.

»Hier ist dein Zeitreise-Gerät. Jetzt liegt es in deiner Hand. Ich glaube, dass du eine größere Chance hast, Clive zurückzuholen, denn du … du bist so klug.«

Um den Zeitmesser zu testen, fror Ines Pinky für eine Sekunde ein. »Sorry, musste ihn mal ausprobieren«, sagte sie grinsend, als Pinky sich danach wie ein nasser Hund schüttelte.

Sie hatte jedoch nicht bedacht, dass sie wegen der Benutzung des Zeitmessers in Lex' Visier geriet. Augenblicke später tauchte die Agentin bereits am Eingang auf. Geistesgegenwärtig warf sich Ines auf Pinky und ging mit ihm hinter dem Sofa in Deckung.

»Hey, warum so stürmisch?«, lachte Pinky, doch Ines drückte ihm die Hand auf den Mund.

»Wir sind in Gefahr, schau!« Ines spähte über die Sofalehne. »Wir müssen hier raus, und zwar schnell.«

In diesem Moment kam Jeff angeschlendert und ließ sich in die Kissen plumpsen. Das brachte Ines auf eine Idee. Sie zupfte an seinem Ärmel.

»Hey, Jeff, siehst du die junge Frau da drüben? Du musst sie ablenken. Es geht um Leben und Tod.«

Jeff drehte sich um und linste über die Sofalehne. »Wer ist sie denn? Und wer bist du?«, fragte er Pinky.

»Ein Besucher aus einer anderen Schule«, antwortete Ines ausweichend. »Bitte, lenk sie ab und sieh zu, dass sie uns nicht entdeckt.«

Jeff nickte und schenkte Ines einen Du-kannst-dich-auf-mich-verlassen-Blick. Dann schlenderte er lässig auf Lex zu. »Hey, du da!«

»Geh mir aus dem Weg!«, rief Lex und wollte sich an ihm vorbeidrängeln, doch Jeff stellte sich ihr unbeeindruckt in den Weg.

»Oh, ich glaube, es stand in den Sternen, dass wir uns begegnen würden«, sagte er theatralisch.

»Für solche albernen Spiele habe ich keine Zeit«, knurrte Lex. »Geh aus dem Weg.«

Jeff legte ihr den Arm um die Schulter und drehte sie

zur Wand im Aufenthaltsraum, die mit psychedelischen Motiven bemalt war.

»Entspann dich und genieße den Blick auf dieses Kunstwerk. Wusstest du, dass der Künstler statt Farbe Rübensirup zum Malen benutzt hat?«

Lex stieß ihn zornig von sich. »Geh weg. Ich habe eine Mission zu erfüllen.«

Doch Jeff ließ sich nicht abwimmeln. »Okay, ich habe es auf die nette Tour versucht ... Du begehst Hausfriedensbruch. Ich muss dich leider verwarnen.«

Aufmüpfig hob Lex das Kinn. »Was bist du? So eine Art Cop?«

Jeff blieb cool, ihm machte dieses Rollenspiel großen Spaß, vor allem, als er jetzt aus dem Augenwinkel beobachtete, wie Ines und dieser andere Typ auf dem Bauch aus dem Raum robbten.

»Uhhh, nein, aber ich bin das, was man ... einen Präfekten nennt. Ich darf zum Beispiel andere Schüler in Arrest nehmen, wenn sie was ausgefressen haben. Oder Leute, die Hausfriedensbruch begehen.«

Indem er sein Smartphone aus der Hosentasche zog und so tat, als wollte er ein Foto von ihr machen, sagte er: »Du lässt mir leider keine andere Wahl. Wir dulden hier keine Besucher, die keinen Besucherausweis haben ...«

In dem Moment hob Lex das Handgelenk und wollte schon auf ihr Steuerungselement tippen, als Jeff ihr gegen die Faust boxte. »Schön, dass du einsichtig bist.«

Während sie von Jeff hinausgeschoben wurde, ließ sie ihren Blick durch den Raum wandern, doch Ines und Pinky waren längst verschwunden.

37

So schnell die Füße sie trugen, waren Ines und Pinky durch den Hintereingang der Schule in das Palais Garnier gerannt und blieben keuchend am großen Portal stehen. Pinky hielt das Zeitreise-Gerät in den Händen. Doch Ines zögerte, es an der großen Tür zu befestigen.

»Wir wissen nicht, was alles passieren kann. Was, wenn wir im Mittelalter landen? Oder wenn wir nicht zurückkommen können? Oder wenn es nicht funktioniert?« Die Fragen flatterten Ines durch den Kopf.

»Aber wir müssen es probieren«, sagte Pinky. »Uns in einer anderen Zeit zu verstecken, ist das Beste, was wir tun können. Aber wir müssen uns beeilen. Lex kann jede Sekunde hier sein.«

Entschlossen nahm Ines jetzt das kleine Gerät und befestigte es an der Tür. Sie stellte es an und die Power-Lampe begann zu blinken. Aus dem Kasten drang ein leises Brummen, das allmählich lauter wurde. Pinky griff nach der Türklinke und schob die Tür auf. Ein Flimmern und Sirren drang heraus.

Ines wusste nicht, was sie mehr beeindruckte, die Tatsache, dass sie nun durch die Zeit reisen würden, oder die Tatsache, dass ihr Gerät überhaupt funktionierte?

»Wo reisen wir denn hin?«, fragte sie unsicher. »*Du* musst es entscheiden. Ich kann keinen klaren Gedanken fassen.«

Pinky tat geheimnisvoll. »Lass dich überraschen. Da gibt es etwas, das ich dir zeigen möchte.«

Pinky drehte mit einer kleinen Stellschraube die Anzeige zehn Jahre weiter, dann nahm er Ines an der Hand und trat mit ihr durch das Portal.

Lena hätte sich denken können, dass schon eine riesige Traube von weiblichen Fans vor der Radio-Station darauf wartete, von ihrem Idol einen Blick oder gar ein Autogramm zu erhaschen. Auf ihrem Smartphone hatte Lena das Interview verfolgt, das Henri soeben gegeben hatte. Und das hatte ihre Stimmung nicht gerade verbessert.

»Es ist wie ein Traum«, hatte Henri erklärt. »Ich weiß, für manche Menschen, zum Beispiel meinen Manager Alistair Jim Smith, ist es wichtig, dass ich Platz eins der Charts erobert habe. Aber mir ist das egal. Das Einzige, was für mich zählt, ist die Musik.«

Na, herzlichen Dank, hatte Lena gedacht. Und was ist mit mir?

Natürlich hatte man sie nicht hineingelassen. Ein muskulöser Sicherheitsmann hatte sich ihr unmissverständlich in den Weg gestellt.

Lena war aufgebracht. Henri war hier und sie musste sich draußen hinter diese Menschentraube stellen und warten!

Und dann kam Henri heraus und badete in einer Menge kreischender Mädchen. Lena erkannte ihn kaum wieder in seinen stylischen Klamotten, die unverkennbar von den teuersten Modelabels stammten. Neben ihm stand Oscar und grinste breit. Lena holte tief Luft und pumpte sich förmlich auf, um sich dann wie ein Torpedo die Bahn freizuschieben.

Henri blickte nicht auf, als sie ihm einen Flyer für ein Autogramm hinhielt.

»Wem darf ich es widmen?«, erkundigte er sich.

Lena musste sich anstrengen, um nicht auszurasten. »Wie wär's mit Lena?«

Erschrocken sah Henri auf. Lena konnte seinen Gesichtsausdruck nicht deuten. War er nur erstaunt? Hatte er Angst? Oder war es ihm lästig, sie zu sehen?

Dann steckte er den Stift in die Jackentasche und zog sie zur Seite, während Oscar die Fans zurückhielt.

»Seit wann bist du zurück?«, fragte Lena in einem scharfen Ton, noch ehe Henri zu einer Erklärung ansetzen konnte.

»Schon seit einer Weile«, antwortete Henri, um Ruhe bemüht. »Aber, Lena, lass es mich dir erklären ... Ich habe alles nur für dich getan. Für uns.«

Lena dachte, sie höre nicht richtig. »Für uns? Pah! Du kommst zurück und meldest dich nicht? Berühmt bist du geworden, aber mich hast du komplett vergessen.« Sie machte eine ausholende Armbewegung. »Aber mit all diesen Fans bist du ja sicher nie einsam.«

Henri war verzweifelt. Wie sollte er Lena alles erklären? »Lena, du musst mir glauben ...«

Doch sie fiel ihm ins Wort. »Warum sollte ich dir überhaupt etwas glauben? Ich weiß nicht einmal mehr, wer du bist. Wie bist du überhaupt hierhergekommen?«

Henri kratzte sich an der Stirn. Er hatte das Gefühl, dass Lena ihm ohnehin nicht glauben würde, egal, was er erzählte.

»Es war ein total verrückter Unfall«, versuchte er es dennoch. »Ich habe ein bisschen mit dem Zeitmesser herumgespielt, und plötzlich war ich hier. Ich weiß gar nicht, wie es passiert ist …«

»Und das soll ich dir glauben?«, erwiderte Lena. »Komm schon, Henri, ich bin nicht mehr das kleine naive Mädchen.«

Mit diesen Worten ließ sie Henri Superstar einfach stehen und stapfte davon. Niedergeschlagen sah er ihr nach.

»Mach dir keine Sorgen, Kumpel«, sagte Oscar, der herübergekommen war und ihm den Arm um die Schultern legte. »Lass sie gehen. Wir kriegen das schon wieder hin.«

Lena war an der nächsten Hausecke noch einmal stehen geblieben und hatte sich umgedreht. Sie konnte gerade noch sehen, wie Henri in ein großes Auto stieg und weggebracht wurde. Er hatte nicht einmal versucht, sie aufzuhalten …

Überglücklich hüpfte Ines auf der Stelle. Alles funktionierte tadellos. Sie hatte die Zeitreise unbeschadet überstanden.

»Pinky, ich habe bewiesen, dass die Zeitreisen auch ohne die Zeitmesser funktionieren!«, rief sie glücklich.

Pinky breitete die Arme aus. »Willkommen im Jahr 2029! Und nun komm, ich will dir etwas zeigen.«

Er zog Ines hinter sich her in den Backstage-Bereich der Opéra. Als Ines plötzlich eine weibliche Stimme hörte, die über Quantenphysik referierte, verlangsamte sie die Schritte. Offenbar fand dort gerade ein wissenschaftliches Symposium statt. Die Worte, die die Frau sprach, machten sie stutzig. »Es war meine Zimmerkameradin Lena Grisky, die mich zu meinen Forschungen inspirierte. Sie war eine echte Zeitreisende.«

Ines schlich hinter Pinky her und blieb plötzlich mit offenem Mund stehen, als sie vorn am Rednerpult ihr älteres Ich stehen sah.

»Das bin ja ich!«, flüsterte sie. »Ich werde tatsächlich Wissenschaftlerin.«

Pinky grinste von einem Ohr zum anderen, als wollte er fragen: Habe ich dir zu viel versprochen?

Ines wagte kaum zu atmen. Sie zückte ihr Notizbuch und krakelte ein paar Stichworte auf, vor Aufregung zitterten ihr die Finger. »Ich muss unbedingt mit ihr sprechen. Also, mit mir … Ich muss wissen, was das zu bedeuten hat.«

Fasziniert lauschte sie den Worten ihres älteren Ichs, welches von den Anfängen ihrer Forschungsarbeit berichtete. Plötzlich stutzte Ines. Wieso gibt es mich zweimal? Das war der Moment, in dem auch ihr älteres Ich über die Köpfe der Anwesenden hinwegspähte und auf sie aufmerksam wurde. Ihre Blicke trafen sich.

»Oh nein«, sagte die ältere Ines ins Mikrofon. »Entschuldigen Sie mich bitte.«

Ines packte Pinky am Arm. »Da läuft was falsch.« Schnell nahm sie den Zeitmesser aus der Tasche und drückte ihn Pinky in die Hand. »Ich habe ein schlechtes Gefühl. Ein ganz schlechtes.«

Pinky konnte nichts Verdächtiges entdecken. »Alles ist cool. Was ist denn los?«

Ines fasste sich an die Stirn. »Mir geht es nicht gut. Was ist, wenn man sein anderes Ich in der Zukunft nicht sehen darf? Was ist, wenn wir gar nicht hätten herkommen dürfen? Pinky, was haben wir nur getan?«

Ines spürte, wie ihr langsam die Kraft aus dem Körper wich. »Ich fühle mich ganz benommen«, jammerte sie verzweifelt.

Auf einmal erkannte sie, wie sich ein Schatten aus den Kulissen löste. Es war eine athletische Person, die langsam den Arm hob und den Finger über etwas hielt, das sich an ihrem Handgelenk befand.

»Bye, bye, Ines«, sagte Lex und drückte den Knopf.

Voller Panik fuhr Pinky herum. »Ines? Oh nein, Ines!« Doch es war zu spät, vor seinen Augen löste Ines sich langsam wie eine flimmernde Hitzespiegelung in Luft auf, so wie vor einiger Zeit sein Freund Clive.

Lena war in bester Stimmung, um ihre Choreografie noch dramatischer zu gestalten. Jetzt wusste sie, wie echter Verrat sich anfühlte. Und dieses Gefühl ließ sich wunderbar in der Vorführung verarbeiten. Wie gern hätte sie Ines ihr Leid geklagt, aber die war wieder mal wie vom Erdboden verschwunden! Die Nachrichten auf der Mailbox waren unbeantwortet geblieben. Allmählich machte sie sich Sorgen. Und was sie noch mehr beunruhigte, war, dass seit Stunden niemand Ines gesehen hatte.

Es war schon längst Sperrstunde und es kehrte Ruhe ein in der Ballettschule der Pariser Oper. Doch Lena schlich rastlos durch die dunklen Flure auf der Suche nach ihrer Freundin. Aus dem Büro von Mademoiselle Carré drang ein warmer Lichtschein. Lautlos huschte Lena an der Tür vorbei, als sie durch das große Fenster am Eingang plötzlich einen Schatten über den Hof eilen sah. Pinky?

Als Pinky sah, dass Lena die Seitentür öffnete, kam er angeschlichen. Lena erkannte an seinem Gesichtsausdruck, dass etwas passiert war. Er schien verwirrt, völlig neben der Spur.

»Wir … sie …«, stotterte er. »Sie ist weg. Die Zeitreise-Behörde hat sie verschwinden lassen.« Pinky begann zu weinen. »Lena, Ines ist weg!«

Lena schlug sich die Hand vor den Mund. »Nein, bitte …« Dann machte sie einen Schritt auf Pinky zu und packte ihn fest am Arm. »Hol sie zurück. Geh und hol sie zurück!«

»Es tut mir so leid«, flüsterte Pinky und erzählte mit tränenerstickter Stimme, was geschehen war. »Sie hat sich vor meinen Augen in Luft aufgelöst«, sagte er und hob die Arme in einer Geste der Verzweiflung. »Ich weiß nicht, wie ich sie zurückholen soll. Ich weiß überhaupt nicht, was ich tun soll.«

Dann holte er den Zeitmesser hervor und legte das Schmuckstück auf Lenas Handfläche.

»Mademoiselle Grisky?«, hörte Lena plötzlich die Stimme der Direktorin. »Ist alles in Ordnung?«

Pinky rettete sich in den Schatten der Büsche. Reflexartig schloss Lena die Finger um den Zeitmesser und drehte sich um.

»Oh, Mademoiselle Carré.« Artig machte Lena einen Knicks. »Ich … Ich brauchte nur ein wenig frische Luft.«

Doch die Gefahr war noch nicht vorüber.

»Könnten Sie mir bitte sagen, wo Mademoiselle Le Breton ist? Sie hat heute bei sämtlichen Proben gefehlt.«

Lena senkte den Blick. »Ich … Ich werde sie finden.«

38

»Das ist alles deine Schuld, Lena«, hatte Thea gesagt. »Wenn du damals nicht durch das blöde Portal gekommen wärst, wäre das Ganze nicht passiert. Und jetzt ist auch noch deine beste Freundin weg. Gut gemacht!«

Theas Worte hatten Lena mitten ins Herz getroffen. Und wenn sie all die Ereignisse Revue passieren ließ, ihre Auseinandersetzungen mit Henri, Ines' Verschwinden, Max' schlimme Verletzung, Victors Konflikt mit dem Zeitreisebüro, dann hatte Thea vielleicht recht?

Während Lena in der Eingangshalle der Ballettschule stand und die Tänzer und Tänzerinnen beobachtete, wie sie ihren Beschäftigungen nachgingen, kamen ihr die Tränen.

Wäre ich nicht hergekommen, wäre Ines nicht verschwunden. So einfach ist das, dachte sie. In wenigen Tagen würde sich das Zeitreiseportal wieder öffnen. Wenn sie … Doch sie musste noch etwas erledigen. Das würde Ines von ihr erwarten.

An der Ballettschule der Pariser Oper machte eine Neuigkeit in Windeseile die Runde: Mademoiselle Carré hatte verkündet, dass Thea einen festen Platz in der Companie bekommen würde. Eine der Berufstänzerinnen war längerfristig erkrankt, und Theas gute Leistungen wurden damit belohnt, dass sie deren Platz einnehmen durfte. Natürlich mussten Thea und ihr Hofstaat diese Nachricht nun jedem, aber auch wirklich jedem, der ihnen in die Quere kam, auf die Nase binden. Von nun an würde sie mit den Besten der Besten tanzen!

Nachdem Lena ihren Entschluss gefasst hatte, fühlte sie sich energiegeladen wie selten. Leichtfüßig rannte sie den Flur entlang und trommelte alle Mitglieder des BLOK zusammen.

»Okay, Leute, seid ihr alle da?«, fragte sie, als sich alle außer Ines im Aufenthaltsraum versammelt hatten. »Haltet euch fest! Was ich euch jetzt sage, wird euch vom Hocker reißen!«

»Lena, wärst du bitte so freundlich, mal auf einer Stelle stehen zu bleiben?«, bat Jeff. »Mir wird schwindelig.«

Lena lachte. »Also: Wir werden doch bei *Dance Off* teilnehmen, und zwar heute Abend!«

Jetzt sprangen alle wie Flummis durcheinander und Bree und Kennedy quiekten wie kleine Schweinchen. Jeff starrte Lena mit offenem Mund an.

»Wow! Aber wie kann das sein?«

Lena strahlte ihn an. »Sie haben soeben angerufen. Wir haben einen Auftritt im Finale! Ist das cool oder ist das cool?«

»Aber was ist denn mit der Masken-Sache«, fragte Kennedy.

»Alles geregelt.« Lena machte eine wegwerfende Handbewegung. »ROY-L hat einen Trick angewendet. Wir sind dabei!«

Dennoch hatte Kennedy einen wunden Punkt angesprochen. Lena spürte, dass die Euphorie der anderen gebremst wurde.

»Leute! Nutzen wir die Chance! Lasst uns denen zeigen, was wir draufhaben!«

Noch immer schaute sie in zweifelnde Gesichter. »Was ist los? Man lebt nur einmal! Also? Let's dance!«

Jeff brach das Schweigen. »Das ist wirklich abgefahren! Wir werden ins Fernsehen kommen!«

Plötzlich drehte er sich um. »Wo ist eigentlich Ines?«

Auf diese Frage war Lena gefasst und hatte sich bereits eine Notlüge zurechtgelegt. Sie erklärte, dass Ines überraschend zu *so einem Wissenschaftsding* gefahren sei.

»Okay«, sagte Jeff und kratzte sich nachdenklich am Kopf. »Dann brauchen wir einen weiteren Tänzer. Denn Thea steht ja nicht zur Verfügung.«

Jeff drehte sich zu Isaac um und lächelte ihn an. »Was ist mit dir?«

Doch Isaac zierte sich.

»Na los, Isaac, du wirst viel Spaß haben!«, versuchte Lena ihn zu locken.

»Lieber nicht.« Isaac winkte ab und ging.

Ines saß mit versteinerter Miene in einem komplett weißen Verhörraum. Mit einer Akte vor sich auf dem Tisch saß Lex ihr gegenüber und stellte Fragen über Fragen.

»Wie konntest du durch das Portal gelangen? Hast du das schon einmal gemacht? Mit wem arbeitest du zusammen?«

Die einzige Antwort, die Ines ihr anbot, war ein achselzuckendes »Keine Ahnung.« Mit Genugtuung beobachtete sie, wie Lex mehr und mehr die Fassung verlor.

»Sag mir jetzt, wie du das angestellt hast!«, brüllte Lex und schlug auf die Tischplatte.

Wieder ein Achselzucken. »Ich weiß nicht, wovon du sprichst. Ich bin einfach durch eine Tür gegangen.«

»Okay, Klugscheißerin, es wird dir nicht gefallen, was jetzt geschieht. Sag nicht, ich hätte dich nicht gewarnt!« Lex stürmte aus dem Raum.

Ines starrte mit ausdruckslosem Gesicht vor sich hin. In diesem abgeschotteten Raum ohne Fenster und ohne Uhr hatte sie jegliches Zeitgefühl verloren. Plötzlich drang ein lautes Brummen wie von einer überdimensionalen Hummel zu ihr herein. Eine Computerstimme sprach zu ihr. Sie schien aus allen Richtungen gleichzeitig zu kommen, aber Ines konnte nirgendwo Lautsprecher entdecken.

»Neuprogrammierung wird eingeleitet. Subjekt: Ines La Breton«, prasselten die Worte wie ein heftiger Hagelschauer auf sie ein. Schützend hielt sich Ines die Hände auf die Ohren.

Dann dröhnte Lex' Stimme durch den Raum. »Du wurdest gewarnt. Nun wirst du die Konsequenzen zu spüren bekommen.«

Ines wurde von Panik ergriffen. Sie sprang auf und schlug mit den Fäusten gegen die Wand.

Die BLOKer warteten am Bahnhof auf ihren Zug nach London. Alle waren aufgeregt und plapperten wild durcheinander. Die Freude auf den Auftritt vermischte sich mit dem Gefühl, etwas Verbotenes zu tun, auch wenn Lena immer wieder versicherte, alles sei im grünen Bereich. Das Adrenalin blubberte nur so durch ihre Adern.

Nur Jeff sagte kein Wort und spähte immer wieder die Straße entlang, bis er endlich mit einem »Hab ich' s doch gewusst!« in die Luft sprang.

Isaac kam lässig angeschlendert. Lena beobachtete Jeff aus dem Augenwinkel.

Was für einen Trick hatte Jeff wohl angewendet, um Isaac zu überreden? Und warum wurde Jeff jetzt rot? Lief da vielleicht was zwischen den beiden?

Lena hielt Isaac die Faust hin. »Cool, dass du uns nicht hängen lässt.«

Isaac räusperte sich. »Nur eine Frage: Was passiert, wenn wir erwischt werden?«

Lena drückte ihm eine Maske in die Hand. »Alles wird gut. Wir werden nicht erwischt. Du wirst es nicht bereuen.«

Als sie das Foyer des Londoner Theaters erstürmt hatten, trommelte Jeff die Crew für ein Selfie vor einem *Dance Off*-Plakat zusammen. Alle machten alberne Grimassen und grinsten breit in die Kamera. Wie sollte man bei solch einem tollen Event auch ernst bleiben? Pure Lebensfreude sprach aus den Gesichtern.

»Also, los.« Lena klatschte in die Hände. »Melden wir uns an.«

»Hallo, ihr seid Theas BLOK, nicht wahr?«, begrüßte sie der Produzent.

Selbstbewusst nahm Lena ihm das Schreibbrett aus der Hand und strich Theas Namen durch. »Thea hat beschlossen, uns nicht zu begleiten. Sie hat andere Verpflichtungen. Dies ist Lenas und Jeffs BLOK.«

Stolz legte Jeff ihr den Arm um die Schulter. »Genau! Wann sind wir dran?«

Der Produzent strich sich das Oberlippenbärtchen glatt und warf einen Blick auf seine Liste. »Ihr seid die Dritten. Eure Musik könnt ihr dem Mischer geben. Ihr habt nur eine Chance!«

Lena schenkte ihm ein strahlendes Lächeln. »Das ist alles, was wir brauchen.«

»Ich bin froh, dass ihr von diesem Trip mit den Masken weg seid«, fügte der Produzent hinzu.

»Alles easy mit den Masken«, sagte sie in die erstaunten Gesichter der anderen.

Die konnten es kaum mehr aushalten. Sie wollten tanzen! Die Konkurrenz war groß.

»Ich habe gehört, dass die Crew, die vorhin als Erste getanzt hat, eine Feuer-Show eingebaut hat!«, rief Bree beeindruckt.

Doch Lena schüttelte den Kopf. »Solche Gimmicks brauchen wir nicht. Wir sind auch so gut!«

Max hob beide Daumen. »Okay, die Tonleute haben die Musik.«

Gerade wollte sich Lena mit den BLOK-Tänzern Richtung Bühne aufmachen, um ihre Plätze einzunehmen, als der Produzent die Hand hob und ihr ein Telefon reichte. »Lena Grisky, dringender Anruf!«

Das konnte doch nur eine sein! Lena nahm das Handy entgegen.

»Ines!«, rief sie fröhlich.

»Hier spricht Mademoiselle Carré«, hörte sie eine strenge und empörte Stimme.

Beinahe wäre Lena vor Schreck das Smartphone aus der Hand gefallen.

»Woher wissen Sie …?,« fragte sie mit gesenkter Stimme.

»Unter keinen Umständen dulde ich, was du vorhast!«, kam statt einer Erklärung ein klares Statement. »Dankenswerterweise habe ich in letzter Sekunde von deinem Vorhaben erfahren. Du musst die Aktion unverzüglich stoppen. Wenn du auch nur einen Schritt auf diese Bühne machst, wirst du der Schule verwiesen. Habe ich mich klar ausgedrückt, Mademoiselle Grisky?«

Wer war der Verräter? Lena ließ den Blick über die BLOKer wandern. Woher wusste Mademoiselle Carré, was sie vorhatten? Es musste jemand aus der Gruppe sein. Ihr Blick blieb an Bree und Kennedy hängen. Na klar, der Hofstaat hatte bestimmt den Mund nicht halten können.

»Absolut!«, versicherte Lena der Direktorin. »Ich habe Sie verstanden und respektiere Ihre Wünsche. Aber dies hier müssen wir tun, um jeden Preis.«

Damit übergab sie das Telefon wieder dem Produzenten.

»Das war Thea!«, rief sie den anderen zu. »Sie wünscht uns Glück. Seid ihr bereit, Leute?« Alle hoben die Hand und schlugen ein. »Und jetzt zeigen wir, was wir draufhaben!«, rief Lena und stürmte mit ihrer Crew auf die Bühne.

Lena, Jeff und der BLOK eroberten die Bühne mit einer frechen Performance, wie sie sie in dieser Perfektion noch nie gebracht hatten. Ihre Leidenschaft zeigte sich bei jedem Schritt. Sie hatten Spaß, und genau das sah man den Bewegungen an.

Lena gab alles, und als sie die Hälfte ihres Solos getanzt hatte, nahm sie ihre Maske ab! Das Publikum brach in lauten Jubel aus. Die Leute reckten die Arme in die Höhe und feuerten die Crew an. Lena legte ein paar Killer-Moves ein, wie sie kaum einer je gesehen hatte. Max starrte sie aus dem Publikum an.

»Was machst du?«, rief Jeff an ihrer Seite.

Lenas Antwort kam aus vollster Überzeugung. »Ich gebe alles!«

Die Mitglieder der Crew ließen sich von Lenas Mut und Leidenschaft anstecken. Einer nach dem anderen nahm die Maske vom Gesicht. Und als sie in ihrer Schlusspose zum Stehen kamen, war das ein sehr intensiver Moment. Lena ließ ihren Tränen freien Lauf. Diese Freunde waren ihre Familie. Jeff legte ihr fest den Arm um die Schulter.

»Wir lassen dich doch nicht im Stich. Wenn, dann gehen wir alle.«

Das Publikum war kaum zu bremsen.

Lena drehte sich zu ihren Freunden um. »Ihr habt keine Ahnung, was dieser Moment für mich bedeutet. Danke, Leute!«

Sie fielen sich in die Arme. Aus dem Augenwinkel sah Lena, dass Max begeistert und gerührt Beifall klatschte.

39

Die Zeit, bis die Sieger des Contests bekannt gegeben wurden, war für die BLOKer kaum zu ertragen. Bree kaute an den Fingernägeln. Jeff ließ die Fingergelenke knacken, Kennedy hüpfte von einem Bein aufs andere. Max versuchte, sie zu beruhigen.

»Ihr seid fabelhaft gewesen, ihr alle! Oh, da kommt er!«

Mit bedeutungsschwerem Gesichtsausdruck kam der Produzent auf die Bühne und trat ans Mikrofon. »Das war ein Kopf-an-Kopf-Rennen. In diesem Jahr haben viele talentierte Crews teilgenommen. Unsere Zuschauer haben entschieden.«

Natürlich ließ er sich besonders viel Zeit, um den Umschlag zu öffnen. Die Spannung brachte die Luft zum Vibrieren. Endlich verkündete er das Ergebnis!

»Der Gewinner unserer diesjährigen Show *Dance Off* … ist Lenas und Jeffs BLOK aus Paris!«

Jetzt gab es kein Halten mehr. Der Jubel war riesengroß. Stolz trat Lena vor, um die Trophäe entgegenzunehmen. »Wir haben das Ding gerockt!«, rief sie glücklich in die Menge.

Max folgte ihr und nahm sie fest in den Arm. »Hiermit erkläre ich feierlich: Der BLOK gehört dir!«

Doch Lena zog Jeff zu sich herüber. »Es ist *unser* BLOK.«

Dann nahm jedes BLOK-Mitglied die Trophäe in die Hand und küsste sie. Max beugte sich vor und wischte mit dem Daumen Tränen aus Lenas Gesicht.

»Sag mir, dass das Freudentränen sind.«

Lena rang sich ein Lächeln ab, doch bevor sie etwas antworten konnte, küsste Max sie sanft auf die Lippen. Lena spürte, wie sie die Bodenhaftung unter ihren Füßen verlor.

Die Tür in der weißen Wand wurde grob aufgestoßen und Lex kam hereinmarschiert. Sie schubste jemanden vor sich her. Clive!

»Hier, ich habe dir einen kleinen Helfer mitgebracht!«

Lex ließ eine Reihe von Notizbüchern, Stiften und anderen Schreibutensilien auf den Tisch fallen. »Ich möchte, dass du jede Information, die du hast, hier aufschreibst, damit man alles rekonstruieren kann. Verstanden?«

Ines zog Clive zu sich herüber. »Da bist du ja! Da wird Pinky glücklich sein.«

»Ich hoffe, du hast einen Plan«, stammelte Clive. »Ich habe nämlich keinen. Frank ist bei uns der Planende, aber der ist nicht hier.«

Ines verdrehte die Augen. »Besser, wir machen uns gleich an die Arbeit.«

Sie griff nach Stift und Papier und begann, ihre Berechnungen zu rekapitulieren, während Clive ihr über die Schulter schaute.

»Ich bin echt schon eine lange Zeit hier und habe mit niemandem gesprochen. War echt einsam«, sagte er. »Ich habe in der Datenerfassung gearbeitet, deswegen erinnere ich mich an den Lageplan. Ich hoffe, du bist clever. Frank ist clever.«

»Ich bin clever«, versicherte Ines.

Ines drückte ihm einen Stift in die Hand. »Zeichne du mal den Grundriss auf.«

Lena saß in der Abendsonne auf dem Dach der Palais Garnier und nahm ihr Smartphone zur Hand. Sie startete die Videoaufzeichnung und sprach mit tränenerstickter Stimme: »Ines, ich hinterlasse dir dieses Video, damit du eine Erinnerung an mich hast. Du bist die wundervollste Freundin, die ein Mädchen nur haben kann. Meine beste Freundin. In diesem Moment bist du nicht da, aber darum werde ich mich kümmern. Ich bringe das in Ordnung. Ich werde ins Jahr 1905 zurückgehen, um meinen allerersten Schritt durch das Zeitreiseportal rückgängig zu machen. Dann bist du sicher.«

Lena musste einen Moment innehalten, um sich wieder zu sammeln. Sie wischte sich die Tränen ab und fuhr fort. »Das bedeutet auch, dass wir uns niemals kennenlernen werden. Das Portal öffnet sich in zwei Tagen. Du wirst dich nicht an mich erinnern, wenn du das hier siehst, aber glaub mir, wir beide hatten eine tolle Zeit zusammen. Denk dran: Zeitreisen sind real. Erforsche sie und werde Wissenschaftlerin. Auch wenn dir erst mal niemand glauben wird. In Liebe, Lena.«

Lena stoppte die Aufnahme und ließ das Smartphone sinken. Sie würde Ines nie mehr wiedersehen. Das tat so weh.

Die Sonne stand schon etwas tiefer am Himmel und tauchte den Park beim Montmartre in ein warmes Licht. Menschen flanierten vorbei und genossen das schöne Wetter. Frank fasste Thea um die Taille und wirbelte sie herum.

»Ich sag dir, wir werden die Welt im Sturm erobern!«

Thea juchzte, als Frank sie wieder absetzte.

»Du meinst wirklich, wenn wir sowohl Henris als auch Lenas Zeitmesser besitzen, könnte ich in beiden Zeitperioden leben? Ich könnte 1905 Claudine vernichten und trotzdem heute in der Companie tanzen?«

Frank sah Thea verliebt an und nickte.

»Und ich werde ins Zeitgefängnis gehen, um Clive zu retten. Ich bin schon einmal dort gewesen und werde es nicht zulassen, dass Lena alles zerstört.«

Am nächsten Tag wurde Henri auf der Straße von einem jungen amerikanischen Pärchen angesprochen, das sich offenbar verlaufen hatte.

»Oh, mein Gott, das ist Henri D!«, rief das Mädchen. »Das ist ja toll.«

Henri fühlte sich geschmeichelt und fragte, ob er weiterhelfen könne.

Das Mädchen errötete und fragte schüchtern, ob er ihnen auf dem Stadtplan zeigen könne, wo sie sich gerade befanden, und ob sie ein Selfie mit ihm machen dürften. Beide Wünsche erfüllte Henri gern. Was er nicht mehr mitbekam, war, dass die beiden ihre Maskerade – Hut, Perücke, Sonnenbrille – abnahmen, kaum, dass er außer Sichtweite war.

Frank präsentierte Thea Henris kleinen Zeitmesser auf der flachen Hand. »Seitentasche. Das war schon fast zu einfach.« Er drückte ihn Thea in die Hand. »Such damit Lenas Zeitmesser. Er wird reagieren, wenn dieser hier in der Nähe ist. Aber sei vorsichtig.«

Thea versprach es. »Und du wirst wirklich ins Zeitgefängnis gehen?«

Frank nickte. »Ich weiß, wie ich es anstellen muss, aber ich möchte nicht, dass du beunruhigt bist, und behalte es für mich.«

Er legte Thea den Arm um die Taille und richtete ihren Blick auf die Stadt. Mit einer ausholenden Armbewegung sagte er: »Paris wird uns zu Füßen liegen. In jeder Zeitperiode, die wir uns aussuchen.« Dann sah er Thea ernst an. »Wir treffen uns an der Alexandre-Trois-Brücke direkt nach deinem Auftritt.«

Das hatte Lena noch nie gewagt und vor ihr keine andere Schülerin der Ballettschule der Pariser Oper. Sie ging auf Mademoiselle Carré zu und nahm sie in den Arm, nachdem sie sich hatte eine Standpauke anhören müssen, die mit den Worten endete: »Lena, ich verweise dich offiziell von der Schule. Du musst in deinem Zimmer bleiben, bis ich deinen Vormund ausfindig gemacht habe.«

»Mademoiselle Carré, ich habe Sie trotzdem sehr gern. Ich werde Sie nie wiedersehen, deshalb möchte ich Ihnen sagen, dass Sie wunderbar sind, obwohl Sie so streng sind. Wäre schön, wenn Sie ein bisschen entspannter sein könnten.«

Mademoiselle Carré machte sich aus der Umklammerung frei. »Mademoiselle Grisky, was um alles in der Welt soll das?«

Lena zuckte mit den Schultern und machte ein unschuldiges Gesicht. »Wen kümmert das? All das wird morgen keine Rolle mehr spielen. Ich werde nicht mehr da sein.«

Aber Gabrielle war noch nicht fertig. »Offenbar muss ich mich bei dir auch dafür bedanken, dass du deine Zim mernachbarin mit diesem Benehmen angesteckt hast. Mademoiselle Le Breton hat sowohl in der Schule als auch bei den Proben unentschuldigt gefehlt. Ihr droht ebenfalls der Ausschluss.«

»Aber nein!«, protestierte Lena laut. »Es ist alles meine Schuld! Sie dürfen Ines nicht bestrafen. Bitte glauben Sie mir dieses eine Mal.«

Jetzt reichte es der Direktorin. »Junge Dame, ich habe genug von deinen Frechheiten. Geh in dein Zimmer und bleibe dort.«

Sie packte Lena bei den Schultern und schob sie zur Tür hinaus.

Als Lena am Ballettsaal vorbeikam, sah sie die Klasse bei den Proben mit Max. Der Anblick traf sie mit einer Wucht, mit der sie nicht gerechnet hatte. Nie wieder würde sie mit ihren Freunden tanzen … Ihr war bewusst, dass auch die anderen BLOK-Mitglieder eine Abmahnung erhalten hatten. Würden sie sich noch etwas zu schulden kommen lassen, würden auch sie die Schule verlassen müssen.

Lena hatte mitbekommen, dass Thea gegen sie Stimmung machte und behauptete, Lena habe die gesamte Klasse ins Verderben gezogen. Ihr war auch klar geworden, dass Thea es gewesen war, die den BLOK an Mademoiselle Carré verraten hatte. Sie konnte es offenbar nicht ertragen, dass die anderen sich mit Lena solidarisiert hatten. Traurig senkte Lena den Blick. Was war, wenn sie einen großen Fehler machte? Wenn ihr Plan nicht aufging und Ines ebenfalls der Schule verwiesen wurde?

40

Max traf Lena im Park am Montmartre. Sie war aufgewühlt und lief ruhelos hin und her.

»Ich habe deine Nachricht erhalten«, sagte Max besorgt. »Sie hat dich also wirklich von der Schule geworfen?«

Lena rang sich ein Lächeln ab. »Oh ja, sie hat nicht lange gefackelt.«

»Du könntest dich beim Royal Ballet in London bewerben«, schlug Max vor. »Ich höre nur Gutes von der Schule dort.«

Doch Lena seufzte. »Ich glaube, das ist keine so gute Idee.«

Max setzte sich schweigend auf eine Bank und zog Lena neben sich. »Hör zu, ich muss dir was sagen: Ich werde weggehen. Es fällt mir zu schwer, hierzubleiben und nicht tanzen zu können. Also werde ich zu meiner Mutter ziehen. Nach London.«

Lena sah ihn überrascht an. Daher also sein Vorschlag, sie solle sich in London bewerben. Ihr war klar, dass ihm die Entscheidung nicht leichtgefallen war. Sie nahm Max in den Arm. Jetzt war es wohl auch an ihr, ihm die Wahrheit zu sagen. Es war die letzte Gelegenheit.

»Okay, hör zu, hier kommt *meine* Wahrheit. Auch ich werde heimgehen, aber das liegt ein bisschen weiter weg als London. Aber in einem anderen Sinn.« Sie seufzte. Es war so schwer. Er würde sie nicht ernst nehmen. »Max, ich gehe zurück ins Jahr 1905.«

Max hielt sie auf Armeslänge von sich und lachte. »Was? Was sagst du da? Du willst mir doch nicht erzählen, dass du eine Art … Zeitreisende bist? Willst du mich auf den Arm nehmen?«

»Ich weiß, es klingt verrückt, aber es ist wahr.« Lena standen Tränen in den Augen. Sie hätte sich ja denken können, dass er ihr nicht glaubte.

Max grinste spöttisch. »Und was erzählst du mir als Nächstes? Dass du fliegen kannst oder unter Wasser atmen?«

Lena stand auf, lief ein paar Schritte, setzte sich wieder hin. »Ich bin Prinzessin Helena Grisky aus dem Jahr 1905. Wobei es sich herausgestellt hat, dass ich erst 2003 geboren wurde. Ich würde das auch nicht glauben, wenn es mir jemand erzählen würde. Max, ich weiß nicht mehr, wohin ich gehöre, aber ich muss zurück ins Jahr 1905. Egal was passiert.«

Max schüttelte verständnislos den Kopf. »Okay, entweder hast du den Verstand verloren und glaubst, du wärst eine Zeitreisende, oder du bist wirklich …«

Lena hob die Hände zu einer Geste der Hilflosigkeit. »Max, ich konnte damals, als ich durch das Portal kam, doch nicht zu euch sagen: Hey, tut mir leid, dass ich euren Auftritt vermasselt habe. Ich bin Lena und komme gerade aus dem Jahr 1905.«

Max erinnerte sich, wie sie damals wie aus dem Nichts aufgetaucht war.

»Es ist die Wahrheit, ich schwöre«, jammerte Lena. »Henri kam dann nach, um mich zurückzuholen, aber das Zeitreise-Portal war wieder verschlossen.«

»Die Ziegelsteinmauer hinter der Tür«, erinnerte sich Max. »Henris … verrückte Klamotten.«

»All das ist wahr«, sagte Lena mit sanfter Stimme. »Und nun muss ich zurück.«

Für einen Moment schwiegen sie beide. Max ergriff Lenas Hände. »Ich möchte nicht, dass du gehst«, flüsterte er.

»Ich muss«, erwiderte Lena leise. »Aber bevor ich gehe, lass uns noch einmal tanzen. Ein letztes Mal.«

Henri stand plötzlich in der Wohnung der Zeitsammler vor dem Porta-Portal. Zusammen mit Frank, der ihn aus seiner Künstlergarderobe geholt und hergebracht hatte! Die Zeitreise-Behörde habe Ines gefangen genommen und Lena schwebe in größter Gefahr, hatte der ihm erklärt. Außerdem hatte jemand Henris Zeitmesser gestohlen!

»Warte mal«, sagte Henri ungläubig. »Und du willst mir erklären, die einzige Möglichkeit, Ines zu retten und Lena zu beschützen, ist, ebenfalls ins Zeitgefängnis zu gehen?«, fragte Henri ungläubig. »Gibt es da keine andere Lösung? Lena ist doch hier im Jahr 2019!«

»Willst du sie beschützen?«, drängte Frank. »Es ist der einzige Weg. Glaub mir.«

Im nächsten Augenblick hatte Frank Henri schon einen Stoß versetzt und durch das Portal geschubst. Henri hielt sich den Kopf, damit das Dröhnen aufhörte, als er sich kurz darauf in einem strahlend weißen Raum wiederfand. Diese Zeitsprünge wurden langsam anstrengend!

»Henri!« Ines, die gerade dabei war, Zahlenkolonnen zu Papier zu bringen, ließ den Stift fallen und sprang auf. Clive dagegen warf sich Frank in die Arme.

»Frank, du bist gekommen! Ich wusste, du würdest mich nicht im Stich lassen.«

Frank tätschelte seinem einfältigen Freund den Hinterkopf. »Geht es dir gut? Bist du die ganze Zeit hier gewesen?«

Doch bevor Clive antworten konnte, wollte Ines wissen, was geschehen war. »Was macht ihr hier? Wie seid ihr hierhergekommen?«

Dann trat sie einen Schritt auf Henri zu. »Geht es Lena gut? Und wieso bist du mit dem unterwegs?« Sie zeigte auf Frank.

In diesem Moment kam Lex durch die Tür. Ein zufriedenes Lächeln legte sich auf Franks Gesicht.

»Ich bin hier, um Lex einen Deal anzubieten. Henri gegen Clive.«

Henri stürzte sich auf ihn. »Du hast mich gelinkt!«, brüllte er.

Lex schlenderte lässig auf die beiden zu. »Vielen Dank, dass du ihn hergebracht hast. Das erspart mir viel Mühe.«

»Dann kommen wir ins Geschäft?«, rief Frank erwartungsvoll. »Du wolltest ihn doch haben. Er wird alles tun, um Lena zurückzukriegen. Dann hast du sie beide.«

Doch Lex hatte nur ein müdes Grinsen für ihn übrig und bohrte ihm den Finger in die Brust. »Oh nein. So habe ich dich!«

Frank ballte die Fäuste. »Ich werde dich niedermachen! Die ganze Behörde werde ich zerstören!«

Doch Lex drehte sich nur mit einem eleganten Hüftschwung um und zeichnete mit der Fingerspitze ein Symbol auf die Wand, woraufhin sich eine Tür bildete, die sich aber in Luft auflöste, sobald Lex hindurch war. Das war der Moment, in dem Henri sich auf Frank stürzte. Doch Ines warf sich ihm in den Weg.

»Du musst ihn nicht gern haben, Henri«, sagte sie streng. »Aber reiß dich zusammen. Wir sitzen hier alle im selben Schlamassel.«

Henri schubste Frank vor sich her. »Das ist alles deine Schuld. Toller Plan!«, fauchte er.

»Komm mal runter, Henri!«, motzte Frank.

Clive fragte schüchtern: »Können wir nicht alle Freunde sein?«

»Nein!«, antworteten die anderen drei.

Plötzlich stand Lex wieder vor ihnen. »Die Zeit ist um!«

Frank preschte vor. »Warte! Ich habe einen Vorschlag, der dich interessieren könnte: Du lässt Clive und mich frei und ich mache dich zur Heldin.«

Lex horchte auf.

»Lena plant, ins Jahr 1905 zurückzugehen, sobald sich das Zeitreise-Portal das nächste Mal öffnet. Sie möchte alles ungeschehen machen.«

Lex riss die Augen auf. »Was? Nein! Das kann sie nicht machen!«

»Wenn sie das tut, wird nichts von all dem geschehen sein und wir werden sie niemals kennengelernt haben«, stellte Ines nachdenklich fest.

Frank zwinkerte Lex zu. »Stopp Lena und du hast alles, was du willst.«

Lex tätschelte Frank die Wange. »Beeindruckend. Das sind wirklich wichtige Informationen.«

Frank lächelte erleichtert und wollte Lex zusammen mit

Clive durch die Tür folgen. Doch die wurde ihnen vor der Nase zugeschlagen.

»Habe ich da was nicht mitbekommen?«, fragte Clive verwirrt.

Doch es war keine Zeit für Erklärungen. Ines stürzte zur Wand und begann, mit einem Stift das Symbol nachzuzeichnen, das Lex vorher dort gemalt hatte. »Vielleicht schaffe ich es, uns hier rauszubekommen.«

In diesem Moment meldete sich wieder drohend die Computerstimme: »Neuprogrammierung wird vorbereitet. Erinnerungen werden ausgelöscht.«

41

»Armando findet es gut, wenn man das Unmögliche versucht«, erklärte Max, als die jungen Tänzer aus allen Richtungen in die große Halle gelaufen kamen, kaum dass Armando mit Mademoiselle Carré nach draußen verschwunden war. So hatten sie es abgesprochen. Max hatte seinen Vater ins Vertrauen gezogen und ihm von seinem und Lenas Plan erzählt.

Alle waren sich bewusst, dass sie sich auf dünnem Eis bewegten. Und Lena, die sich ja unter Hausarrest befand, versicherte, dass sie nur *ein bisschen aushelfe* und niemand davon wisse. Sie verteilte die BLOK-Masken.

»Jeder bekommt eine. Wir werden die Choreografie der Carte-Blanche-Choreografie ein wenig verändern.«

Auch Thea und Isaac nahmen eine Maske entgegen.

»Warum geben wir uns nicht mit dem zufrieden, was wir haben?«, fragte Isaac. »Warum sollen wir das riskieren?«

Lena seufzte. »Zuerst einmal möchte ich euch sagen, dass es mir leidtut, was passiert ist.« Sie warf einen bösen Blick Richtung Thea. »Ich habe keine Ahnung, wie Gabrielle das herausfinden konnte.«

»Dann schalt mal dein Gehirn ein«, spottete Thea. »Ihr wart im Fernsehen zu sehen. Schon vergessen?«

Lena verengte die Augen zu Schlitzen, kommentierte Theas Bemerkung aber nicht. »Ich habe nicht damit gerechnet, dass ihr alle eure Masken abnehmt. Aber wir können groß rauskommen. Lasst es uns noch einmal tun. Dies ist unsere Gelegenheit! Carte Blanche bedeutet per Definition die Freiheit, das zu tun, was man möchte. Wir können Gabrielle mit unserer Aufführung umstimmen. Das weiß ich!«

Auch Max war überzeugt von dem, was er sich mit Lena zusammen ausgedacht hatte. »Wir werden die Hütte zum Wackeln bringen!«

Endlich waren auch die letzten Zweifler überzeugt. Alle schnappten sich ihre Sachen und stürmten laut jubelnd ins Studio. Die Proben konnten beginnen!

Im Eingang hielt Lena Thea zurück. »Ich kenne dich und weiß, dass du etwas im Schilde führst. Aber du wirst mich nicht aufhalten.«

Thea machte sich los und sah sie herablassend an. »Das werden wir ja sehen.«

Max und Lena arbeiteten Hand in Hand, dirigierten ihre Mitschüler zielstrebig und sicher durch die Choreografie, die sie aus ihren beiden Ideen kombiniert hatten: BLOK-Choreografie und Trommel-Choreografie.

Die jungen Tänzer arbeiteten hochkonzentriert, ihr Atem ging schnell und der Schweiß floss in Strömen, doch alle waren mit großer Begeisterung dabei. Sie gaben alles, denn sie glaubten an sich und diese Aufführung.

»Jetzt noch mal von vorne!«, kommandierte Lena. Sie spürte, dass ihnen die Zeit davonlief. Alle begaben sich rasch an ihre Ausgangsposition. Die Schritte saßen perfekt. Der Ausdruck spiegelte ihre ganze Leidenschaft wider. Lena und Max drückten sich zufrieden die Hand.

Am Ende der stundenlangen Probe lagen sie alle vollkommen ausgepowert auf dem Boden, zufrieden, aber erschöpft. Nur Thea war dauernd aus dem Studio gelaufen und hatte versucht, mit dem Handy Frank zu erreichen. Er antwortete nicht. Langsam spürte sie Panik in sich aufsteigen.

Armando kam ins Studio und alle hoben müde die Köpfe.

»Dass ich euch kreative Freiheit gegeben habe, bedeutet nicht, dass ihr weiter an dieser Schule sein werdet.« Er schlenderte an der Gruppe vorbei und zeigte auf einzelne Schüler. »Vielleicht wirst du uns verlassen müssen. Oder du? Es wird Veränderungen geben. So läuft es nun mal. Nur die Besten kommen in die nächste Klasse. Denkt daran.«

Diese Worte trafen die Schüler hart. Jeder hing schweigend seinen Gedanken nach. Die Sorge, ob man den Ansprüchen würde genügen können, wuchs.

»Oh, Max, tun wir wirklich das Richtige?«, wisperte Lena, von plötzlichen Zweifeln ergriffen.

Doch Max beruhigte sie. »Chica, du hast doch gesehen,

was wir hier auf die Beine gestellt haben. Es ist vermutlich das Beste, was wir je gemacht haben.«

»Kostümprobe ist morgen Früh um acht«, erinnerte Armando. »Und jetzt seht zu, dass ihr genügend Schlaf bekommt.«

Lena spürte erst jetzt, wie müde sie wirklich war. Jeder Muskel tat ihr weh. Eilig machte sie sich auf zu ihrem Zimmer, wo das weiche Bett auf sie wartete. Doch sie kam nicht weit.

Gabriella Carré stellte sich ihr in den Weg. »Ich hatte angeordnet, du solltest in deinem Zimmer bleiben.«

»Ich ... ich habe nur schnell ein paar Bücher zurückgebracht«, stammelte Lena.

»Nun, dein Vormund ist soeben angekommen, um dich abzuholen«, erklärte Gabriella. »Du wirst uns umgehend verlassen.«

Lena spürte Panik in sich aufsteigen. »Wer?«

Lena spähte über die Schulter der Direktorin und sah in deren Büro einen Mann sitzen, der genauso gekleidet war wie die Agenten von der Zeitreise-Behörde. Sein Gesicht konnte sie nicht erkennen.

Lena bemühte sich, die Ruhe zu bewahren. Sie brauchte einen kühlen Kopf. »Gut, ich gehe und packe meine Sachen. Ich bin gleich wieder da.«

So schnell die Füße sie trugen, rannte Lena zu ihrem Zimmer, um den Zeitmesser zu holen. Doch er war nicht mehr da, wo sie ihn versteckt hatte! Voller Panik durchsuchte sie das Zimmer und das Bad, doch er war nicht zu finden. Thea musste ihn entdeckt haben. Plötzlich wurde die Tür aufgerissen und Max stand im Raum.

»Okay, Max hör zu, da gibt es ein paar Dinge, die ich dir noch nicht erzählt habe«, sagte sie hektisch. »Leute von der Zeitreise-Behörde sind hinter mir her. Die sind böse. Auch die Zeitsammler verfolgen mich. Dieser Frank, der angebliche Freund von Thea, ist einer von ihnen.«

Max legte ihr die Hände auf die Schultern. »Beruhige dich.«

»Das geht nicht!«, keuchte Lena. Sie war vor lauter Aufregung völlig außer Atem. »Die haben Ines. Deshalb ist sie nicht hier. Ich muss zurück ins Jahr 1905, um diesen ganzen Wahnsinn zu stoppen. Du musst mir helfen, hier rauszukommen. In Gabrielles Büro sitzt ein Mann, der sich als mein Vormund ausgibt. Aber ich habe gar keinen Vormund!«

Geistesgegenwärtig zog Max seinen Hoodie aus, hängte Lena die Jacke um die Schultern und zog ihr die Kapuze über den Kopf. Geduckt rannten sie den Flur entlang. Als sie den Hof erreicht hatten, sahen sie noch, wie ein Schatten aus dem Büro trat. Jemand rief Lenas Namen.

Max schob sie weiter. »Lauf, Lena! Lauf!«

Lena hatte im Appartement der Zeitsammler Zuflucht gesucht und Pinky dessen einfachen Zeitmesser abgeschwatzt. Mit dem Gerät in der Tasche, das aussah wie eine altmodische Taschenuhr, fühlte sie sich sicherer. So wagte sie es, am Abend vor der Vorstellung durch eine Seitentür zu schlüpfen und sich in den Backstage-Bereich zu begeben, wo sich die jungen Tänzer zum Aufwärmen eingefunden hatten.

Isaac hatte über seinen vielbesuchten Account Reklame

gemacht, Tausende von Followern hatten das Posting geteilt.

»Leute, die Vorstellung ist ausverkauft!« Jeff reckte sein Smartphone in die Höhe.

Bree rannte von einem Fenster zum nächsten. »Draußen steht eine riesige Schlange, die bis auf die Straße geht!«

Kennedy starrte auf ihr Smartphone. »Und *Dance Off* bringt ein Special über uns!«, rief sie begeistert.

»Und jetzt noch schnell ein Selfie!«, rief Jeff die Gruppe zusammen.

Nachdem das Foto gemacht war, konzentrierten sich die jungen Tänzer auf den Auftritt, gingen in Gedanken noch einmal die Choreografie durch und dehnten sich. Jeder hatte sein eigenes Ritual.

»Achtung!«, zischte Bree, als Gabrielle den Raum betrat. Lena zog sich die Kapuze über den Kopf und versteckt sich hinter den anderen Schülern. »Man hat mir gerade mitgeteilt, dass die gesamte Ballett-Community der Opéra anwesend ist, und auch Choreografen aus Russland, Berlin und Tokio. Das ist wirklich eine Ehre. Seid euch dessen bewusst. Aber vergesst nicht, dass auch unvorhergesehene Ereignisse vor diesem Auftritt lagen. Zwei Schülerinnen mussten uns bereits verlassen, weitere werden folgen. Genießt diesen Moment, aber seid euch bewusst, dass alles zählt.«

Sobald Mademoiselle Carré sich in den Zuschauerraum begeben hatte, trat Lena vor, um etwas zur Crew zu sprechen, doch die Tränen erstickten ihre Stimme. Max trat an ihre Seite.

»Lena möchte sagen, wie dankbar sie ist, mit solch tollen Tänzern wie euch tanzen zu dürfen. Ihr seid ihre Familie.«

Kurz bevor die Tänzer ihre Position auf der Bühne einnahmen, nahm Armando Lena und Max noch einmal zur Seite. »Es ist ambitioniert, was ihr vorhabt. Seid ihr immer noch sicher, dass ihr das durchziehen wollt? Auch wenn das schlimmstenfalls heißt, dass keiner an der Schule bleiben darf?«

Max und Lena nickten und versicherten, alle seien sich dessen bewusst.

»Dad, diese Choreografie, das *sind* wir. Wir wollen der Welt zeigen, wer wir sind.«

»Dann viel Glück!«, sagte Armando und schloss seinen Sohn in die Arme. Jetzt musste Lena erst recht weinen.

Isaac war vor lauter Anspannung kreideweiß im Gesicht.

»Hey, vergiss nicht zu atmen!«, erinnerte Jeff ihn.

Max boxte Isaac kameradschaftlich gegen die Schulter. »Ich habe mir die härteste Choreografie ausgedacht, die ich mir vorstellen konnte, weil ich dachte, dass du sie nicht bewältigst. Aber damit lag ich falsch. Du bist toll!«

»Also, seid ihr bereit?«, fragte Lena mit gedämpfter Stimme. Und in Theas Richtung zischte sie: »Sei fantastisch! Zeig denen, warum du zu recht in der Companie tanzen wirst!«

Thea war überrascht über das Kompliment aus Lenas Mund und errötete.

Dann war es so weit.

»Masken auf!«, gab Max das Kommando.

Dann begaben sie sich an ihren Platz. Sechs Tänzer betraten die ganz in schwarz gehaltene Bühne und setzten sich, Trommelstöcke in der Hand, auf umgedrehte weiße Plastikeimer. Nach einem Moment absoluter Stille starteten sie mit rhythmischen Schlägen, die von der wunderbaren Akustik der Opéra getragen wurden. Erst leise, dann immer lauter, brachten sie die Luft zum Vibrieren, bis sie wie ein Donnergrollen den Saal erfüllten. Das Publikum ließ die Trommelklänge begeistert auf sich wirken, bis sich schließlich ein Trommler nach dem anderen mit extravaganten Hip-Hop-Moves von der Bühne zurückzog.

Max und Lena, die sich an der Seite positioniert hatten, hielten sich an den Händen. Sie waren ergriffen von ihrer Choreografie.

Das ist unser Werk, dachten sie. Ein Wunder, das wir selbst erschaffen haben.

Es knisterte auf der Bühne – auch zwischen Jeff und Isaac, was nicht zu übersehen war –, die Schwingungen kamen rüber und trafen die Zuschauer ins Herz.

Nur Gabrielle traute ihren Augen nicht. Wutentbrannt richtete sie sich in ihrem Sessel auf, die Fäuste auf die Seitenlehnen gestützt.

»Das ist inakzeptabel!«, fauchte sie wie eine Furie und drehte sich zu Armando um, der entspannt und fasziniert der Aufführung folgte. »Wie konnten Sie das zulassen? Ich werde das unverzüglich stoppen.«

Schon wollte sie sich unter den verwirrten Blicken der Zuschauer aus ihrem Sitz hochstemmen, als Armando ihr beruhigend die Hand auf den Unterarm legte und sich den Zeigefinger vor die Lippen hielt.

»Fernsehkameras zeichnen alles auf. Und wissen Sie

was? Sie zollen Ihnen Anerkennung. Sehen Sie sich doch mal um!«

Gabrielle wollte gerade zu einer weiteren Tirade ansetzen, ließ sich dann aber mit verschränkten Armen wieder in den Sitz sinken.

»Schauen Sie zu und genießen Sie«, forderte Armando sie im Flüsterton auf. »Vielleicht haben Sie ihnen diesen Tanzstil nicht beigebracht, aber Sie haben Ihnen beigebracht, sich auszudrücken. Und das da nennt man schließlich Carte Blanche – lassen Sie sie ihr Ding machen.«

Max nickte Lena aufmunternd zu. Jetzt war es Zeit für ihr Solo! Der Trommelrhythmus wurde intensiver. Voller Energie sprang Lena auf die Bühne.

»Wir werden nicht kampflos aufgeben«, knurrte Ines mit entschlossener Miene. »Als Nächstes werden die roten Strahlen erscheinen. Seid bereit!«

Die Computerstimme begann einen Countdown. »Drei, zwei, eins … Auslöschen der Erinnerungen aktiviert!«

»Das hättest du wohl gern!«, rief Ines. »Runter auf den Boden!«

Die roten Strahlen schossen über ihre Köpfe hinweg.

Ganz allmählich trauten sie sich, sich wieder zu erheben, sorgfältig darauf bedacht, von den Strahlen nicht berührt zu werden, die sich langsam durch den Raum bewegten.

Jetzt arbeiteten Frank und Ines Hand in Hand. Es gelang Ines nun, das Symbol auf die Wand zu malen. Gemeinsam vervollständigten sie es durch eine Zahlenkombination, die sich aus ihren Berechnungen ergab. Eine Tafel schwang auf!

Ines wich im letzten Moment einem roten Strahl aus und hob ihr Zeitreise-Gerät aus ihrer Tasche. »Was, wenn wir es mit der Tafel versuchen? Ich könnte die Energie zurückführen und …«

Frank nahm ihr das Gerät aus der Hand und befestigte es an der Tafel. »Wir haben keine andere Wahl, wenn wir es schaffen wollen, bevor unsere Erinnerungen ausradiert werden.«

Er hämmerte einen Code ein. Eine Tür schwang auf!

Im Hinausrennen griff Ines nach ihrem Zeitreise-Gerät, dann strauchelten alle vier durch die Tür in einen unendlich erscheinenden Gang. In diesem Moment ging ein ohrenbetäubender Alarm los. Ines blickte sich verwirrt um.

»Denk nach!«, brüllte Frank.

»Clive!«, brüllte Ines zurück. »Er kennt den Lageplan!«

Frank packte Clive und schüttelte ihn. »Clive, wo sind wir hier?«

»Halle der Unendlichkeit«, antwortete Clive, als sei es das Selbstverständlichste von der Welt. »Wir müssen noch zwei Türen weiter.«

Ines befestigte ihr Gerät an der entsprechenden Tür. Sie tippte einen Code ein, doch nichts geschah.

»Henri!«, rief Ines. »Hat dein Vater dir etwas über diesen Ort erzählt?«

Henri dachte angestrengt nach. »Er hat immer nur gesagt, dass wir die Kraft nicht kennen.«

»Das ist es!«, rief Ines. »Es gibt keine Antwort. Das *ist* die Variable.«

Ines nahm ihren Stift und stellte noch ein paar Berechnungen an. »Sechs. Drei. Neunzehn. 3. Juni 2019, das ist heute!«

Henri machte ein nachdenkliches Gesicht. »Mein Vater hat sein Gedächtnis verloren, doch genau dieses Datum hat er aufgeschrieben. Ich habe den Zettel in seinem Büro gefunden …«

Hektisch tippte Ines die Zahlen ein, als im selben Moment aus beiden Richtungen die Agenten der Zeitreise-Behörde angerannt kamen. Die Tür schwang auf, Henri, Frank und Clive stürzten hindurch, doch in dem Moment, in dem Ines ihnen folgen wollte, wurde sie von Lex gepackt und zurückgerissen.

»Nicht so schnell, Klugscheißerin!«, fauchte sie.

Dieses Mal hielt Henri sich gleich die Hände auf die Ohren, und so überstand er die holprige und laute Zeitreise ohne Kopfschmerzen und fand sich Sekunden später vor dem Portal im Backstage-Bereich der Palais Garnier wieder, wo Pinky bereits auf sie wartete.

Er blickte von Frank zu Henri und zu Clive. »Wo ist sie? Wo ist Ines?«

Frank blickte sich verwirrt um. »Sie war direkt hinter uns!«

Pinky zeigte auf das Portal. »Dann werde ich sie holen!«

Doch die anderen zogen ihn weg. »Nein, das ist zu gefährlich!«

In diesem Augenblick wurde Henris Aufmerksamkeit jedoch von etwas ganz anderem in Anspruch genommen. Auf der Bühne war die Abschlussvorstellung in vollem Gange! Er schlich in den Seitengang und entdeckte Lena, die mitten auf der Bühne ihr Solo begann.

42

»Ich muss zu ihr. Bitte!«, flehte Henri Max an.

Max zeigte mit beiden Händen zur Bühne. »Aber wir sind mitten in der Vorstellung!«

»Aber da steht ein Flügel! Lass mich spielen, während sie tanzt.«

Max schüttelte den Kopf. »No way, Kumpel.«

»Hey, darf ich dich daran erinnern, dass mein Song Nummer eins in den Charts ist?«, flüsterte Henri.

Max seufzte und lächelte. »Okay, Mann, du hast recht. Also los.«

Max hob sein Walkie-Talkie an den Mund. »Regelt die Musik etwas runter!«

Indes schnappte Gabrielle nach Luft. »Was tut Lena da auf der Bühne?«

Im Theater herrschte Stille, die Zuschauer starrten gebannt auf die Bühne, wo Lena nun ins Rampenlicht trat. In dem Moment, in dem auch Henri im Scheinwerferlicht erschien, gab es kein Halten mehr. Viele sprangen von ihren Sitzen auf und begannen vor Begeisterung zu kreischen.

Überrascht drehte sich Lena um und war einen Wimpernschlag lang verwirrt. Doch Henri hauchte ihr ein »Tanz!« zu, schlug die Tasten an und begann zu seiner wunderbaren Melodie zu singen.

Ein Gefühl von Glück und Leichtigkeit durchströmte Lena, und sie tanzte, wie sie noch nie in ihrem Leben getanzt hatte. Es war, als wären Henri und sie zu einer Einheit verschmolzen. Im Nu hatten sie das Publikum in ihren

Bann gezogen. Immer wieder drangen begeisterte Jubelrufe zu ihnen auf die Bühne. Auch Armando konnte die Augen nicht von Lena lassen.

»Schauen Sie sie sich an«, flüsterte er in Gabrielles Richtung. »Ihr Trotz, ihre Kraft sind Teil ihrer Schönheit. Der innere Kampf, den sie ausficht!«

Auch die Direktorin wurde nun von Emotionen ergriffen.

»Hätten Sie ein Taschentuch für mich?«, fragte sie Armando.

Nach und nach kamen die anderen Tänzer wieder auf die Bühne und komplettierten das Ensemble. Von ihren Gefühlen überwältigt, begann Lena zu weinen. Das ist meine Familie, dachte sie.

Plötzlich sah sie Max an ihrer Seite. Er tanzte!

»Bist du dir sicher?«, wisperte sie. »Dein Knie!«

»Tanz, Chica!«, antwortete Max. »Ich passe schon auf.«

Nun konnte auch Armando die Tränen nicht zurückhalten, und Gabrielle gab ihm wortlos seine Packung Taschentücher zurück.

In weichen, fließenden Bewegungen führte Max Lena sicher und mit Leichtigkeit durch die Figuren, als würden sie von den Klängen des Pianos getragen.

»Bitte, geh nicht, Lena. Ich will dich nicht verlieren.«

»Ich muss«, flüsterte Lena, und sie spürte, wie es ihr förmlich das Herz zerriss, hier auf der Bühne mit Max *und* Henri. »Ich muss Ines retten.«

Beim großen Finale waren alle Tänzerinnen und Tänzer auf der Bühne. Als die letzten Töne verklangen, sprangen die Zuschauer von ihren Plätzen. Es gab donnernden Applaus. Von den Rängen hallten die Jubelrufe zu den jungen Leuten hinab, die sich von der Begeisterung getragen fühlten. Sie hatten es geschafft, sie waren so unendlich stolz! Lena drehte sich in alle Richtungen und verteilte Kusshände. »Danke! Ich danke euch!«

Noch einmal ließ sie den Blick von einem zum anderen wandern. Dann verschwand sie hinter den Kulissen.

Augenblicke später fand sie sich vor dem Zeitreise-Portal wieder. Sie holte Pinkys Zeitmesser-Uhr hervor und stellte mit zitternden Fingern die Koordinaten ein. Dann schloss sie die Finger fest um die Uhr, öffnete die Tür und ging durch das Portal …

Lex hatte nicht damit gerechnet, wie geschickt und geschmeidig sich Ines bewegen konnte. Sie glitt ihr förmlich durch die Finger, duckte sich weg und war ihr auch schon den Gang hinunter entkommen. Doch die Tür am Ende war verschlossen, Ines saß in der Falle.

Lex lachte dreckig. »Na, da helfen dir deine Berechnungen auch nicht, Klugscheißerin.«

Aber Ines dachte gar nicht daran, aufzugeben, sondern ergriff die Flucht nach vorn. In vollem Tempo rannte sie auf Lex zu, und noch ehe diese ihre Hand mit dem Steuerungselement in Position bringen konnte, war Ines an Lex hochgesprungen wie an einer Wand und sprang in einem waghalsigen Hip-Hop-Move über sie hinweg. Leichtfüßig landete Ines auf dem Boden und verschwand durch die nächste Tür. Sie spähte den Flur hinab und sah vor einer Tür etwas auf dem Boden liegen. Clives Taschentuch! Dort hinter der Tür verbarg sich das Portal! Ines rannte. Vielleicht war es noch nicht zu spät! Sie riss die Tür auf und sprang … direkt Max in die Arme.

Ines war froh, dass er sie festhielt, damit der Schwindel von der Zeitreise verschwinden konnte.

»Ines!«, rief Max. »Ein Glück, dass es dir gutgeht.« Er sah sich suchend um. »Aber wo ist Lena? Sie wollte zurück nach … du weißt schon. Um dich zu retten!«

Ines hielt Max auf Armeslänge von sich. »Du weißt es also?«, fragte sie erstaunt. »Ist Lena etwa durch das Portal gegangen?«

»Sie ist eben von der Bühne verschwunden«, berichtete Max voller Sorge.

Ines drehte sich ruckartig um. »Dann müssen wir sie zurückholen!«

Plötzlich waren Schritte zu hören. Henri kam angerannt, in seinem Schlepptau Jeff und Isaac. »Ines, du hast es geschafft. Da bin ich aber erleichtert.«

»Wir müssen Lena aufhalten!«, rief Ines voller Panik, als sie zwischen den Kulissen Lex herumschleichen sah. »Sofort!«

Max machte eine entschlossene Miene. »Ich komme mit dir.«

Ines schüttelte den Kopf. »Es ist besser, wenn ich allein gehe, um Lena zu retten.«

Jeff verstand gar nichts. »Wo warst du? Du hast die Vorstellung verpasst. Und wo willst du denn hin? Lena retten? Dann kommen wir natürlich mit. *Wir* sind ihre Familie, verdammt!«

»Keine Zeit für Erklärungen!«, rief Ines, denn Lex kam schon auf sie zugerannt.

»Geht und holt Lena!«, rief Henri. »Ich versuche, die Lady der Finsternis aufzuhalten.«

»Hey, ist dies eins von diesen Escape-Spielen?«, fragte Isaac verwundert, als Ines ihn zusammen mit Jeff schon durch das Portal schubste. Das Letzte, was sie sah, war, dass Lex das Steuerungselement hob.

»Nein! Henri, lauf!«, brüllte sie aus vollem Halse.

Doch Henri löste sich vor ihren Augen in Luft auf. Das Portal fiel ins Schloss.

Die Zeitsammler warteten an der Alexandre-Trois-Brücke. Theas Sporttasche stand dort. Darin befand sich Henris Zeitmesser, mit dessen Hilfe sie Lenas Zeitmesser im Zimmer der Mädchen gefunden hatte. Damit die beiden Geräte sich nicht zu nahe kamen, hatte sie Bree gebeten, die Tasche an der Brücke zu deponieren.

Verzweifelt hatte Thea den ganzen Tag über versucht, Frank zu erreichen. Aber erst am Abend konnte sie ihm mitteilen, dass sich die Tasche bereits an der Brücke befand. Wer noch fehlte, war Thea.

»Vergiss das Mädchen«, motzte Pinky, der nicht einsah, warum sie solch ein Aufhebens um Thea machten, während er nicht nach Ines suchen durfte.

Doch schließlich erschien sie auf der anderen Seite der Brücke und hielt triumphierend Lenas Zeitmesser in der Hand. Thea strahlte siegesbewusst.

Frank kam ihr entgegen wie ein König, der zu seiner Krönung schreitet. Er hielt Henris Zeitmesser in der Hand.

»Bist du bereit zu diesem Schritt?«, fragte er Thea theatralisch.

Thea lächelte erhaben wie eine Diva, der die Welt zu Füßen liegt. Je näher sie sich kamen, desto mehr reagierten die Zeitmesser, die Luft vibrierte und verfärbte sich in allen Farben des Regenbogens. Auf der Mitte der Brücke trafen sie sich. Thea und Frank brachten die Zeitmesser zusammen. Ein heftiger Blitz schoss Richtung Himmel. Für einen kurzen Moment stand die Zeit still! Alles verharrte in der Bewegung. Thea griff Frank im Nacken und zog sein Gesicht zu sich heran. Als ihre Lippen seine berührten, drehte die Welt sich weiter. Thea griff nach dem Zeitmesser in seiner Hand. Noch ehe er reagieren konnte, hatte sie beide in die Seine geworfen. Entsetzt wich Frank zurück, doch sie packte ihn am Kragen.

»Versuch es erst gar nicht, oder du wirst als Nächster im Wasser landen! Niemand legt sich mit meinen Freunden an. Auch kein süßer Junge.«

Thea schnippte mit den Fingern, worauf aus allen Richtungen ihre Hofstaat-Mädchen angelaufen kamen, um sie sicher zur Opéra zu begleiten.

Irgendwie hatte Lena sich ihre Rückkehr ins Jahr 1905 anders vorgestellt. Spektakulärer. Sie hielt sich im Schatten der Kulissen und beobachtet die Szene. Da waren auch schon die Wachen, die umherrannten, um sie im Auftrag ihrer Mutter zu suchen! Doch plötzlich öffnete sich das Portal erneut, und ihre Freunde kamen herausgepurzelt. Max, Ines, Jeff und Isaac standen vor ihr!

»Lena, das darfst du nicht tun!«, schimpfte Ines, ohne darauf Rücksicht zu nehmen, dass Jeff und Isaac überhaupt nicht wussten, was gerade passiert war.

Lena nahm Ines in den Arm und wusste nicht, ob sie lachen oder weinen sollte. Also tat sie beides gleichzeitig. »Du bist in Sicherheit! Wunderbar! Ich hatte befürchtet, ich hätte dich für immer verloren.« In dem Moment erst bemerkte sie die anderen. »Ihr seid auch hier?«

Ines zog Lena an der Hand. »Wir müssen gehen. Das Portal kann sich jeden Moment wieder schließen. Los, los!«

»Was geht hier eigentlich ab?«, wollte Jeff wissen.

»Wollen wir das wirklich wissen?«, fragte Isaac, indem er von Ines in Richtung Portal geschubst wurde.

Max starrte Lena an. »Du stammst wirklich aus dem Jahr 1905!«

»Ausführliche Erklärungen gibt's später!«, rief Lena glücklich lachend und stieß einen nach dem andern durch das Portal zurück.

Albern kichernd landeten sie in einem wilden Haufen auf dem Gang hinter der Bühne der Pariser Oper und blickten auf drei Paar Füße.

Eines gehörte unverkennbar zu Gabrielle Carré, ein weiteres zu Armando. Der dritte Mensch war ihnen fremd.

»Warum in aller Welt liegt ihr auf dem Boden?«, fragte Mademoiselle Carré.

»Muskeltraining. Yoga«, antwortete Jeff schlagfertig.

»Und Stretching!«, ergänzte Isaac.

»Koordinationsübung!«, rief Lena.

Die Direktorin schüttelte den Kopf. »Wie auch immer. Was ihr da soeben präsentiert habt, war brillant! Ich habe eingewilligt, dass ihr mit dieser einzigartigen Choreografie auf Tour gehen dürft.«

Jeff fielen beinahe die Augen aus dem Kopf. »Leute, was

ist passiert?«, flüsterte er. »Warum steht Mademoiselle Carré da mit dem berühmtesten Hip-Hop-Choreografen der Welt?«

In diesem Moment kam Thea hereingeschlichen und gesellte sich zu den anderen, die nach und nach aufgestanden waren und sich die Kostüme und Haare glattstrichen.

Lena breitete die Arme aus. »Ach, wie schön, dass wir uns haben!«